中国现代文学馆青年批评家丛书

中国现代文学馆 编

徽章与证词

项静 / 著

北京大学出版社
PEKING UNIVERSITY PRESS

图书在版编目（CIP）数据

徽章与证词 / 项静著. —— 北京：北京大学出版社，2019.7
（中国现代文学馆青年批评家丛书）
ISBN 978-7-301-30285-9

Ⅰ.①徽… Ⅱ.①项… Ⅲ.①中国文学 – 当代文学 – 文学研究 Ⅳ.① I206.7

中国版本图书馆 CIP 数据核字 (2019) 第 034662 号

书　　名	徽章与证词 HUIZHANG YU ZHENGCI
著作责任者	项静 著
责任编辑	于铁红　黄敏劼
标准书号	ISBN 978-7-301-30285-9
出版发行	北京大学出版社
地　　址	北京市海淀区成府路205号　100871
网　　址	http://www.pup.cn　新浪微博：@北京大学出版社
电子信箱	zpup@pup.cn
电　　话	邮购部 010-62752015　发行部 010-62750672　编辑部 010-62750112
印刷者	三河市国新印装有限公司
经销者	新华书店
	660毫米×960毫米　16开本　17.75印张　210千字 2019年7月第1版　2019年7月第1次印刷
定　　价	46.00元

未经许可，不得以任何方式复制或抄袭本书之部分或全部内容。
版权所有，侵权必究
举报电话：010-62752024　电子信箱：fd@pup.pku.edu.cn
图书如有印装质量问题，请与出版部联系，电话：010-62756370

丛书总序

中国现代文学馆是在巴金先生倡议和一大批著名作家的响应下，于1985年正式成立的国家级文学馆，也是目前世界上规模最大的文学博物馆。中国现代文学馆的主要任务是收集、保管、整理、研究中国现当代文学书籍、期刊以及中国现当代作家的著作、手稿、译本、书信、日记、录音、录像、照片、文物等文学档案资料，为文化的薪传和文学史的建构与研究提供服务。建馆三十多年以来，经过一代代文学馆人的共同努力，中国现代文学馆的事业不断发展壮大，现已成为集文学展览馆、文学图书馆、文学档案馆以及文学理论研究、文学交流功能于一身的综合性文学博物馆，并正朝着建成具有国际影响的中国现当代文学资料中心、展览中心、交流中心和研究中心的目标迈进。

为了加快中国现代文学馆学术中心建设的步伐，中国作家协会党组决定从2011年起在中国现代文学馆设立客座研究员制度，并希望把客座研究员制度与对青年批评家的培养结合起来。因为，青年批评家的成长问题不仅是批评界内部的问题，而且是一个对于整个青年作家队伍乃至整个文学的未来都具有方向性的问题。青年批评家成长滞后，特别是代际层面上"70后""80后"批评家成长的滞后，曾经引起了文学界乃至全社会的普遍担忧甚至焦虑。因此，客座研究员的招聘主要面向"70后""80后"批评家，我们希望通过中国现代文学馆这个学术平台为青年批评家的成长创造条件。经过自主申报、专家推荐和中国现代文学馆学术委员会的严格评审，中国现代文学馆已经招聘了4期共41名青年批评家作为客座研究员。第五批客座研究员的招聘工作也已经完成。

7年多来的实践表明，客座研究员制度行之有效，令人满意。中国作家协会党组书记钱小芊在第四届客座研究员离馆会议讲话中，充分肯定了设立客座研究员制度的重要意义，同时对他们未来的学术研究提出了希望。首先是要认真学习马克思主义文艺思想，特别是认真学习习近平总书记在文艺工作座谈会上的重要讲话，切实加强文学批评的有效性。其次是要真切关注文学现场。作为批评家，埋头写作是必然的要求，但也非常需要去到作家中间、同道人中间，感受真实、生动、热闹的"文学生活"，获得有温度、有呼吸的感受与认识。因此，客座研究员要积极关注当下中国的现实和文学的现场，与作家们一起面对这个时代，相互砥砺，共同成长。

作为"70后""80后"批评家的代表，他们的"集体亮相"，改变了中国当代文学批评的格局和结构，带动了一批同代际优秀青年批评家的成长，标志着"70后""80后"青年批评家群体的崛起，也预示着"90后"批评家将有一个健康的发展空间。为了充分展示客座研究员这一青年批评家群体的成就与风采，中国作家协会和中国现代文学馆决定推出"中国现代文学馆青年批评家丛书"，为每一位客座研究员推出一本代表其风格与水平的评论集。我们希望这套书既能成为中国当代文学批评的重要收获，又能够成为青年批评家们个人成长道路的见证。丛书第 1 辑 8 本、第 2 辑 12 本、第 3 辑 11 本，已分别在 2013 年 6 月、2014 年 7 月、2016 年 11 月由北京大学出版社推出，在学术界引起较大反响。现在第 4 辑 10 本也即将付梓，相信文学界、学术界对这些著作会有积极的评价。

是为序。

中国现代文学馆
2018 年秋

目录

丛书总序 / 3

第一辑　镜像与观察

蔡东：失败者之歌 / 003

郑小驴：冒险的行程 / 013

任晓雯：浮生或作为底线的写作 / 024

张嘉佳：徽章的力量 / 033

孙频：灵魂在语言的阴影里 / 049

张悦然：历史写作与一代人的心态镜像 / 059

第二辑　草木与短章

干燥的种子与偏僻的想象 / 081

这些年　读毛尖 / 088

共同的人世生活 / 091

大风过后，草木有声 / 096

必须言说之事创造自己的形式 / 101

坠入时间的褶皱 / 108

知识流浪儿的奇幻旅程 / 116

第三辑　交谈与问题

赵园：我只是大时代中的小书生 / 127

洁非：良史传统滋养创作　多副笔墨出入无禁 / 144

陈福民：文学内部的自我循环与自我圣化 / 163

申霞艳：女性主义、文体意识与先锋精神 / 187

董夏青青：语言是过程，也是结果 / 205

第四辑　告别与想象

游历西方与现代想象 / 219

告别与想象：重返 20 世纪 70 年代 / 241

知识分子的改革物语 / 257

第一辑

镜像与观察

蔡东：失败者之歌

一

蔡东生于20世纪80年代，这个年代本身就是光辉的印记。以其命名的"80后"作家，尽管是群体命名，但很多作家由此获得了承认和关注的目光，这个概念是一种奖励。而对较早就被纳入其中的作家来说，则又是避之唯恐不及的前缀名词。蔡东跟其他同年龄段作家的不同之处在于，她既不可以简单归入以年龄段命名的作家群体，也没有走过那些作家通常所走的路；比如青春期写作这条几乎必经的路段，在她是缺席的。当然很可能她也有一段抽屉写作阶段，但她经过了选择、开始亮相的作品，是直接面对人生困境和生存之艰难的。与此相关的是，在蔡东的作品中，很少看到那种叙述者与作者几乎难解难分的状况，没有玛丽苏似的少年心态，没有撒娇卖萌自我标榜，也没有毫无顾忌地把一切责任抛给社会的那种任性和姿态。蔡东还有写作文学评论的经历，这在作家偶尔为之也是正常的，但她是正经做了一些文章，所以她可能在阅读和思考中直接跨越了一个作家成长的幼稚和习作的阶段。蔡东站在当代中国现实主义写作沉潜扎实的原野里，站在一群年轻作家中间，有一种略显突兀的文风和拖曳着漫长历史的稳健，她有意识地跟同龄人、同代人的概念所召唤出来的某种相似性保持距离。

相对蔡东的其他小说，《我想要的一天》是比较特别的，这是她为数不多的叙述者跟作家距离较近的小说，也是一篇比较容易引起都市青年共鸣的小说。青年夫妻麦思、高羽都是心思敏感的人，他们经历了内心的挣扎，好不容易接受了平凡的生活；一个不肯认同于"正常"生活，不肯屈服于外界压力的朋友春莉突然降临到他们的生活世界，像一个灾难和危险。春莉放弃公职远赴深圳，专心写作，在麦思看来是一个毫无征兆且过于剧烈的转折，拐过去是什么，尚笼在烟里看不真切。这起事件所包蕴的浪漫面纱渐次退却，麦思也投身到自己所讨厌的阵营中去，她并不欢迎春莉异物侵体般的到来，即使春莉曾是她成长经历中的一部分。麦思尤其反感春莉行为中透出的暴烈与危险，对麦思和她的爱人高羽来说，他们正处于努力说服自己接纳平凡的节点上，正要适应一个可能会延续很长时期的闷局，方方面面的寡淡和沉寂遇到春莉这样的春风和火花，可能就会烧起难以扑灭的野火。这对年轻的夫妻都意识到一些真正的困厄和痛苦，始终没觅到通往光明之门的道路，龟缩和鸵鸟心态，成为不是选择的选择，看不见的自我的战争和困境吞噬着生命，陷入僵局无力突围，也没有可能找到具体的敌人。这样的人只能走向内在的消极——找那么一天怡情养性，在家庭园艺和美食制作中无名肿毒将慢慢化掉。

这是青年人正在遭遇的具有典型性的社会问题，这篇小说模拟再现了这个问题的来龙去脉并给出了自己的解释。比如理想和激情是如何消失的，工作中没有激情和进步的空间，被功利主义价值观笼罩了一切空间，这些渴望保持距离和自我追求的青年人没有可以自我安顿的空间，也没有能够给予自己生活意义的精神世界。在这种失去根基的致命的双重匮乏之下，社会舆论只要稍有风吹草动，对于他们的心灵都是致命的打击。所以我们在蔡东的小说里处处都能看到这种敏感神经所感触到的生活和人际关系的微妙，以及叙述者内心那种压抑变形了的怨恨和对人性冷酷的逼视。上一代人期望你升官发财光耀门楣，而不会关心你的自我追求，逼得下一代粉饰太平，远走他乡，伪造功名；家乡小城向着四方铺展的广场，在麦思的眼里阔朗而又逼仄，此间的罪恶让她几乎透不过气来……蔡东在面对人生的困境方面是不分老幼尊长的，几乎都是以现实主义路径，铺叙沉稳地进入他们的生活和世界中去，现实的尴尬和错位几乎是她最主要的母题，每一把插入生活横截面的手术刀也都是寒光凛凛，崭新的截面并不能掩盖作家的熟练，曲折从容之处都是一副经过历练的观察者目光。

在《我想要的一天》创作谈中，蔡东说："我关注的，不是一时一地的具体的困境，而是日常生活的悖论和近乎无解的精神困局。任何时代，任何境遇，当内心丰盈的人停下来反思，就会有困惑，就会有怀疑。"其实，蔡东的小说都可以看作内心丰盈的人们的在世日记和深夜低语，于是他们的世界可能是恶意丛生，毫无希望，但他们不能放弃说话的欲望，这可能是一条不让自己沉沦的道路，而作家的介入总给人一种披荆斩棘和自我解剖的悲壮感和创痛感。蔡东不是让这些青年人沉入自怨自艾的世界，而是借着每一个人物让我们看到世界的真相，每一个人都是缀网劳蛛，《净尘山》里的张倩女，《无岸》里的柳萍，都在一个宽广的社会中留下了自己的成长足迹，这个最终的僵局和困境是一步一步织就的。这是作家对生活的理解和观察，而我常常认为到此为止应该是文学起步的地方，不应该是画下句号的地方，哪怕作品留给我们的是一个个问号和惊叹号。

二

用"弱者的世界"来命名蔡东的小说世界一点都不过分。小说的主人公们被遍地的"敌人"围困，而且生活中时时都有一种战斗的思维，几乎就是面临心灵的战场，善良软弱的人们从来不会占据高地、所向无敌，而是进退维谷、腹背受敌。首先，"敌人"来自家庭。曾几何时，"打倒父亲"一直是年轻人建立自我意识的一条必经之路，但在蔡东的小说里我们悲哀地发现，几乎就没有什么像样子的父母，比如像鲁迅期望的那样肩住黑暗的闸门，放他们到光明的世界去的父亲，甚至连脉脉温情都很少奉献。这些父母们或者歇斯底里，或者抱守残缺沾染了虚弱徒劳的气息，"父辈们"的光荣与梦想，共和国第一代人的豪情与自尊，几乎都被"生活"这个利器打磨平了。其次，出了家庭，就是社会的圈子。蔡东小说中总有一个不言自明的"群众"团体，不请自来地围观主人公的人生困境。《净尘山》里那个拼命减肥的张倩女，忙于工作忽视了身体导致暴肥，成为母亲的拖累，也不敢让风雅的父亲看到自己如此狼狈，成为某种意义上的 loser；本来身体发肤受之父母，属于自己，但她却要接受社会的无情检视，尤其是一个未婚女青年要接受来自异性的严格打量。在同学聚会上，她也只能看着别人比赛幸福，没有办法加入比赛，仅仅因为某一方面的失常，她就成为众人眼中的异类。"生活的本质是庸常、脆弱而不容异端的，一条衣食住行、生老病死的既定轨道，稍有偏差，你跟人群的交集就会越来越少，很快就被隔绝在外了。"人群的标准不外乎是成功,从名利到身体的一套意识,总有一把利刃是对准你的短板的,他们是约定俗成的"敌人"。《我想要的一天》中,春莉固然洒脱了一把,但是她的身后是多少唾沫,家乡广场上并不真正认识春莉的人们,为她编织故事,对她冷嘲热讽,等着她发达或者败落,成为下一轮的话题。"群众对一个陌生的名字,能关心到这种程度",让人胆战心惊,这些一脸精明相的势利人群,转眼可能就是杀死人的凶手。再就是官僚体制、社会机制。人总是要在社会关系中生存,《木兰辞》《布衣之诗》《无岸》里面不得志的人们,大都是不能谙熟人生那套交际应酬的道理,不会拍马屁,不会放下身段加入弱肉强食的动物世界,企图有所守护尊严的人们。正是他们内心的这种不屑于流俗,或者不肯加入,让他们错失种种"成功"的机遇,等他们意识到现实的残酷之时,即使想献媚沉沦已经不可能。

在蔡东的小说中,落魄者的人生几乎注定是一场失败和无意义、死无葬身之地的虚无。困境是人生常态,生老病死和心理的空虚让在世者的生活穷形尽相、残弱无依。《往生》里儿媳妇康莲无可逃避地要面对疾病和死亡,在四世同堂的家庭里,她必须承担公公和整个家庭琐碎、沉重的生活负担和生命本身的无聊重复,种种压力把生命揉捏得没有一丝生气,新的一天就是旧的生活,"无非是忙活吃喝拉撒睡,间中,充满死水般的静寂,似有一股淡淡的霉味弥漫在空气中"。《无岸》里的柳萍,在四十五岁这年的一个晚上,宣告自己的人生失败,因为女儿的读书教育问题,经济压力赤裸裸地来到身边,而人与人之间的对比和差距无情地践踏着她的尊严。人与人之间的关系都是算计和攻讦。她鼓起勇气去求助上级何主任,打官腔的上司几乎把她逼到死角，仿佛享受那种蹂躏人的快感。这是一个不折不扣的存在主义世界，他人都是地狱，尤其在权力、金钱的威逼之下，每一个人都不过是人形盾牌，内里则已经是乱絮纷飞溃不成形。《福地》里男主角傅源总是被一个无处埋葬肉身的噩梦惊醒，联想到中年早逝的好友无法达成的魂归故里的遗愿，他的内心产生了无处葬身的焦虑；回故乡时目睹了一位亲人的葬礼，更加重了他的无处依傍的飘浮感。困境四面八方而来，从微末之处升腾起来一直到整个社会体制甚至是命运，密不透风，人们禁锢于牢笼里，凝望着自由美好的世界，这种禁锢和困境更加自我强化。

蔡东目前的创作主要是短篇小说，罗列在一起，特别像一首首的失败者之歌。歌曲中的人物以及作家本人，对生活从本质上是热爱的，但却以冷的面目出现，从而在客观和冷静的包装之下变形成抱怨和无力感。但是世界依然向前，生活的伦理还在正常运转，必定有一些价值在支持着这个日常世界的运行。那些颓败而不失天真的人们，那些守望一份尊严的人们，在退无可退的时候，他们的选择也是非常有限的，比如那些稍微有点坚守的人们，蔡东都会为其匹配一丝古典的情怀。蔡东小说中人物的书房和卧室里凡涉及书的道具，都是有迹可查的。比如赵婵斜倚着沙发扶手，腿边放着《红楼梦》的上册，"大部分时候，她是平静的，腿边的那本书，正是通往平静的几条秘径之一"；松弛下来的孟九渊，读《论语》，读《范石湖集》，读张岱，读白居易，"嗟君两不如，三十在布衣"（《布衣之诗》）。柳萍的策略大致相似，就是藏起来，阳光明媚的书房，"难得糊涂"的陶盘，书案上摆着的书：李渔的《闲情偶寄》，袁枚的《随园食单》，文震亨的《长物志》，王世襄的《锦灰堆》。才子书，生活禅，性情，写意，玩乐的雅兴，琐碎的情趣，轻灵地过渡着现实和诗意，让她忘却了过往生活中充塞的粗粝寒碜，让她忘却了被穷折磨的那些年。(《无岸》)这个情节安排是非常可以理解的，就像沙漠世界中的一汪清泉，明明知道可能是幻象，还是愿意相信这里可能诞生出一种健全的人格，重新锻造知识分子的机能，去对抗和平衡那个了无生机的世界。

　　这也是一种略显理想主义的人文情怀，这些情怀几乎都不能放到广阔天地中去，它们属于一个人的修养，坐落在家庭的小氛围中，甚至只不过是想要的某一天的生活。所以这种理想很容易后撤，比如为了战胜没有尊严的生活，柳萍的丈夫童家羽发明了一种名曰"受辱训练"的游戏，不是戏谑而是以模仿的方式，在家中默默演习进入残忍社会的游戏，进入那些在现实中无法进入的角色，获得快感和自我改进。这是在个人私领域内最残忍的自我放弃。(《无岸》)在无限自我压迫式的逼视之下，蔡东也在小说中释放过一抹亮色——《净尘山》里主动出走的"母亲"，一个抱怨自己这些年不知道忙什么，幻想着自己老公和女儿能消失哪怕一天，连身边的净尘山都去不了的人，制造了一种平静包裹下的惊天动地，离家出走踏上了一个人的旅程。我们不知道这个年过半百的妇人能在出走后获得什么，也不会奇怪那个羡慕自己母亲勇气的张倩女永远走不出这一步，但总算有人对深渊式的生活说"不"了；尽管娜拉走后的世界会怎样可能是一个更严酷的文学和社会命题，更何况是一个老年娜拉。

三

蔡东的小说世界是自洽的，她对生活和现实的洞察与理解，对一个青年人健康生存的世界之渴望，作品中的古典情怀对戾气的冲淡，都在营造着不一样的文学品味，但放在当代写作的现场，她又面临着加入"合唱队"的风险。阅读当代文学期刊的过程中，会发现失败者，社会底层，或者网络用语中的"屌丝""卢瑟"(loser)等形象的塑造几乎成为文学写作的"政治正确"，不仅仅是20世纪80年代出生的作家的作品，众多纯文学期刊版面上也都是形貌相似、相差无几的失败者的故事。大量的当代作品都在走向一种面目雷同，小人物及其困境几乎成了"正确"文学的通行证，无论是年轻还是年老的中国作家，满纸的辛酸小人物都被奉为座上宾。这些小人物几乎普遍沾染了衰老的暮气，他们困在各种牢笼里：事业上没有上升空间，人际关系中都是攀比的恐惧和互相践踏尊严的杀戮，家庭生活中处处是机心和提防，生计困难遍地哀鸿，精神的困境更是如影相随，他们对理想生活和越轨的情致心驰神往却又不敢碰触，小心地盘算着如何才能不至于输得一塌糊涂。

布迪厄说："文学场是围绕着一些集体性幻觉被组织起来的。这些幻觉包括对独创意识形态、对天才的神秘性、对文学超越功利关系的艺术自主性等信念的崇拜。"顽强地关注社会生活中的困顿，对庸众的批判，对于作家个人来说首先独创才有存在的必要性，而就社会现实来说，阶层固化和贫富差距也是不争的事实；但不能否认文学意识形态的召唤之功，有时候它越俎代庖地先于现实而存在于创作者的脑海中。蔡东小说里所呈现出来的这些失败者的情绪，以及情绪的生态学，在许多小说家的笔下都有过不同程度的分布，而这似乎已经成为某种类型写作的固有之物。这个谱系如此广泛深远，以致已经形成一种特别容易获得的提取物。提出这个问题，并不是说要讨论这个问题的真假，而是对这样一个日渐自然化的表达方式需提请一份警惕和疑问，这种写作是基于自发还是深思熟虑后的自觉？有没有受到这种集体性写作氛围的引导，而最重要的是，我们的文学库中还有没有其他的艺术手段来应对普罗大众都在经历的现实。现代批评家已经向我们证明，谈论内容本身根本就不是谈论艺术而是谈论经验；当我们谈论已经被成就了的内容，即形式，以及作为艺术的作品时，我们才开始作为批评家说话。内容，或经验，与已经被成就了的内容，或艺术之间的不同在于技巧。只有当我们谈论技巧的时候，我们几乎在谈论一切。有时候我们把对形式的忽略归于现实生活本身的压力之下的退却，其实本质上可能是无法获得一种形式。

再回到讲故事的层面。任何一种暗含了前定"失败者"形象的叙事当然是一种解释，是对故事因果的重新梳理，而描写尤其是洞察式的观摩，往往会走向远离真相的歧路。巴尔扎克曾经提到大多数小说家往往会选择一组人物，一般情况下是两三个，在小说家眼里，就好像这些人物生活在玻璃橱窗里一般。如此一来，常常产生一种强烈的效果，但不幸的是，同时也造成了虚假的效果。人不光过自己的日子，还生活在别人的世界里：在自己的生活中，他们扮演主角；在别人的生活中，他们的角色偶尔也重要，但常常是微不足道的。你去理发店理发，此事对你而言无关紧要，可是由于你不经意的一席话，可能就成为理发师一生的转折点。通过把其中暗含的一切意思显现出来，巴尔扎克得以生动形象、令人激动地呈现出生活的千差万别，它的混乱无序和相互冲突，以及导致重要结局的那些起因有多么遥远。一个小说家对因果关系如果专注于清晰，逻辑结构和人物安排就会陷入可以预测的模式里。这也是本雅明在《讲故事的人》里对"消息"的批评，每天早晨都有世界各地的消息，但是却很少见到值得一读的故事。这是因为每一个事件在传到我们耳朵里时，已经被解释得一清二楚。实际上，讲故事的艺术有一半在于：一个人在复制一篇故事时，对它不加任何解释……作者对最异乎寻常和最不可思议的事物进行最精确的描述，却不把事件的心理联系强加给读者。

  蔡东的小说写作或许可以称作刚刚开始，作品的风格和讲故事的方式，已经注意到与他人和悠远过去的区隔，这仅仅是因为它们本身位于其他作品之侧、之次或之间，而不是站在一条从它们开始顺流而下的河流中间。蔡东的小说有那种抓住土地延伸根底的渴望，要与正在经历的现实温柔地较量，甚至是提供另一套替代性的生活方式，比如《布衣之诗》《无岸》，这是一个美好的远景。仅仅赋予被注视的生活以秩序，其实是在提供安慰，就像简单的虚构作品是人类的鸦片一样。我们希望文学不仅能提供安慰，能进一步在这个历史的中间阶段发现此时此地的可靠的真理。

《上海文化》2015 年 11 月

郑小驴：冒险的行程

一

本雅明在《柏林童年》中讲到他"喜欢看到我关心的一切东西从远处朝我靠近"，故事在远处发生，慢慢移到我们面前。郑小驴小说中那些与"历史"挂碍牵连的往事，应该都来自他的童年记忆（耳濡目染的湘地鬼神传说、口耳相传的祖辈的往事、家庭故事），而每个人对过去的回忆是有选择的，愿意回忆的一切都可以看成是对未来和现在的预见，记忆这项工作本来就是摧毁时间的。在这个意义上，小说集《1921年的童谣》中抗战、解放、土改、"反右"、"文革"、计划生育、改革等构成的一个个生活片段和非连续性场景，都是他自己选择而形成的"一个人的历史"（虽然在模仿、借鉴和影响的角度来看，这又是一种集体的历史）。在他特立独行、迥异于年龄相近作家选择的题材中，既有许多是像沈从文那样基于怀揣一肚子好故事急于讲出来的迫切，也有一种有意为之的自我训练和自我强化。在习作的意义上，还完成了一个作家讲述自己童年的愿望。于是在这个系列中，我们既能看到儿童视角中的一条祛魅的"历史长河"，也能看到他拉开的历史大幕上，那些记忆中的鲜活的生命、鬼魅的生活，还能看到金理所说的"那个在历史中诞生的自我，携带着其整理好的个人记忆、人道理想与批判能量"[1]。

描写久远的故事或者说历史有时是一个安全的选择、权宜之计，但《没伞的孩子跑得快》这个小说的出现，让郑小驴的"历史"出现了一层寓言和自觉的色彩。就像这篇小说"献词"里所说"献给生存下来的诸君，他们已没有能力叙述此事。但愿他们原谅我，没有看到一切，没有听到一切，没有猜到一切"。在一种寓言式的场景中，启蒙的尴尬再现，"叔叔"这样的知识分子为民众振臂高呼甚至牺牲生命，他的家人只关心他的安危和前途，而与他血肉相连的民众并不领情，而是隔膜于这个亢奋的世界之外，他们甚至拒绝这个暴死的青年进入祖坟，而一个骗子甚至趁乱想拐走小说中的女孩。小说的叙述者"宿离"像一个飘荡着的灵魂，满腹狐疑地观看着纷扰的闹剧，她对叔叔的世界充满向往，但没有行动的能力，第一次行动就跌入陷阱，因缺少对话和参与的能力而被隔离在成人世界之外。黑老太和她的零食店是专为宿离设置的一个可以参与其中的世界，黑老太的人生就像是一部更久远的历史，她死去的孩子们组成一个个历史片段。最重要的是她把一个死后众生平等的世界抛给宿离，也终结了现实世界的残酷，安抚了这个孩子躁动的心。

这是一篇有写作难度的小说，从一个懵懂少年的视角去触碰一个时代的禁忌之地，这是一个有历史感的作家的需要，是不能绕过去的"精神难题"。我们现在置身其中的世界存在的问题从来不是本当如此

---

[1] 金理：《历史中诞生、鬼魅叙事与同时代感：初识郑小驴》，《芙蓉》，2012 年第 5 期。

的，它有自己的来源，需要向自身和历史追问答案。这也是作家本身成长的需要，从我们有限的视角去理解我们的时代，去懵懂地呈现我们如何迈过各种坎或者治愈自己的创伤，或者在众多的叙事中滑过。长篇小说《西洲曲》是郑小驴的又一次试验。他涉及了"80 后"成长中最重要的一个集体事件——计划生育，他强调这是一座横亘在自己写作道路前方的黑沉沉的大山。作家情感上的暗块，当然需要迈过去，需要在情感上消化它；消化不是简单表态和有清晰的立场，而且小说也不是最适合简单表态的领域。《西洲曲》是一本唤起"80 后"记忆的小说，确切地说是乡村记忆，计划生育政策在都市远远没有像它在乡村那样带来具体激烈实感的情感体验，城市因为是权力严密计划的区域，较早平稳地进入接受状态，处于一种不能或者无法反抗的规划之中。乡村由于它的历史文化和现实原因，对强力规训必然有一种本能的反抗和曲线逃离的可能，于是在少年水壶的记忆中，暴力成为尚未被规训化的无序社会中最骇人的场景。首先是体制之下个人的暴力。尤其是八叔、罗副镇长为代表的基层官员，他们率领人马对孕妇围追堵截，掘地三尺，剥夺掉那些不合政策的生命的生存权利。八叔、罗副镇长又不是十恶不赦的人，八叔面对乡亲的诅咒面露怯懦，尤其是众人对他儿子残疾的戏谑让他这个父亲的本能显现，他对儿子的爱跟所有不合法的父亲一样。罗副镇长也是一个父亲，他能在追剿孕妇的途中，留意到跟儿子同班的孩子的奖状，在儿子失踪后，他失魂落魄，收养一个孩子，这些都是他们人性犹存的证据。但是，一旦机器运转起来，他们还是会加入运转的巨轮中去，去碾压，去搅碎那些溢出既定轨道的人。

郑小驴说："我们习惯于将这些悲剧的根源归罪于体制，却很少归罪于执行国家命令的具体的个人。"这可能是作家的一种善良想法，命令他们去施暴的不是人性，而是一级一级找不到具体人的科层制，这是我们置身其中的卡夫卡式生存困境。假如这些基层的施暴者是道德高尚的人，能扭转这种局面吗？其次是暴力导致的反抗式的以暴制暴。表姐北妹的丈夫谭青怒杀了罗副镇长的儿子罗圭，他明知这个孩子是无辜的，无处发泄的男人必须要以牙还牙才能平息怒火，要让自己的悲剧在施暴者身上重演。对于暴力的呈现和思考，应该还有可以继续探寻的空间，否则少年水壶的成长就显得缺少动力。小说可能囿于框架结构的原因，没有找到合理的方式继续深入下去，这是一个遗憾。作者在"后记"中说，小说做了几次修改，侧重点转向了比较沉重的话题：计划生育政策下一个五口之家的故事。当代中国写"计生"主题的小说凤毛麟角，莫言的《蛙》就成为一个不能避开的前驱。如果《蛙》展示了上一辈人的原罪，《西洲曲》就是一代人的"看见"。《西洲曲》再次见证了郑小驴对历史的敏感和勇气，他始终在清理历史记忆在自己身上打下的烙印，这是他的一大写作特点。

郑小驴在《80后，路在何方》里曾经谈道："在伪市场经济和局域网式的互联网泡大的孩子们，在时代的缝隙中，正冲锋陷阵着，文学作为一种理想，成了纯粹乌托邦式的抒情，对这代人来说，已经失去了像前几代人那样靠文学改变命运的可能性。如果'80后'里还有纯文学和理想主义精神，这一定是出于最纯粹的喜爱，也仅仅是喜爱。未来'80后'这代人里的新文学，很大部分必将在对过去这二三十年的反思中产生。"坚持历史视野始终是一条外边光鲜内里斑驳褶皱的写作道路，从历史中诞生需要艰难的挣扎和层峦叠嶂般的困难。相对应的是认真清理和反思前辈作家的写作方式，比如新历史小说的解构主义倾向、知识分子问题上的启蒙主义、乡村呈现方式上的抒情主义等。前辈作家、社会学家和人类学家在重新叙述历史时所使用的词语，所建构的场域及背后的选择倾向，都应该是郑小驴在写作时需要思考的前提，哪些需要避开，哪些需要延续而不是重复。因为过往的思想和认知都会参与到作家的写作中来，阻碍或帮助作家去讲述一个故事，呈现一种生活。

二

郑小驴小说中充斥着的各种死亡几乎组成了一种死亡生态学，种种死亡的样态像一株株植物一样，自然地生长在大地上；又像白色垃圾袋一样随风招展在各种枝丫上，与环境格格不入而醒目。度假村里死了一个小姐，警察贴出来的告示上，写着死者的相貌和衣物等特征。躺在庙里的小姐穿着一件火红的T恤，洁白修长的腿上沾满了褐色的泥巴，几根茅草折断在她的身前。（《少儿不宜》）忧郁的钟楚静静地坐在客厅沙发上，他的左手搁在沙发边，双目无神地盯着电视的屏幕，当时正在转播西甲联赛的录像，梅西转身抽射，足球随声入网。像是睡着了，他的手腕处汩汩冒出的血像一股细细的温泉。（《和九月说再见》）走投无路的小曾在混战中，用刀子捅了警察，像捅一个麻袋一样，当圆脸警察紧紧靠着他肩膀的时候，他感到手有些酸麻无力，再也捅不动了，小刀叮当一声落了地。（《七月流血事件》）一个孤单的乡村留守女孩在幻想中杀死了自己的哥哥，并且去警察那里报案。（《我略知她一二》）小菊奶奶坚决认定小菊偷钱，为证清白，小菊服毒自尽。（《八月三日》）校园暴力频发，"不起眼"的"江湖恩怨"导致一场接一场的群殴，一会儿孙子一会儿爷爷，李玄刀捅卷毛，鲁登绑架"小孩"、追杀信哥。(《青灯行》)从小说中的故事和人物可以推算出故事发生的时间都是在市场经济崛起之后，死亡如此频繁地发生在郑小驴的小说中，当然也发生在其他小说家的小说中，必然不是一个偶然现象。轻易地给人物分配死亡的份额是当代许多小说家需要注意的一个十分重要的问题，碰触到死亡问题的小说无所不在，就像福斯特带有玩笑性质的解释，最主要的原因可能是，死亡可以简洁整齐地结束一部小说。唐诺曾在一篇论雷蒙德·钱德勒小说的短文中谈过，古典推理可以说是某种"死亡学"，它关心死亡直接透露的讯息（如伤口、指纹、死亡时间地点云云），死亡给我们暗示，给我们线索，死亡就是谜题；"美国革命"之后的犯罪小说则或可称之为"死亡生态学"，它转而关心死亡和现实社会各种或隐或显的联系和牵动，通过死亡的筹划、执行、发生到追索，我们有机会外探社会黑暗，内查人心幽微，在这里，死亡接近一种征象，或甚至就是病征。

小说《大罪》的主人公小马是一个没有任何背景的普通青年。他曾经意气风发，锋芒毕露，以为世界全在他脚下，只要肯努力走，就能走出个模样。一开始他以为自己调到王湾镇最多一两年就会重新调回城里，他任劳任怨，工作努力，但却阴差阳错地错失机会，一拖再拖，在王湾镇一待四五年，满腔激情慢慢消散，改变命运的机会一去不复返，生活看不到希望，找个女朋友都遇到买房的压力，处处碰壁。与小马形成对比的是，那些腐败分子招摇过市，开名车、包二奶，官运亨通。小马说出"应该干点动静来，最好是大动静，吓死这些狗日的"这句话，就像是对自己未来行为的预言。他以残忍的手段杀死即将升迁教育局的蒋校长和房地产商王建德，然后继续平静地回到原来一潭死水的生活中去。在《大罪》的创作谈中，郑小驴说："我常幻想自己就是《大罪》里的小马，被分成两半的小马，一半他扮演着日常生活中千人一面的角色；另一半则属于黑暗，他成了黑暗世界中的审判者，戾气是他手中挥舞的利剑，他满腔的怨怒唯有黑夜能得以稀释。是什么力量促使小马义无反顾地选择了这条不归路，我相信是这篇小说的意义所在……利益分配的固化，人才垂直流动的阻塞，权力腐败的泛滥，环境的恶化，法律的不公，社会两极分化的尖锐对立，等等，导致了这块土地戾气横生……我将心中的这些疑惑，全部交给了《大罪》，交给了小马。"[1] 这篇小说具有一种特别熟悉的生活气息，尤其是这一套内因外果的分析，仿佛是陀思妥耶夫斯基的《罪与罚》的余音未落，尤其是这种气息几乎在每一个 20 世纪七八十年代生的青年作家的小说中都曾经有过，这就更值得我们重视这种小说诞生的社会学意义。

阅读郑小驴的小说基本上都能读出其背后对社会的整体认识和它的表达逻辑，这是他创作中的社会关切和批判立场所决定的，毫无疑问是一个优点。而我在近年来的当代文学阅读中感受最深的可能就是这种相似的认识和表达，让人想起超现实主义作家布勒东对小说的批评，他直接宣称小说是一种"下等体裁"。昆德拉说，尽管布勒东的话具有偏见色彩，但人们却不能对它置之不理。它忠实地表达了现代艺术对小说的保留态度，主要有三个方面的意思：小说的风格是信息式的；描绘的虚无化，形象目录般的重叠；还有使人物的一切反应事先便明示无疑，冗长的陈述使得一切结果都事先告知于人，主人公的行为和反行为都已得到了精彩的预示，瞧他一副能挫败种种算计的样子，

---

[1] 郑小驴：《我们心中的大罪——〈大罪〉创作谈》，《中篇小说选刊》，2014 年第 1 期。

但无论如何，他逃不脱算计。尤其是第三点，反映在许多作家的小说中。每次看到央视《动物世界》这个节目，当动物形象出现时，都会自然地联想到世界的欲望化、丛林原则和人类无情的倾轧（这个桥段在许多年轻作家小说中重复地出现）。看到租房的情节，自然而然就能联想到房东（一般情况下都是女房东）的刻薄、亲朋好友的薄情寡义。这自然不是真实与虚假的问题，而是一个反思视角的缺失，这种重复性写作有没有可能借尸还魂？昆德拉在《被背叛的遗嘱》中谈到自己不喜欢巴尔扎克，而喜欢拉伯雷，这种态度是值得深思的。昆德拉对拉伯雷小说着迷并梦寐以求的地方在于创作上的自由："写作而不制造一个悬念，不建构一个故事，不伪造其真实性；写作而不描绘一个时代、一个环境、一个城市；抛弃这所有的一切而只与本质接触；也就是说，创造一个结构，使桥与填料没有任何存在的理由，使小说家可以不必为满足形式及其强制而离开——哪怕仅仅离开一行字之远——牢牢揪住他的心的东西，离开使他着迷的东西。"[1]

三

郑小驴的小说在有意无意地构建一种"世界"视野，这是一个特别复杂和历史化的问题。自"五四"以来，我们有过多次遭遇世界（特指西方）的历史时刻，但这个"我们"是以学习者的形象出现的，没有以平等的姿态加入到历史的进程中去。除了西方世界，还有一个第三世界，也就是说，我们在关注和思考中国本土的问题之时，还需要将

---

[1] ［法］昆德拉著，余中先译：《被背叛的遗嘱》，上海译文出版社，2003年，第164页。

其放置在这个整体背景中去审视。郑小驴的世界视野，是在一种模糊的意义上综合而成，他是在汲取一种"革命"的力量，这可能就是刘丽朵在《"这狗日的资本主义"——对郑小驴近期创作的评述》一文中给郑小驴的定位：一名不折不扣的"左派"作家。但在这篇文章中刘丽朵没有明确地阐述这个观点，我觉得这几乎是不可能做到的。在《七月流血事件》中，小曾因为五百元钱而在烈日当头的城市的大街上东奔西走，求助无门，几乎跟每一个遇到的人都处在一种紧张的对峙关系中，处于崩溃的边缘。但有一个场景让他停下来休息和思考了一会儿，暂时脱离了这个紧紧捆束他的现实："中午在家下面条吃，光着膀子吹电风扇，热风热面，汗流浃背，随手拿起一张旧报纸，醒目地看到一张'占领华尔街'的新闻照片。小伙子们堵在华尔街控诉年轻人的赤贫现象。一个白人青年，嘴上贴着一张美钞，举着美国国旗，迷茫地望着远方。有一些过激的年轻人开始遭到逮捕。新闻报道说，青年贫困已经蔓延成一个全球现象，不管在美国，还是在俄罗斯、英国、法国、日本，都有大批的赤贫青年处于失业和流浪的状态。小曾翻完这版新闻报道，有意犹未尽的感觉。平时他很少关心时事，也没有时间去关心这些。为什么我们国家就没有谁去示威游行？"这个由他者而自身的联想只是一个非常浅表层次的"世界"感，而《飞利浦牌剃须刀》则更近一步。这个小说如实地展示了我们这个时代存在的现实问题，大学生就业难，过着月光族的生活，对高昂的房价无能为力。主人公小加——正在读高中的少年陷入了对伊拉克战争的持续关注和狂热情绪中。他迷恋萨达姆的胡子和风度，萨达姆身着戎装，腰间佩着长剑，正给官兵鼓气。他的胡子浓密无比，透出偶像的威严。小加把美国与萨达姆之间不对等势力的战争转化到自己的日常生活中来：对9·11幸灾乐祸,为没能撞毁五角大楼而心生遗憾,"他只是隐隐觉得,在太岁爷头上动土,比玩蹦极还过瘾,他一直期待着有个愣头青给这大胖子冷不丁来一下,就像对着他们班的刘大胖子一样"。刘丽朵认为通过主人公小加对"连鬓胡子"式的"左派"的崇拜,郑小驴暴露了他的"左派"立场[1],建立了一种"霸权—反抗"的模式。但"左派"这个词语涉及非常复杂和更有纵深感的政治、经济、历史、社会和生活的美学问题,如果把这个概念转化成文学呈现的问题,可能就是这篇小说与当代文学发生之初的那段文学历史的比对和关联。在这个问题上,切中了当代文学的一个重大遗失,一个失掉了的视野。

在郑小驴的小说中,我们会发现众多的话题,已经有许多评论做出了很好的阐释。最需要警惕的是真问题经过文学过滤之后变成虚浮的冗余,可以随意放置;还要警惕问题只是浮在面上,无法沉潜成有质地的文学事实。昆德拉有一句话十分中肯:"成为小说家不仅仅是在实践一种'文学体裁',也是一种态度,一种睿智,一种立场;一种排除了任何同化于某种政治立场、某种宗教、某种意识形态、某种伦理道德、某个集体的立场;一种有意识的、固执的、狂怒的不同化,不是作为逃逸或被动,而是作为抵抗、反叛、挑战。"[2]抵抗、反叛、挑战是一系列动作,其中每一个动作都需要巨大的能量运作和灵魂的搏斗,对抗他者和自我的"不同化"尤其重要。评论和写作一样,对于问题我们始终是点到为止,一切属于文学幽灵的客体和沉默的精神深处,总是找不到一条豁然洞明的路径;我们看得到美好所在,但云遮雾绕,

---

[1] 刘丽朵:《"这狗日的资本主义"——对郑小驴近期创作的评述》,《百家评论》,2013年第1期。
[2] [法]昆德拉著,余中先译:《被背叛的遗嘱》,第164页。

没有科学的仪器直接抵达，只有以一个心灵臆测另外一个心灵，寻索前行。特别希望一直在奔跑和探索的郑小驴找到一条让世界朝他走来的大路。

《扬子江评论》2015 年 6 期

任晓雯：浮生或作为底线的写作

"宋没用，苏北女人在上海，生于1921年，卒于1995年。"这是《好人宋没用》后记中任晓雯的第一句话，也是这部小说的全部精简得当的人生事例和形式。一个普通女人在业已成型完整有序的历史时空中被断层一样发掘出来，一个人搅动一潭深水。小说聚焦1921年到1995年间上海的生活空间——曾经出现在各种文学意识和装置中，现代文学以降，众多作家以各种方式塑造过它的形象，再现过这个空间中的人物和生活，形成了各种固定形象和命名，聚集、构造和处理这一时空纪实和虚构的方式、修辞和意象。这是任何处理这一时空的文学所必须面对的潜在对话者，任何想要有所作为的叙事者都无法视而不见。任晓雯把一个在上海生活的普通女人和她的人生节点赋予了长篇小说的形式，以语言的重新锻造，从"她们"回到"她"的写作理念的反拨和回撤，以扎实细致的针脚去映衬一个普通人庸常漫散的一生。与当下写作中遍地的雄心以及并不对称的呈现效果相比，任晓雯收束和用力的每一步都在恰切的点上，她从细微之处扬尘，去撬动更多的写作对应物，看似简单的故事和精炼的形式所开启的是精微而复杂的文学空间和需要重新衡量的文学标准。

一

　　小说的开端定位在1923年的苏北。两岁的宋没用跟着凌乱的家庭，在大荒年里，被饥馑赶逐，从苏北阜宁摇着小船，经由运河漂流而来，停在苏州河畔。起先住在船里，船身开裂而被迫上岸来，从此在上海立地生根。其间追溯过生命诞生之际的荒蛮、戾气、彪悍和粗犷，家庭的飘摇和人心的冷暖离散，一幅衰败凄清而又暗流涌动的画面。正是靠着生命的坚强韧性和无目的地活着豁出了一条小道，一家人流落异地，最终穿越虚弱、饥饿、困厄、冷漠、灾难，她在尘埃里向外生长、占有、繁衍，不由自主地以肉身去拓展物质和精神的空隙。越过漫长凡庸的时光，穿梭过拥挤的人群，来到人生寂寥的结尾，宋没用又回归到一个人。她进入一条黑色甬道，往事一帧一帧浮显，今生今世最微小的细节，最陌生的人物，在屏幕上清晰可辨，此生度过的所有时间，都被收藏起来，悉数奉还于她。她领受到安全温暖，离弃遗憾，"七十四岁的宋没用，回到了最初之地"。

　　本雅明在《讲故事的人》中申明死亡给予讲故事的人以权威，使得整个故事得以方便地传达，给予郑重的审视和观察以契机，让我们再次去洞察某个人人生的形态，看到人生的起始与终结，他们的成长与犯错，停滞与漂浮。宋没用所经历的不同历史形态和历次社会运动，触及勾连的社会各个阶层，业已完成的漫长而风雨飘摇的一生，并以死亡完结的形态是这部小说的全部质料和库存。这是面向过去的故事，也在仰仗把现在变成过去，虽然故事里是一直往前进，但整个故事已经是完整的了。我们依然能感受叙事者的小心翼翼，左右规避，好像天生带有某种不可避免的缺陷，这使得它区别于这部小说所刻意拉开距离的那些叙事所拥有的笃定和志气。它在尽力规划和开启一个艺术的时刻，对面有一个作为参照物的群像，避免被它们捕获，那些包藏雄心的粗疏和直截了当的史诗作品，包括作家本人写于九年前的《她们》，它们往往有一个可以看得到明晰的路径，比如上世纪男男女女的众生相和一方风土人情。

菲茨杰拉德说："小说来自于历史的缺陷。"小说这一文类的合法性有时候就是建立在对宏大历史的插入和拯救上，它拯救那些被历史遗忘的私密时刻，被各种叙事所无能为力的细部和褶皱之处，浅藏着世俗的事例和事件，当然又绝不会也不应该止步于此。任晓雯的"浮生"系列短篇小说，以及《好人宋没用》在面对众生的现世时，都是一首安魂曲，"凡劳苦担重担的人，可以到我这里来，我就使你们得安息"。叙事者以朴实健康的肌理去建设每一个平凡人的一生，仿佛是在模仿创世的动作。"浮生"取其字面意思，或者避免社会学深度阐释模式，是这部小说或者任晓雯近期创作中所发明和描摹的一种人生存在形式。一个普通人如宋没用，又或者张忠心、袁跟弟、周彩凤、许志芳们，都是一个人一生的故事，浮在潮起潮落的人间，浮在时代的热流中，没有办法建立起牢固的主体性，但他们都在完成自然的人生。任晓雯说："《圣经》里说：'没有好人，连一个也没有。'倘若要我塑造一个全然高洁的人物，我想我是塑造不出来的，因为没有见过这样的人。宋没用当然不算道德楷模，她身上有懦弱、自私、狡黠、随波逐流的地方，在人生最重大的事情上也并非完全明白。但她心地柔软，常有怜悯，这让她在黑暗之中，依然存留人性的光芒。"人的一生是各种事件的集合，其中某一个事件或者最后一件事可能改变集合的意义。确立了时间的尽头（叙事的时间）以后，一个瞬间一个瞬间地加以描述就变得顺理成章，并且生出自然人生并不具备的意味和仪式感。

二

《好人宋没用》的写作方式、叙事语调和语言考究脱胎于"浮生"系列短篇，宋没用和故事中的其他人物都可以在那些短篇里找到来源。他们浸润于江浙一带的生活气息，来自于同一个时代光谱；他们共享百年历史中的战乱、饥饿和种种社会动荡；他们匍匐在社会较低阶层的基座上，勤劳善良、怯懦精明、悲欢坚忍，家庭的悲喜剧、时代的正剧和闹剧，无一遗漏地冲刷着他们的头面；他们迎接着一切的人世风景，把生存这个根本性事业坐实得密不透风，甚至生发出一种英雄的气概。从这个意义上他们的人生都具备了史诗的品质。"浮生"系列中以2000字左右篇幅去描述一个人的一生，那种简约和壮阔，需要一个具体事件甚至一句话集中的力量，来收束和完成；而奇异和荒诞也需要时代、空间给予的冲突，把个人的故事带入不由自主的洪流中去。这是短篇制作可能带来的震惊和戏剧效果。

福楼拜曾经向屠格涅夫讲述《布瓦尔与佩库歇》的创作计划，屠格涅夫强烈建议他从简、从短处理这一题材。这是来自一位年老和成功前辈大师的完美意见。因为一个故事只有在很短的叙述形式下，才可能保持它的喜剧性效果；长度会使它单调而令人厌倦，甚至完全荒谬。但福楼拜坚持己见，他向屠格涅夫解释："假如我简短地、以简洁而轻盈的方式去处理（这一题材），那就会是一个或多或少具有些精神性的奇异故事，但没有意义，没有逼真性；而假如我赋予它许多细节，加以发挥，就会给人一种感觉，看上去相信这个故事，就可以做成一件严肃，甚至可怕的东西。"

任晓雯以长篇的方式去结构《好人宋没用》，应该是预设了对逼真性和严肃性的追求的。在克制了大历史和地方叙事的诱惑之后，把一个"没用"之人所经历的人生足迹和内在风景呈现出来，它所带来的是生存的严肃性和密度之美。

从出生之时的多余没用开始，宋没用的一生就是反复的离散。她从幼年时期因为饥饿和贫穷从苏北进入上海，一家人用着全部力气和破釜沉舟的彪悍，从无到有地建立起一个家。但是这个家在疾病瘟疫、时代旋涡所造就的丛林法则中顷刻就散了架；宋没用以一个年轻肯吃苦的女人的天然优势和无家可归可怜人的弱势被开老虎灶的杨家收留，开启了新工作新生活，"眼下是最好的时光，有居，有食，有电灯，有干净水。都是白白得到的。她本应该沦为垃圾瘪三，也每天睡在马路上。老天爷待她好，杨赵氏待她好。她还年轻，前头有着大把的好日子，等她使劲去活呢"。宋没用后来成为老虎灶的女人，嫁给杨仁道，生了四个孩子。接着杨仁道被告发是共产党，家院被收留的亲戚占据，宋没用拖着一家人再次无家可归；靠着求生和攀牢的决心，住进了资本家余宪平和善太太倪路得家，度过了一段祥和安稳的生活。在接连而来的革命高潮中，余家陷落，改天换地，住进了造反积极分子；与此同时，儿女们长大成人，滋生出分离和隔阂，成长的烦恼，革命与落后的龃龉。利益与情感的旧债，在接下来的市场经济的洪流中，再次需要去偿还。儿女们四散而去，人到晚年意识模糊的宋没用，完全成了一个无用的人，被安排到一个大房子里与保姆为伴，漫长的人生戏剧终于落幕。

宋没用占据了作者为她创造的所有空间和舞台，童年的战乱与亲情，成年后结婚生子的家庭拉锯，中年的革命高潮与邻里关系，晚年的家庭肥皂剧，一系列事件的堆积，由宋没用所牵涉到的他人的故事，纷纷扰扰张扬开去。他们有的独立成舟像杨家在上海落地生根的故事，善太太娘家的前尘往事；有的继续牵住宋没用的衣角，比如儿女们的后续故事；有的藕断丝连，比如爱慕过宋没用的老金和善太太一家。相对于这些人生故事，宋没用就像一张大网撒向大海（他们），他们成为宋没用的组成部分，短暂的愉悦、缠绕的困难和障碍的克服，反复的离散和新的成长。事件一刻不停发生在紧凑的时间和空间里，在人生的辐轴上堆积得满满当当。

《好人宋没用》中最富戏剧性的一幕大概算是倪路得（善太太）与宋没用一家的相遇。走投无路的一家老小，被大宅院里的富太太出自善心和隐藏的私心，一起收留进家。彼此之间开始了解试探、共同生活，走向不可逆转的命运，一环扣一环。密度之美带来一个不可避免的矛盾，在这种时间跨度较大的日常生活史诗中，推动故事进展、保留悬念的必要性要求一种情节的高密度；而小说家要保持生活非诗性一面的所有逼真性，必须对抗高密度的戏剧化。但漫长历史场景中的事件那么丰富，那么多的巧合和内在的勾连，遵从文学和历史的惯性，必然会失去它逼真性的一面。

另一个问题，任晓雯在小说的附注中说，本书所有历史细节都已经过本人考证，也即表明所有细节都是公共的细节，所依据和参考的历史著述和口述历史，保证了生活的真实性和它的公共性。大众化的历史故事背后对于革命的历史，也采取了浮泛的形式，"叙事者"跟宋没用几乎采用了同一视线，对人物内心世界的期待太容易消散在这个漫长、曲折摇荡的人生长河里，变成一份精心绘制的历史流水清单。将不同的历史时代放置在同一个严整有序的小说形式中，等同于抹平很多差异。艺术的可怕之处在于，一旦它获得某种形式，就再也不去寻找从未说过的东西，而是乖乖地为集体生活服务，它会使重复变得美丽，帮助个体祥和地、快乐地混入生命的一致性中。

普通的叙述变成小说的节点是，在故事之外，它又朝着四周扩展着的世界敞开了每一扇窗户。因此在一个简单的人生"故事"之外，我们看到了插叙、描写、观察、思考。作者也开始面对一种十分复杂异质的材料，作家就是一个建筑师，必须打上一种形式的印记。"浮生"是任晓雯短篇小说的名字，浮生又是一个形式，拒绝跟历史任意随便轻简的调情，以一种有距离的语言和眼光再现他们曾经经历的具体处境。"浮生"又是任晓雯借以深入历史处境的灵魂的知识，一种抓住这一历史处境的人性内容的知识。作家在对具体人生的严肃观察和历史故事的重新排列组合中，萃取出了新的艺术上的差异性。

拯救和承接如上问题的是形式意义上的语言，任晓雯用具有整体风格的语言写了一部38万字的长篇。比如小说里写毛头的一小段："时快时慢，游游荡荡，不觉到了老虎灶，定在马路对面。他想起烟熏火燎的旧日子。幼年毛头不喜欢宋没用买的玩具，也不爱和小伙伴们玩。忙完大人交代的家务后，便蜷在茶堂角落里，摆弄一只杌子。伸脚插至横下，把杌子挑翻过去。另一只脚将它挑回原位。再双脚一夹，让杌子腾空起来。玩到大腿酸麻了，便笼起手来，跟个小老头似的，觑着这个与己无关的世界。"迎面而来的是明清小说的古典意韵，半文半白，陌生化的词语和名称，减缩得最少的抒情语言，触目即是所见所得所闻。叙事者最大的存在感就是语言上的独特性和统一性，在上海话、苏北话、普通话之间寻求一种平衡和杂糅，以简短的句子、有古典意韵的词句、古朴的口语，制造了一段与现在的距离，它封锁和深化了已经被过分历史形象化的生活。

小说自完成之日起就矗立在那里，就像我们的另一个世界，一个具有自成一体能力的坚实世界。其中每一个细节都有着它的重要性、它的意义，其中所有的一切，每个旧有的单词，每一个短小的句子，断句的方式，人物所使用的谚语和脏话，都被打上拒绝遗忘的标志，而且这一段时空与人生就是被如此构思出来的。

三

我们习惯上把一部作品放入两种基本的环境中：或者是它所属的民族、地域的历史，或者是超越于地域、民族之上的艺术的历史。面对着卷帙浩繁不断被繁殖出来的当代文学作品，常常滋生厌倦和困惑的情绪，我们为什么写作，以及如何评判写作，包括也要时时检讨评判标准以及是否缺乏辨识杰作的眼睛。米兰·昆德拉提醒我们，每个作家都应该清除一切次要的东西，为自己也为别人，崇尚本质性原则。可能在辨识作品的问题上，也是如此，在理顺或者粗略了解了当代小说发展的历史之后，多少能够理解并达成一个好小说的共识：一是这部小说所照明的、在此之前存在中不为人知的方面；二是它所找到的形式上的新颖性。

1990年代以来，我们已经很少能够看到带给我们符合如是两个标准的作品了。在现实的境遇中，面对众多的鸿篇巨制，推崇一种铸就底线的写作变得更为重要。即使面对被媒体和语言充分公共化了的历史和现实，它所张扬的生活本身的动力和精神，克制简约的叙事的语调，既熟悉又陌生的人物，都在一个基本的底线之上。近期所看到的陈彦的《装台》、傅星的《怪鸟》等作品，都是在一种写作底线之上，以细节和情感，扎实地接近某种真实，甚至放弃了解释历史和现实的理念。但在这一切背后似乎又具有一种美学规划，它们在回到一种写作传统比如福楼拜，搁置不切实际的写作雄心。在这个意义上，任晓雯《好人宋没用》是一部质实的小说，铸就了坚实的写作底线，并把语言从陈述和描写上升为形式本身，只有用一连串的字句和意象，才能对读者和小说艺术作出适当的提示。

　　《好人宋没用》散发着一个混合体的芳香，普通劳动者借由深度描写所折射出来的神性的光彩，大历史宏阔前行途中遗漏的私密时刻，熟悉的历史事实侵入虚构后被精致的语言蓬松出来的新质地，以及抵御一种艺术观点离开之后尚存的余温，旧有轮廓若即若离的光晕，是存在本身的偶然与艺术必然的遭遇，这就是亨利·詹姆斯在批评托尔斯泰时所主张的另一种长篇小说的样子——"绝对精巧构思的艺术"。这种写作固然也有它的问题，但创造需要建立在这种写作之上，方才可能。

《上海文化》2017年9月号

张嘉佳：徽章的力量

一

张嘉佳铺排华丽而揉捏到位的文艺腔调，孤注一掷坦白给世界看的风格，废话流般让人没有喘息空间的语速，让我们在集体妄图现实主义的焦虑中放了个风。如果我们把张嘉佳的作品称为小说，小说的本体论人物就在于为我们重新找回昆德拉漂亮地称之为"生命的散文"的东西，而"没有任何事物像生命的散文如此众说纷纭"。

一旦被列入生命的散文这样宽泛而没有现成章法的体裁，就会发现张嘉佳的小说世界也是丰满而又诱人的。《从你的全世界路过》是一部后青春回忆录，是一部掺杂了七情六欲的青春奏鸣曲。他的"全世界"从作品来看，就是爱情、青春、友情、游历、放荡、豪迈、不羁等等，形形色色的主人公到处串场，转身却又不见，有温暖的，有明亮的，有落单的，有疯狂的，有无聊的，也有莫名其妙的，还有信口乱侃、胡说八道的，每一个人之于这个"全世界"来说，都是飘荡的碎片，但它们拒绝成为漫长而有教益的人生故事。

迈克尔·伍德在论及昆德拉的小说人物时，有一个说法：不管在小说里还是小说外，人物最重要的地方在于，他们的需要对我们而言是否真实，我们是否能够想象他们的人生。所有令人难忘的小说人物，既是真实的，也是想象的历史的片段，是搜集起来用语言重新创造的历史的片段，所以他们像我们见过的人，而且比这更好的是，也像我们还没有见到的人。

"他们的需要对我们而言是否真实"这个标准应该有两层意思。第一，用毛姆的话说，可能就是人物的个性。他们的行为应该源于他们的性格，决不能让读者议论说，某某人决不会干那种事的；相反，要让读者不得不承认，某某人那样做，完全是情理之中的事情。第二，还是一个"他们是怎样的人"与"他们是谁"之间的差别。很多专注内心的小说一直缠绕的问题是"他们是怎样的人"，而有纵深感觉的小说才会关注"他们是谁"的问题。张嘉佳小说中形形色色的人物是怎样的人？我们可以简单组合一个群落：他们有过微时的落魄，他们说着废话流抵御着生活中的那些伤害，分手或者离婚；他们有过赚钱的幻想，被打击了之后沉迷于游戏；他们爱着一个男人或者一个姑娘，用全部的心血和热情，但有的成功共同回忆往事，有的失败完成自我成全；他们爱着自己的狗伙伴梅茜，他们知道不是狗离不开他们，而是他们离不开那只狗；他们爱着那些消失了的人：姐姐或者某个让你心动的姑娘。他们离开脚下的土地，去放开那个被捆缚住的自己。他们是一些面目不甚清爽、真实生活着的青年人，他们的生活因为张嘉佳的叙述而有了一种戏剧性，但万宗归一，他们就是《那些细碎却美好的存在》中玄虚而言的那种普普通通的存在者，"不想那些虚伪的存在……如果尚有余力，就去保护美好的东西"。

如果所谓的"历史"是重大事件的话，这一代人几乎没有进入过

"历史"，张嘉佳不是去复制经历过的生活，而是有意识地制造一种历史感，来营造一种与其说是差强人意的历史感觉，不如说是一种熟悉感。1990年代末期、2000年初期这一段时间内，异地恋的校园电话卡这种时光渐逝的见证物，初恋的"兵荒马乱"的情绪，还有那些具体而又潜藏着共同记忆的生命中的时间制造了一种熟悉感——比如"1999年5月，大使馆被美国佬炸了。复读的我，旷课奔到南京大学，和正在读大一的老同学游行"；"2000年，大学宿舍都在听《那些花儿》。九月的迎新晚会，文艺青年弹着吉他，悲伤地歌唱：'啦啦啦啦她还在开吗，啦啦啦啦去呀，她们已经被风吹走，散落在天涯'"；"2001年10月7日，十强赛中国队在沈阳主场战胜阿曼，提前两轮出线，一切雄性动物都沸腾了，宿舍里的男生怪叫着点燃床单，扔出窗口"；"2002年底，'非典'出现，蔓延到2003年3月。我在电视台打工，被辅导员勒令回校。4月更加严重，新闻反复辟谣。学校禁止外出，不允许和校外人员有任何接触"（《末等生》）。

接下来一个更需要追问的话题是，他们是谁，他们来自哪里？可能是来自东北的一个姑娘，可能是江苏的某个小城市男孩，与当代中国电影电视剧中的小镇青年面目相似。他们所归属的是城市中的中等阶层，如今他们有着不差的收入或者还有一些来历不明无须确证的富二代；他们能够转身就离开困境之地，下个决心就能做到去周游世界。比如在《骆驼的姑娘》中，朋友失恋了，就可以劝他，老在家容易难过，出去走走吧。他点点头，开始筹备土耳其的旅行。这不是一个普通凡俗的人可以拥有的选择，他们非常便利地追寻和享用旅行的意义，"意义不是逃避，不是躲藏，不是获取，不是记录，而是在想象之外的环境里，去改变自己的世界观，从此慢慢改变心中真正觉得重要的东西。就算过几天就得回去，依旧上班，依旧吵闹，依旧心烦，可是我对世界有了新的看法。就算什么改变都没有发生，至少，人生就像一本书，我这本也比别人多了几张彩页"（《美景和美食》）。他们笃信"美景和美食，可以抵抗全世界所有的悲伤和迷惘"（《美景和美食》）。

张嘉佳作品中的人物基本上都接受了高等教育，无论对这个制度是嘲讽还是无动于衷，他们都坦然接受了这些教育。除此之外，看不到更多的明晰的文化背景，或许从小说中人物的自我"坦白"可以瞥见某种端倪：《旅途需要二先生》中提到过早年看的《大话西游》和美国公路片，和泪共唱的《一生至爱》；《河面下的少年》中则有一大段关于我们青春的排比堆砌的各种流行文化符号，"我们喜欢《七龙珠》。我们喜欢北条司。我们喜欢猫眼失忆后的一片海。我们喜欢马拉多纳。我们喜欢陈百强。我们喜欢《今宵多珍重》。我们喜欢乔峰。我们喜欢杨过在流浪中一天比一天冷清。我们喜欢远离四爷的程淮秀。我们喜欢《笑看风云》，郑伊健捧着陈松伶的手，在他哭泣的时候我们泪如雨下。我们喜欢夜晚。我们喜欢自己的青春"。张嘉佳的叙述是直白而坦诚的，这些人在流行文化中长养着，并被流行文化塑造了人生和世界，流行文化是这一代人的文化基础，是他们表达自己的情绪基础，也是他们情感共同体的入场券。男欢女爱的模式，对情感的态度，还有自我解脱的方式，戏谑而无奈的语调，基本上都是来自这种流行文化的滋养。

张嘉佳的作品不是这个时代的孤例，我们可以推而广之。韩寒的APP《ONE·一个》，他新拍的电影《后会无期》，新媒体上的非虚构写作"记载人生""果仁小说"等；写《谁的青春不迷茫》《你的孤独，虽败犹荣》，以"坦白说"作为口头语和个人标志，分享自己的成功与失败、捕获大量在校生拥趸的刘同；《最小说》中厉害的写手安东尼，写作从来不加标点符号，擅长从平淡生活中发现闪光点，捕捉生活小情趣，笔下文字自成一统，充满童话梦幻色彩。他们都可以在一个宽泛的意义上归为同类。如果从"同时代人的写作"最表面的意思来看，他们的确是在制造一种半径最大的共同体情感，我们的青春，我们的爱恨情仇，我们的粗糙与不经、不悔与悲壮、寻找与迷茫。刘同的读者在给他的留言里说："《孤独》却让我深受震撼——正在经历的孤独，是迷茫；经历过后的孤独，是成长！青春是一本书，每一个阶段都会有一段刻骨铭心的故事，这些故事或悲伤，或愉悦，或留在记忆里成为不想触碰的红色区域，或成为随时都想与朋友分享的光辉事迹……不论是什么样的故事，都离不开亲情、友情、爱情的主题。"他们是以平等分享的方式来面对自我经验的。长期以来我们评判一件艺术品的价值，基本基于这样的原则：不是它能在哪些方面服务于我们，而是看它让我们摆脱怎样的思维定势。但张嘉佳们是逆行于这一原则的，它首先是服务于读者的，是体贴入微的写作；更重要的，他是跟你在一起的。尤其是对20世纪80年代生人来说，他非常朴素地唤起了一代人的共同生活图景，当然那也只能是一个曾经非常朴素的生活时代，才能在目下煊赫的时代，引来念念不忘之回响。"在空闲的时候，我和大家说睡前故事，从来不想告诉你解决问题的方法，只是告诉你活着会有这些问题。而这些问题，我们都会找到解决的办法，每个人都不同，所以不需要别人的教导。只需要时间，它像永不停歇的浪潮，在你不经意的一天，把你推上豁然开朗的海阔天空"（《写在三十三岁生日》）。

当然张嘉佳几乎每一个故事的最后必然有一颗对世界的炽热之心，拒绝指向虚无与悲观，这反而与严肃文学或者说文学杂志上的文学有一道明晰的界限。几乎所有文学期刊上的人生故事,都沉浸在一种青年失败者的氛围中,"这个时代有点糟","我们是一群失败者"成为难以克服的最终反映,他们在强力的时代洪流和宏大的社会运转中,没有获得先机,于是随波逐流,陷入平庸与重复,跌到虚无的深渊中。在《猎头的爱情》这篇小说中,猎头的女友崔敏曾经被人怀疑偷了钱,他们打工赚钱,想还给被偷的女孩,让她消除错误的猜测,但等到他们攒够钱,彼时女孩已经转校。十年之后聚会上,猎头的男人誓言是:"一旦下雨,路上就有肮脏和泥泞,每个人都得踩过去。可是,我有一条命,我愿意努力工作,拼命赚钱,要让这个世界的一切苦难和艰涩,从此再也没有办法伤害到她。"虽然这个故事里面有命运的无常,生活中淡淡的艰辛,但张嘉佳始终没让整个故事离开既有的跑道,这个无常并没有改变他们生活的本色,他们依旧有着回忆时刻的万丈光芒。张嘉佳这种毫无遮蔽之意的文字,大概是在这个时空中所能做到的最不虚无的,虽然这些文字的底色说到底还是虚无的。人终有一死,或者如奈保尔《河湾》的开首语:"世界如其所是。人微不足道,人听任自己微不足道,人在这世界上没有位置。"在人生问题没有"根本"解决方法的时候,或者说这个部分是个人努力与奋斗所无法触动的铜墙铁壁的时候,这些可口的文字是精致包扎后送到跟前来的一个看上去完美但又粗糙、简单的生命"解释":"过自己想要的生活,上帝会让你付出代价,照顾好自己,爱自己才能爱好别人。如果你压抑,痛苦,不自由,又怎么可能在心里腾出温暖的房间,让重要的人住在里面。如果一颗心千疮百孔,住在里面的人就会被雨水打湿。过自己想要的生活,上帝会让你付出代价,但最后,这个完整的自己,就是上帝还给你的利息。"(《写在三十三岁生日》)

纳博科夫说，风格与结构才是一部作品的精华所在。张嘉佳当然形成了自己的简单粗浅的风格，他喜欢机关枪一样的语速，乐在其中，奇异的排比句，句子的空洞而炫丽，说过好像没有说过一样，可能他与读者的快感全在于说出的这个华丽丽的过程。那些呢喃的话语的确具有按摩治愈的疗效，死于列车出轨的朋友多艳，就是靠着这种排比句，从悲痛、愧疚转而消弭到青春无悔的模式中去了。"纪念2008年4月28日。纪念至今未有妥善交代的T195次旅客列车。纪念写着博客的多艳。纪念多艳博客中的自己。纪念博客里孤独死去的女生。纪念苍白的面孔。纪念我喜欢你。纪念无法参加的葬礼。纪念青春里的乘客，和没有返程的旅行。"（《青春里没有返程的旅行》）

张嘉佳的语言文字以及唯美的故事容易让人沉迷，以至于我们会暂时搁浅这一代人不言自明的生活语境，憧憬着有一种生活如他们一样绽放或者放浪。他们无一例外都不谈时代的艰难，没有腐败、矿难、贫富差距、自我囚禁、时代板结，没有彻底的绝望和庞然怪物般的空虚，当然他们也很少以正面的方式谈论历史、政治，这些几乎都是一种简单的装饰性背景，无论写作者如何回避经验都无法摩擦干净的历史痕迹，比如"文革"，以他习惯的"镶嵌"方式出现在一篇故事中。一个老三届的妈妈，教训年轻儿子不敢表白爱情："我上山下乡，知青当过，饥荒挨过，这你们没办法体会。但我今儿平安喜乐，没事打几圈牌，早睡早起，你以为凭空得来的心静自然凉？老和尚说终归要见山是山，但你们经历见山不是山了吗？不趁着年轻拔腿就走，去刀山火海，不入世就自以为出世，以为自己是活佛涅槃来的？我的平平淡淡是苦出来的，你们的平平淡淡是懒惰，是害怕，是贪图安逸，是一条不敢见世面的土狗。女人留不住就不会去追？还把责任推到我老太婆身上！"

(《老情书》)沉重的历史、残酷的往事以一个老太太戏谑的方式拉平到爱情的俗套上，这是时下多数文学的一种通病，只不过有病情深浅的区别。

二

1947年，阿尔贝·加缪创作了《鼠疫》，在法国文坛引来无数批评，其中包括他的好朋友萨特和波伏娃。他们认为当一个社会被一个作恶多端的无能政府制造出来的黑暗笼罩的时候，身处其中并拥有极大影响力的作家，其创作如果不涉及政治和历史立场，不主动担负起深厚的历史责任，不指认（即便是隐喻的形式）罪恶的来源，那么，他的写作就是不负责的，就是不道德的。由此推之，在一个涌动着无数暗流、贫富差距每天都制造不同故事的时代，如果不涉及现实，不主动担负起历史责任，也同样是不道德的。而在我们的潜意识中，这种道德基本是针对严肃文学的，也会在许多偶然时刻，比如它们太招摇过市时，成为挥向通俗文学的定制武器，虽然结果都是各说各话。从经典文学的角度来衡量、蔑视、忽视甚至鄙薄通俗文学是容易的，就像我们一直所做的那样，在这条道路上我们有历史传统，也有鲜明案例。而现在鸡汤文的命名是最便捷的方式，只要被归入这个范围，就像被刺上红字的奸夫淫妇，吐上一口骂上一句固然是正常的人类选择，而最高傲的方式莫过于转过头去视而不见，当然这也是一句非常流行的鸡汤文。

无论我们如何谈论通俗流行文学，也或者避而不谈，都不能阻止这种文学的突然疯狂成长，或者一直成长。张嘉佳的睡前故事大概是2014年最为畅销的文学类书，据说在上海书展期间销售量仅次于郭敬明。大约200万的人都在阅读一个"80后"作家絮叨睡前故事，再加上王家卫拍成电影，这个数量还会以更狂暴的方式上升，真是有一种壮观的即视感。参加这次张嘉佳的见面会的，是从一个城市里凑起来的人群，大部分是年轻的女人，年纪相差在五岁左右，有过共同经历的一代人，当然还有一些老的小的"文青"。伴随着柔和轻缓的音乐，饱含午夜电台文艺散文朗读腔调的女声，驾轻就熟地读出张嘉佳的那些与狗狗梅茜的故事——《给我的女儿梅茜，生日快乐》："我们要沿着一切风景美丽的道路开过去，带着你最喜欢的人，把那些影子甩在脑后。去看无限平静的湖水，去看白雪皑皑的山峰，去看芳香四溢的花地，去看阳光在唱歌的草原……去远方，而漫山遍野都是家乡。"一个爱护动物又不是激进的猫狗平等主义者，一个情贴心灵的麦田守望者，一个敏感不屈满怀热情的灵魂，一个历经沧桑初心永葆的大众暖男的作家形象呼之欲出。

销量和影响大到成为现象的此类通俗大众文学，改革开放以后是从琼瑶风靡开始的，历经岑凯伦、安妮宝贝、知音体、读者文、张小娴、连岳、陆琪等。其实我怀疑村上春树、昆德拉部分作品也是被以通俗文学的方式接受的。在这个名单上似乎还可以加上王朔、王小波、石康等人。不管是经典作家，还是二流段子手，在大众读者接受的角度上可能都是被扯平了的，都是我们心灵的按摩师。而不得不说的是，现在的张嘉佳是一个定制版的综合体。我们可以在张嘉佳的暖男体小说中时时遇到熟悉的声调、故事，有波拉尼奥式漫游的不羁，有王朔式的痞气，有青春的粗糙杂乱，也有周星驰式的戏谑无厘头，有琼瑶爱情女神的执着，有连岳、陆琪的鸡汤风范，还有韩寒电影中类似的"没有看过世界，怎么会有世界观"的行动哲学，还有许多其他面目熟悉的二手哲学。总之这个张嘉佳不是横空出世，而是慢慢浸染中成长出来的一颗饱满硕大的果实。

每一个文学青年都知道阅读文学名著的重要性，经典和名著几乎成为文艺青年的标配，它们是营养和方法。而当下的流行的书，最好勿听勿看，都是速朽的。经典是什么？卡尔维诺给经典下了十二个定义，比如：经典作品是这样一些书，它们对读过并喜爱它们的人构成一种宝贵的经验；但是对那些保留这个机会，等到享受它们的最佳状态来临时才阅读它们的人，它们也仍然是一种丰富的经验。经典作品是一些产生某种特殊影响的书，它们要么自己以遗忘的方式给我们的想象力打下印记，要么乔装成个人或集体的无意识隐藏在深层记忆中。经典作品是这样一些书，它们带着以前的解释的特殊气氛走向我们，背后拖着它们经过文化或多种文化（或只是多种语言和风俗习惯）时留下的足迹。经典的定义流毒甚远，经典几乎成为了一个性情桀骜的标杆。韦勒克、沃伦在《文学理论》一书中说，然而，我们怀疑这种只读经典的读书原则对于文学研究的实用性。这种读书原则恐怕只是对于科学、历史或其他累积性和渐进性的科目来说才值得严格地遵守。在考察想象性的文学的发展历史时，如果只限于阅读名著，不仅要失去对社会的、语言的和意识形态的背景以及其他左右文学的环境因素的清晰认识，而且也无法了解文学传统的连续性、文学类型的演化和文学创作过程的本质。在历史、哲学和其他类似的科目上，阅读名著的主张实际上是采取了过分"审美"的观点。文学当然也是如此。张嘉佳的畅销书这一类文学作品可能是过分"审美"的观点之外，与现实最短兵相接的部位。

三

　　张嘉佳，1980年出生在江苏省南通市通州区的姜灶乡，典型的南方小镇，母亲是教师，父亲是公务员，一个非常典型的中国小康家庭里的唯一的孩子。张嘉佳的个人生活除了学习成绩忽上忽下无奈去复读外，看起来没有什么坎坷，他不是那种备受压抑、心绪发达、内心敏感、带着痞气的挣扎在社会边缘的众多文学作品中典型的小镇青年。张嘉佳在接受采访的时候，把自己描述成一个小镇神童，3岁时就认齐了识字卡片上的基本汉字，开读《神雕侠侣》；小学之前，把小镇上能找到的金庸小说都读完了。虽然母亲是数学老师，但张嘉佳的数学却很少及格，母亲甚至有时帮他做作业。四年级时，学校举办书法、围棋、作文等各种各样的比赛，张嘉佳说："第二天升旗仪式，所有比赛（我）都是第一名，在小镇出名了。"小镇生活留给他的另一部分回忆就是，稻田、河流、村庄的炊烟、金灿灿的油菜花；抓知了、摸田螺、偷鸭子，率领300条草狗在马路上冲锋……小镇是张嘉佳心中的童话世界，日后在自己的小说里反复出现。而张嘉佳在小镇上的人生以升入大学画上逗号，跟所有当代中国的小镇青年一样，他们都迅速融入城市的生活圈子；但张嘉佳似乎并没有经历过从乡村到城市的巨大的心理起伏（至少从他作品中的人物身上看不出来），这种心理落差几乎是近50年来当代文学中一个最为重要的母题，并且成为支撑起当代文学半壁江山的故事原型。从《霓虹灯下的哨兵》到路遥的《人生》、李佩甫的《羊的门》，甚至"80后"作家韩寒这种上海周边小镇出生的作家，几乎也都先天有一种对都市反抗的意味在作品和言谈中。另外，张嘉佳小说中也没有都市在地青年的那种天然的存在感，以及故作声张的"地方志"心态，这些东西日后都以迷茫自恋（怜）、沉溺式的都市青春小说的方式发泄出来，所以张嘉佳的小说几乎没有特别鲜明的都市志痕迹，城市只是他小说故事的发生地。除了几个南京地名，我们很难看到他对都市生活巨细靡遗的细节性的热爱，以及由此产生的对城市生活本身的表述。由此，那种寓居都市生活的屈辱、奋斗、挣扎的心态都可以略去不表，都市生活文学呈现的陈词滥调省略不说，这就造就了一种极为简洁、流畅、语速极高，具有速度美的故事流线和抒情语流，也为他小说中的自由随意的心态提供了一种合理性，为小说的轻逸摆脱了多重负累。连人物形象他都开始拒绝往人性深处伸展了，这几乎也是当代文学的另一个母题（人性的复杂、人心的暗夜等）。他的小说人物都是那种具有"飞蛾扑火"式美学意味的人物，他们说走就走，不计得失，甚至没有了现代人的算计：离婚的男人动不动就净身出户，以表示对曾经爱情的尊重；暗恋的女人们也都深埋爱情，为那个感受不到爱的男人付出到底。这一切在现实中翻滚的人们看来，的确是一个具有诱惑力、幻想性，并且因为小说中生活语境的铺陈具有一定现实可行性的类"仙境"。

张嘉佳原本的网络写作中还有另外一些类型，比如鬼怪奇谈。《和我长跑十年的鬼，他去哪儿了》，从故事原本的意义上来说，可能更适合作为睡前故事，据说是为了迎合市场和读者，还是被删掉了。而这些野史怪谈味道的故事，或许可能重新伸张一种文学的趣味，复原一种不同于流俗的小镇青年成长史。所以，张嘉佳体当然是经过选择、包装、打造的一种文学口味，但在严肃文学之外（或者说杂志、出版社文学），当代中国一直有一批拥趸众多的作家，他们的作品很难说属于通俗文学，但他们属于和鸣最多的作家；他们轻剪人们心翼上的星点，有时候也不过是蹈常袭故，其作品始终是体察时代人心的一条明晰的线索。从张嘉佳到刘同、安东尼，以及新的微信写作，好像我们都在诉说自己，对忠实地想象他人的生活失去了兴趣，或者丧失了这种能力。莫里斯·迪克斯坦特别关注美国文学20世纪60年代作品中的坦白趋势，这种趋势试图把文学从某种停滞不前的形式主义中解放出来，使它接近于个体的体验。张嘉佳类似的创作倾向当然无法与美国60年代文学倾向的历史相类比，但大体的历史情境颇多类似之处。我们也面临某种停滞不前的文学形式，作家们延续着重新模拟事实发生的世界，并由此模仿前辈作家们的思想承担，并幻想获得道德和责任上的光荣与梦想，对现实发出一种声音。此外，新的文学形式比如网络小说等以乖张庞杂的形式吸引了大量予取予求的读者，但这又很难获得渴望精神食粮的青年一代的芳心。张嘉佳们的作品拒绝、回避承担透视生活的窗口的作用，它是写给自己和同类的，就像公众微信号"记载人生"的口号："和对的人在一起。"相对于想象他人的生活，为自我构想一个可能的人类情境，这些作家更在意自己同类人的世界。在形式上，他们的作品更像是随笔或是小品文而不是小说式的叙述，每一个人都有许多故事要诉说，每一个人都有许多情感要倾吐。

"唯我一代"的形成可能是由于作者的懈怠，过于关注自我，或者缺乏想象力而造成的，但也可能和鼓励自我表达的文化氛围有关——将创作者带入作品，可以消除幻想和对生活的平庸模仿，使得读者更加关注形式。坦白式的写作方式，不需要辛辛苦苦地设计故事情节、刻画人物性格和周遭环境，也不需要提出曾经让现实主义小说荣耀一时的历史洞见。莫里斯·迪克斯坦说这些小说的作者"仅仅只是作者自己,而不是就现实和再现的关系提出问题,进行反思。他们没有让我们走到幕后,去看艺术创作的过程,看作品在表述中如何观看自身,但是他们也不是完全虚构出来的人物,拥有无限可能的神秘和意外,他们只是写作的人:对他们而言,当务之急是要将那些素材写下来,尽管他们也让故事的主人公陷入爱情与战争,但人物角色只可能生活在作者无处不在的光环之下"。

郭敬明为安东尼《陪安东尼度过漫长岁月》写过一篇序言:

> 他一直有一只玩具兔子,他取名字叫不二,走哪儿都带着,一直带去了墨尔本。他会和兔子说话,和它聊心事,和它分享心情,为它拍照(……),带它出去散步(……),并且在我有一次称呼不二为玩具的时候,和我闹了一个星期的脾气。
>
> 他甚至养了一棵像是食人花一样的植物,并取名字叫GUZZI(好像是这个名字吧,忘记了)。他也会和它说话……他有一天告诉我GUZZI心情不好,我问他:"GUZZI是你女朋友啊?"他说:"不是啊,你看!"于是他开了视频,把摄像头转向他房间的角落,于是我看见了一棵心情不好的食人花……

这是一段非常呆萌的文字和一个让人无法自矜的形象,让人萌生出促狭短暂的爱与温柔。为了一只玩具兔子闹一个星期的脾气,又或者跟一株植物说话,这都是唯我的气息,我们可以体会那种短暂的气息停留与眼神顾盼,流转于其中荡气回肠的爱与战争,它们就是生活与空气,即使外面的人一直呐喊着要戳破此类生活的假象与幻影。但他们所写下的爱情故事,真实的细节,萌动的思绪,还有大城市夜晚的每一条街道，广袤世界的任何一个为我而存在的地方，都是一枚掷地有声的徽章，散发着它微小而顽强持久的力量。奈保尔说，每个作家都是带着一个社会、一种文化以及这种文化给予他的安全感来写作，他被这样一个自给自足的世界所保护、所支撑。他永远也做不到像海明威那样去写巴黎，带着探险家的自得其乐去描写狂热去描写狂斟豪饮和性奇遇，却从不涉及街上究竟发生了什么。海明威能够以一个作家的身份来简化上个世纪二三十年代的巴黎，而他却无法把自己放在一个类似的位置上；奈保尔心里清楚30年代一个像他这样出身的人绝无可能去到巴黎，就在这样简单的层次上已被拒绝。张嘉佳他们当然也是在许多简单层次上已经被拒绝的作家，依靠着自己的安全感来写作是许多作家没有选择的选择，它只能是袖子上的一枚徽章，不会成为一具躯体，但我们能看到它各个角度的闪亮。

罗兰·巴特说过自己的任务是探索一种文学记号的历史，他讲过一件逸事。法国大革命时期的政论家埃贝尔在写作时，总爱用一些"见鬼！"和"妈的！"之类的字眼，这些粗俗的字眼并不表达什么，然而，这种写作方式却是当时革命形式的需要，它把一种语言之外的东西强加给读者，形式的历史表现了写作与社会历史的深层联系。张嘉佳们的小说、散文是我们这个时代有意义的一种文学记号，或者是肩膀上的徽章，或许正是靠着它们所提示的形式，才会指引下一次文学形式的变革，如果还会有变革的话。小说家科萨塔尔不只把作家看作艺术家，也看作见证者，看作有偏见有人性、愿意学习的人。他认为我们需要从关心这个世界的人身上反观这个世界。有时候不只是关心也享受于这个世界，从"唯我一代"这种写作倾向的作家身上，似乎看不到对世界的关心，却有享受的热情和耐心。在平滑、鲜亮、炙热、奶白色的光晕之外，伸展的是一片雾气和不安的深渊。但有时候，却顾所来径，苍苍横翠微。

孙频：灵魂在语言的阴影里

孙频大概就是那种具有中篇小说气质的作家。斯蒂芬·金说短篇小说像爱情，而长篇小说则类似于婚姻。介于两者之间，也几乎是中国特有称谓的中篇小说适合孙频那种没完没了的折磨、戏剧连台的爱情婚姻"游戏"的。北岛有一句话，若用刀子打比方，诗歌好在锋刃上，而小说好在质地重量造型等整体感上。整体感最终是要铺展到一个作家的原生经验和相应的融合经验的形式中去的，大概我们已经过了小心谨慎地面对这种问题的时代，对经验或者情绪的过分倚重往往会消解掉对形式的耐心，相应地质地、重量和造型难免会比例失调地存在。有时候补救这种整体感的可能是剑走偏锋，比如极端体验、形式试验，舍弃经典追求偏执一端的任性驰骋。孙频那些关注城市男女感情生活的小说好像在有意地做出反叛的姿态，不管不顾地倾泻她那些凛冽报复与惩罚的故事，它们独树一帜，甚至远离了我们常见的小说之道（小心谨慎老练沉稳的叙述）。在一种特色鲜明的小说和浓墨重彩的方式面前，获得的有时候是踌躇满志，有时候也是贫乏疲惫的另一副面孔。

孙频是当代青年作家中最为专注婚姻爱情之叙事的作家了，而有关爱情婚姻的故事，在我们这个以家庭为重要社会单位的国家来说，的确是一个非常重要的取景框和网眼。随着中国城市化的进程，越来越多的孤单的个体被吸引到这个空间中来，形成新的情感、伦理、生活关系。如果现在的空间借由着强力聚焦而获得了光芒和显赫，依然更改不了蜿蜒晦暗的过去持续的制约关系，政治、经济、文化、传统、习俗、心灵等等。孙频选取了矛盾最集中的男女关系，爱和婚姻，每一个点都是关系的交织之地，都市男女们像无法挣脱生死命运一样，注定要在这两个点上盘桓、挣扎、磨炼，所有的社会关系和矛盾都把能量转移到这两个问题上。由此我们也就能理解那些困在精神之瓮中的青年男女们何以如此披荆斩棘奋战在爱情和婚姻上，却收获虚无和茫然，因为没有丰茂的草原，人们只能在悬崖上行走。

一

孙频的残忍在于，她几乎不愿意创造一个朴素日常的爱情故事，一定要萃取提炼出精神的伤疤，唯有赫然在目才能配得上人物洞穴般的内心和故事的辗转，当然这与孙频个人气质和对世界的认识有关。在一篇创作谈中，她说："我最根本的气质还是一种向内的气质，这种向内会引导我的写作方向，当然还有一些其他因素的影响。比如，因为年龄和阅历的局限，使得素材上不可能横向扩展，这也会导致我向着精神维度上的纵向行走。但这些都不是最关键的因素，最关键的因素是，我在这样写作的时候有一种很愉悦的感觉。当我在曲径通幽的人类精神迷宫里努力寻找出口的时候，感觉是极其艰辛的，但也是极其愉悦的，二者是完全成正比的。"[1] 而对于我们置身其中的世界，她也有自己的判断和认识逻辑："我在三十岁之前还是粗浅地领略了这个世界和这个社会对个体尊严的践踏，有些生命的存在根本就蝼蚁不如，更别谈自由与权利。什么叫一个人的存在，一个人的存在就是时光中的一滴水，转瞬即逝。所有的存在连在一起看过去便是历史，而这历史中沉淀下来的文学无外乎是人类苦难和疾病的产物。"[2] 对于文学传统中苦难和疾病的追认，自然遮蔽了大量的其他文学类别，也只是她一己认识的夸大。与许多作家对社会和人性的认识是谦卑的模糊的不同，孙频是懔然而笃定的，所以时时能在小说中感受到作者的犀利的目光，感受到她对世界偏执而顽强的自我意识的投射。孙频对写作的意义有过比较清晰的表述，她说自己写小说，"迷恋的其实是那个创造的过程。对一个写小说的人而言，写作意味着凭空创造出一件事物，比如一个人，或一种爱，然后将它揽入自己的空想中，将它抱紧取暖，然后将自己的灵魂慢慢渗于此处，给予其真正的生命"[3]。为世界塑形原本是件极其困难的工程，过于强烈的自我意识其实是一条捷径，即使是脱离了人生日常生活的戏剧化，超出一般范围的心灵杀戮，只要承认人类幽若洞穴的心理之谜，尊重作家高昂的圣徒般的情绪波动，在画地为牢的篇幅之内，一切都是可以容忍的。

由此，在小说集《三人成宴》中多次出现被惩罚，被人用某种方式虐待，被弄脏，被贬低的受虐气质女主人公形象就不足为怪。孙频对社会残酷性的认识是成立的，也是我们一般的通识，但她的小说缺

---

[1] 孙频：《行走的精神迷宫——〈十八相送〉创作谈》，《小说月报》微信专稿。
[2] 孙频：《十字架上的耻与荣》，《收获》微信专稿。
[3] 孙频：《写作的意义》，《文艺报》，2013年3月25日。

少社会景观,心灵向度是唯一的通道,于是心灵压抑、挣扎、惩罚是小说得以成立的最基本的保证。《一万种黎明》里桑立明与张银枝都在精神上承受着超出一般的压抑,张银枝疯狂地爱上了桑立明,每年都要专门去看他一次。为了表现发自内心的虔诚,张银枝每一次都要买硬座票,以这种自我惩罚的方式来实现一种精神的自我超度自我救赎。在硬座上,每一次,张银枝都会在黎明到来时路过自己的家乡,看到自己已经隔绝多年的地方,而桑立明则借着爱张银枝的力量杀死了自己患病的妻子。《不速之客》里的女人不断地向男人强调自己的自尊,刻意保持让男人们白睡的"美德",居然是为了证明她与妓女的区分;她挣扎着向自己爱的男人证明,自己绝不是妓女。同样出身卑微的男主角,一个江湖混混,靠收债打架为生,"在她的目光中他仿佛成了一尊天神,隐去了真身,他住在天上遥远的国度里,他凌空而下,只要一个吻就能把她活活带走。虽然她知道再接下来,无非还是要跌到地面,更加心力交瘁,却还是愿意被那一个幻影带走。这么多年里他活得像一粒沙子,却不料有一天他在她这里做了回国王"。两个卑贱者互相成全,男人获得满足,而女主角的自我惩罚是一种获得心安的方式,她不请自来,被蔑视被驱赶,都在制造爱的幻影,她在其中感受到快乐。小说的最后,男主角要离开女主角,这种惩罚式的爱情行将消失之时,真正的惩罚降临。男人被女人找的一群流氓打成了残疾。坐在轮椅上的第一天,他做的第一件事就是给她发了条短信。他说:"我成了一个残疾人,需要一个人照顾我。我现在过得不好,你不能放心。"两个卑微的人,互相虐心自虐,最后终于平衡,以一方残疾的方式获得了平衡。《三人成宴》《瞳中人》有一个类似的三角恋模式,女主角发出与张银枝如出一辙的心声,爱着一个无望的人本身就是对自己的一种惩罚。她们一直想惩罚自己，"必须尽最大的努力维持着自己地狱的残酷性不被减弱。她才能得到一点可怕的安宁"。

　　受虐不是一个问题，问题是对受虐无节制地关注和呈现。伊格尔顿在《文学阅读指南》里有一个对过分细节化的批评："有时大家会认为文学作品首先得落到具体、实在的细节，可这里有个悖论。作家为了刻画某一事物难以表述的本质，尽可以无休止地叠加词组或者堆砌形容词。但是，他用来描述某个人物或是情境的话语越多，其本质就越可能被笼统说法，或语言本身所掩盖。"[1] 关于这种受虐人格，铺陈到凶猛的地步，也会造成另外的结果。就像福楼拜《包法利夫人》里那顶备受语言蹂躏的帽子一样，完全是由语言编结而成的，无法想象谁会把它戴到街上去；而这些人物也只能生活在语言的空间中，其人格之不堪好像按一般人的思维不愿直视他们在日常生活中现身。而另一方面则是"作家写得越细致，提供的信息就越多。但是，他提供的信息越多，造成歧义的空间就越大。最终的效果不是生动具体，而是含糊不清"[2]。这也是深奥幽微的心理写作往往难以避免的一个问题。还有一个更大的问题在后面，为什么要重复性书写这样的人？除了为了写作而写，为了所谓自我治愈的动力之外，有没有强力维持着这种书写的必要性。受虐嗜好无论作为作家心理还是人物性格，甚至是作为故事展开的方式，都有更进一步深究的可能。通往更好的写作是从习惯性止步的地方开始的。

---

[1]　[英]詹姆斯·伍德著:《小说机杼》，黄远帆译，郑州：河南大学出版社，2015年，第50页。
[2]　同上。

二

孙频所讲述的五个都市故事的主角基本都是青年男女。"五个故事写尽都市男女情感中的纠结与迷惘，刻画爱情中深刻的孤独与婚姻里彻骨的荒凉"(《三人成宴》腰封语)，他们惶惶不可终日地陷在男女追逐的战场上。女人们跟曾经煊赫一时的先锋、前卫的都市小说和女性主义倾向的小说中的女主角们具有完全不同的指向。她们始终不能释怀的依然是一个"婚姻""真爱"的许诺，"女人们再怎么进化，结婚对她们来说永远不失为一种经典的生存方式。某种程度上来讲，婚姻是女人的一种宗教，是恐惧和希望催生出的孩子"(《瞳中人》)。这个被催生出来的孩子在时间的意义上是一个青春终结，是告一段落的停顿点和喘息之处，也是社会舆论和约定俗成所制造的女人们的归宿，是安稳和暂时的止步流离的所在。而两性关系的这套服装，不论怎么搭配变换颜色样式，唯一不变的是"两个人的战争"，这也是孙频给予了强力呈现的地方。正是这种过度用力，两性相处必然是扭曲的战争模式，而一个具有明确性别意识的作家，在面对社会现实无能为力的情况下，大部分时候是失去耐性的，她让女主角余亚静爆出粗口："她突然了悟到，女人其实是怎样一种下贱的动物。就像一个人戴枷锁戴久了，就是给她摘掉了枷锁她一定还要竭力去保持戴枷锁的姿势。"(《瞳中人》)孙频经常在小说中把男女之间的关系类比成嫖娼的关系，消费的关系，在创作谈中她对所谓的男女平等不以为然："随着文明的发展，女性的地位看似在提高，好像真的可以与男人各撑半边天了，而在实质上，女性从没有走出过自己身体里的奴性。我想，我在这篇小说中要写的其实不是爱情，而是女人的奴性与出路。"偏执武断的女性意识只是其外表，其实心里住着一个简单粗暴的男性灵魂。而在创作谈中她直接坦白，这些判断和认识，可能是一般女性主义者无法接受的。

这种矛盾也是许多女性作家都会遇到的。比如艾略特，她既不想成为一个公众想象中的女作家及其那种写作，又无法变成一个男作家。艾略特陷入错综复杂的矛盾之中，"于是只能通过对她笔下的形象进行报复和粗暴惩罚的行为，来解决这种矛盾，而这些报复与惩罚与她作为一名小说家的职业目标形成了对照，于是显得格外触目惊心"[1]。孙频对笔下形象的报复和粗暴惩罚，是一种自我的疏解，也是一个在矛盾旋涡中的女作家内心世界的反映。

在阅读《三人成宴》这部小说集的过程中，故事会时时被诸如"妓女""偷情""嫖妓""戴绿帽子""下贱""猎物"等等带着偏激判断的词汇所打断。这些词汇从来不是被情节呈现出来的，而是被直接说出来的，每一个充满戾气的人物都在恶狠狠地对着世界和自己咒骂不歇。奈保尔在《论写作》一文中转述过一个观察，在詹姆斯·乔伊斯在一本早期作品中，写下了他——或他的英雄——对于英语的困惑："我们正在言说的语言在为我们所用之前是他人的。这些词'家庭'、'基督'、'啤酒'、'大师'在他和我的唇上多么的不同！没有心灵的骚动，我就无法说出或者写下这些词语……我的灵魂在语言的阴影里经受着折磨。"这些被男女主角们说出的词语，在一定程度上折射着在语言的阴影里经受着折磨的作家，而这个问题我们也在孙频的各种

---

[1] ［美］桑德拉·吉尔伯特、苏珊·古芭著:《阁楼上的疯女人》，杨莉馨译，上海：上海人民出版社，2015年，第608页。

自述中感同身受。女作家让主人公们说出的这些带有强烈情感色彩的话，通常更有可能是作者的重影或替身的表达，直接的对象是作家的焦虑和愤怒。奈保尔对于词语的问题给出了一个非常好的启示，纠缠着他的关键问题是词语，词语的不同释义或词语的组合。"如果我正好用到这些词，我怎么能够公正或明晰地写下它们？对我来说，它们成了一些私人的词汇，而对于外界的读者，他们又会马上将这些词和以往的文学作品联系起来。我感到要想真实地表达我的所见所闻，那我必须先以一个作者或叙述者的身份出现，我必须将事件重新阐释一番。在我的整个写作生涯中，我曾经尝试了用不同的方式来做这件事。经过两年的努力之后，我刚刚完成了一本新书。正如我想要做的，我终于使再度叙事的公共职责和我的个人叙述成为一体。"孙频小说中的那些带有恶女倾向的词汇，如此轻易地抛撒出来，其实是一个损失，在这里包含着历史的交界点，也有男女的分野，公共职责与个人叙述的分岔；在思维上稍作停留，不那么简单地付之以倾泻，作品的味道可能就不那么单一。

三

《骨节》在五篇都市故事中是一个异数，是一个强调"阶层"的故事。夏肖丹从一出生就被打上底层出身的烙印，母亲跟一个骗子生下了她，这让她和母亲都卷入逃避自己出身的战争中。她们四处逃窜，假装贵族，维持着脆弱的优雅。夏肖丹拒绝同样出身的大学同学尹亮，经不起富有男人的诱惑，又被他已婚的身份吓跑，经济状况和出身是囚禁她的城堡。小时候男生们拿她取乐，夏肖丹记忆深刻，作者对此的解释是:"那其实是人对贫穷的本能憎恶。他们憎恶的其实不是她,是她身上代表着的贫穷和低贱的所有符号。当那些符号让他们望而生畏的时候,他们便本能地试图去消解它们驱逐它们。而她就是那些符号寄生的一处壳。"贫穷在小说里等同于母亲箴言般的诅咒,"我害怕你变成一个真正的穷人家的女儿,因为我当年就是穷人家的女儿,我知道那是一种什么心理",也等同于一个女孩子歇斯底里的自我检讨和妖魔化。经济条件决定了她的思维,已经不可能有"爱情",她习惯性地算计人生,"在谈恋爱的时候夏肖丹虽然从不多问他什么,却在暗地里早把这男人抽丝剥茧地滤了个剔透",她"虽然微笑着,却在镜子里散发着邪气、戾气"。"贫穷"在这篇小说里从来不是一个具体可感的人生状况,也不是一种经济状况形成的过程,而是被诅咒的对象。这篇小说与其他四篇相比,有一个让人期待的故事框架,但这个故事并没有在既有的"异"上用力,而是迅速回到熟悉的通道上,回到一个女人凶狠凌厉目光之中的世界,在作家抽丝剥茧地滤了个剔透的世界里,一切都变成了熟悉的模样。

从单篇故事的角度来看,孙频的都市故事是曲折新奇的,但这五篇小说中,已经出现了雷同:《不速之客》与《一万种黎明》在人物性格上的相似,即两个深具自我惩罚式性格的女人;《三人成宴》与《瞳中人》也有许多重复性的东西,都有一个不在场的第三者的总体结构。《三人成宴》里的一对男女失去了做爱的能力,两个病人同病相怜走向亲密,与之前的一篇《乩身》有相似的旨归,一个是想做女人而不得,另一个是欲做男人而不能,他们由于在人群中丢失了性别,而成为了这个世界上真正的亲人。对于青年作家来说,做出青年生活的病相报告是一个自我剖析的创举,但无意义的高频率重复是一种消耗,一方面重复可能是在强力聚焦和击打之下所产生的问题，在婚姻爱情这一亩三分地里当然能精耕细作，但是数量和种类毕竟有限，并且重复耕种会带来病株和发育迟缓。当然必须得说，写作都市故事的孙频不是完整的作家孙频，从这个角度看孙频的写作既能够发现整体视野中发现不了的暗点和缺陷，也可能有放大缺点的嫌疑。对我个人来说，那个耐心讲述小城故事的孙频更具有好作家的潜质，也更能够提供一种饱满充实生活的质地。

《桥》2016年8月

张悦然：历史写作与一代人的心态镜像

张悦然在一众20世纪80年代出生的作家中是相对特殊的一位，她与韩寒、郭敬明一样获得了很高的市场认可度，但她并没有立意成为一个畅销书作家，而是坚持一种纯文学的发表方式和写作追求，近年来她的重要短篇作品都发表在《人民文学》《收获》等纯文学期刊上。2014年的《动物形状的烟火》、2016年的《今晚有暴风雪》两部短篇小说，精心细致地描摹了文艺青年的现实遭遇和精神状态，写作风格也开始转变，"从迷恋冷酷生僻词语到对段落节奏的把握，收束了她青春情感的宣泄，文字和技巧的使用开始倾向于节制，小说风貌也因此明朗起来，开始从人们心目中一代人的代表，渐渐蜕变为独特的'这一个'"。[1] 长篇小说《茧》刊发于2016年1期《收获》杂志，是张悦然转型意识非常明确的作品，它的叙述对象回撤到中国当代历史（共和国历史）的起点上，回溯三代人的历史和命运是一个容量巨大的主题。《收获》副主编程永新评价这部作品说："青年作家不仅挑战自己，更挑战历史和记忆。这部《茧》一定会改变人们对'80后'作家的整

---

[1] 霍艳：《一种对绝望的热爱》，《上海文化》，2014年第6期。

体印象。"[1] 张悦然的转型和获得的评价基本上都在比较熟悉的框架内，被媒体命名的"80后"代表作家，在没有创作出可以与前辈作家们并肩而立的作品之前，一直处于一种尴尬的境地，写作题材、风格、创作转型等方面始终面临来自社会和文学界前辈的期望。前辈、同龄人以及批评家一直都在等待一个年轻的作家脱离个人青春的、自我的小世界，走向他人的世界、广阔的生活和时间深处，向那些成为我们文学场域的公共话题迈进，获得一代人应该具有的气象和格局。张悦然的《茧》对作家本人来说，可能是各种意念、偶然和个人视阈内长期思考的结果，但我们又不得不警惕，它的出现是有意识的集体期待中个人被挟裹的结果。

一

《茧》把一部中国当代历史曲折缓慢地折射到一个个家庭内部，那些被历史选中的人们，承受着巨大的冲击压力，却又无法走到历史的前台，只能在家庭和亲人狭小的空间里作茧自缚。小说让第三代中的李佳栖和程恭同时承担了叙事者的角色，他们用双重第一人称的方式，从自己出发，促膝说平生，去搭建起自我成长的大厦；穿插其中的是三代人的个人情怀和历史使命，两个人的记忆互相补充，以想象和还原的方式重新走进漫长的历史，去理解祖辈和父辈的生活、命运、选择。中华人民共和国成立初期到20世纪90年代这一段波澜起伏、极

---

[1] 张悦然、罗皓菱：《我们早慧而晚熟 出发虽迟终会抵达》，《北京青年报》，2016年3月22日。

富戏剧性的当代史已经被不同的文学形象、意识形态、阐释方式层层覆盖，仅仅穿透这些既有的叙事和意识已是困难重重，而作为一代新人涉足历史叙事首先面临的是叙事合法性的问题：为什么要讲述这一时间段的历史故事，以及如何讲述。

张悦然写作《茧》有一个故事原型，故事核心的那起悬案是真实的——1967年的雨夜，在废弃的德军建造的水塔内发生的钉子事件，是祖父一代的技术派知识分子李冀生与农民出身的党管干部程进义之间的惨烈对决的原型。这一主要情节是《茧》叙事的起点，它导致程进义终生植物人，家道中落；李冀生的行为给家人带来了长久的负罪感，影响了李佳栖和程恭两家人的后续生活和人格养成。另一位间接参与者、钉子的所有者汪良成畏罪自杀，他的女儿汪露寒与李佳栖的爸爸命运缠绕在一起。真实的故事发生于同一历史时期济南的一家医院，张悦然从父亲那里听说了这件事，随后做了很多调查和采访。

使我感兴趣的是受害人和作案者仍旧生活在同一座医院的职工大院里，他们的孩子在那里长大，甚至他们的孙辈，他们是邻居，可能会一起玩，可能会成为朋友。而他们的孙辈，也就是我们这一代人如果知道了当年的事，他们会怎么看，怎么做呢？这是否会对他们的成长产生影响，这是否也会改变他们，或者塑造他们呢？这些问题是我很想去探讨的。[1]

原型故事在时间和逻辑上印证了重大历史事件可能对第三代人具有的"真实"影响，但在究竟会产生什么具体影响的问题上，张悦然

---

[1] 《暌违7年，张悦然新长篇〈茧〉直面历史创伤》，腾讯网文化版，2016年3月11日，http://cul.qq.com/a/20160311/041481.htm。

关于真实的故事的讲述点到为止，没有提供后续信息。"是否也会改变他们，或者塑造他们呢？"《茧》凭借对历史的想象和"探讨"的作家意图对这些问题做出了肯定的回答。而在思辨的逻辑里，这个叙事的起点上是留有缝隙的，如果巨大的历史他者在年青一代身上付之阙如，这个精心讲述的故事可能就是平地起高楼。

小说使用了双重第一人称"我"的叙事，这个"我"可以理解为作家的叙事策略，作为现实生活中叙事者的同龄人，在接受的不确定世界里，在代际命名和定位的前提下，是一个可以让人产生对号入座的想象空间和意义含混地带，文本内外的叙述者和写作者界限模糊，再一次回到和释放被媒体命名的"80后"作家面对历史的写作压力问题。张莉认为："《茧》是更为年轻的一代关于过去的想象，它的新鲜在于作者书写的视角。这是逆流，是追溯，是由近而远，由此及彼，它与许多年长者、历史在场者的回忆与见证视角相异，这样的追溯中掺杂着疏离、审视以及好奇，那是基于对自我，对家族的好奇，也是对国族历史的一次重新认知。"[1] 不同的视角能否对国史产生新认知，还有待进一步的讨论；张悦然在腾讯文化的采访中表达了对这一历史的基本看法，这一代人都没有外在于1949年以来的历史逻辑，他们身上依然还有历史的痕迹。这一判断的逻辑来自一种抽象的负罪意识，整个社会对当代重大历史事件尚未做出深刻反思，尽管事件已经终止，其思维方式依然存在，在这个向度上讨论历史有它无法反驳的政治正确，这也是她讲述这一超越自己生活经验的故事的重要动力。近年涌现的一批青年作家的共和国史叙事，几乎都不外在于这一"正确"逻辑，

---

[1] 张莉：《制造"灵魂对讲机"》，《文学报》，2016年4月7日。

还有一种历史与现实的"正确"关系表述——"如果我们不理解先于现在并且塑造了现在的过去,那么我们同样也无法理解现在。"[1] 张悦然在这个基础上,借助于两个"我"的叙事走向心灵和感觉,这是一个确立了基点的辐射性叙述,对于"罪"的认识也尊重"我"的局限,近实远虚,虚实得当,并没有滥用虚构的权力——坐实。

一个有"我"的故事不仅需要解决为什么叙事的问题,并且要讲清楚"我"的存在。与大家族脱离关系的特立独行者李佳栖为什么要追溯往事,回到故地济南;为什么要审视三代人的历史;她又是如何恢复与已逝父亲、垂死祖父的关系;这是小说在开端必须解决的疑问。李佳栖的精神状态颓废、厌世、虚无,无法找到生活的激情,她悲壮地强调"人生中的大事已经发生",任谁都无法再拯救她,"人生就是一出悲剧"。这种文艺腔的自我抒情,一方面指向家族的历史秘密和童年时代,另一方面又指向青年的现实无力感,停滞在一个自我封闭的区间内,等待一个契机把自己从这种状态中拯救出去。作家给予她的拯救方式是找到历史与个体生活之间的有效的关联点,张悦然多少应该受到过同代人中历史虚无主义论断的影响。杨庆祥指出,这一代人的历史虚无主义,"历史之'重'被刻意'轻'化了,对于中国这样一个有着沉重历史负担的国度而言,每一代人(尤其是年轻人)都有历史虚无主义的冲动,但是,也许只有在'80后'的这一代年轻人这里,我们才能看到历史虚无主义居然可以如此矫饰、华丽地上演,如此地没有痛苦感"[2]。《茧》正是对这种历史虚无主义反其道而行之,正面

---

[1] [英] A. S. 拜厄特著:《论历史与故事》,黄少婷译,南京:译林出版社,2015 年,第 14 页。
[2] 杨庆祥:《80 后,怎么办?》,《今天》,2013 年秋季号。

地把历史作为主人公的救命稻草，不惜创造一个封闭的世界，去演练一下历史与个人之间的种种可能性。

关于选择具有封闭性质的"往事"，诚如拜厄特所说："后现代作家们回归历史小说是因为写作自我的想法似乎已经一劳永逸地得到了解决，或者不稳固，或者因为作家们被这个观点吸引，认为我们或许并没有一个有机的、可被发现的单一自我。我们或许不过是一系列分离的感官——印象，记忆中的事件，一些移动的知识，观点，意识形态的片段和回复的储备库。我们喜欢历史人物是因为他们是不可确知的，只有一部分可供想象，而且我们发现这种封闭的特质很诱人。"[1] 张悦然曾经领衔的青春写作与后现代写作具有大量特性上的重合之处——尖锐、疼痛、片段、感官印象等等，并且都已经在新的写作面前呈现薄暮之势，无力为继，"我"需要新的立法和领地。《茧》设计了一条通往历史的道路，李佳栖一直做俄罗斯套娃的梦，一层一层地打开，这是文学理论中故事套盒的隐喻，也是谜一样历史的隐喻。"它每次出现都是一种召唤。我意识到自己必须回来一趟。他可能要死了。"在祖父李冀生生命垂危中召唤叙事者的合法性："我等待着那一刻降临，等待着一个不存在的声音向我宣布，一切都结束了。"这种神示一样的打开时间帷幕的方式，是在假设和开启自己的时间，使自己与祖父的时间处于一种特别关系中。只有祖父一代时间的终结，共和国史中的家族秘密这个被审视、观看的客体才真正存在，暂时处于秘密状态的历史事件才能成为被探寻的对象。作为叙事权的拥有者，李佳栖对即将结束的时间和另一个时代遗产的爷爷，给出了它们的"结

---

[1] ［英］A. S. 拜厄特著：《论历史与故事》，黄少婷译，第43页。

尾"——"承认和指出所犯下的罪,灵魂就能得到结晶,哪怕有一线希望,爷爷也不应该放弃这种努力。那是他一个人的事,没有人能逼迫,或者代替他做什么。所以我回到这里,只是作为一个见证者。除了等待,我什么都不能做。"

《茧》在一个完整、漫长的家族故事之外,镶嵌进了当代一些重要的问题讨论,比如罪与罚,于文本内外做了大量的铺垫,规划了逻辑清晰的文本结构。但小说中又有特别突兀的部分,溢出严密规划的大厦。比如马上回家的李佳栖内心的自白:"关于这个家庭里的悲剧,关于他如何变成现在的他,而我又怎样长成今天的我。我在心里排演着要对他说的那番话,练习着冷酷的语气,把每个词都削得像铅笔一样尖。要是足够锋利,给他致命一击。""我不要他的关心,不要他的宠爱,只要占有他的死。"任性、冷酷的语言,对血缘暴力化的叙述曾经是 20 世纪 80 年代出生的一代作家写作的标志之一。这样的叙述方式完全脱离小说中为回到故地和重述历史所组织起来的清晰逻辑,呈现为情绪化宣泄,似乎是从青春写作中不经意漫溢出来的部分。这部小说对祖父和父亲历史的难解难分、非理性情感依赖和占有意识,以及逻辑并不严密的挂靠,从逃离到重新走进去之间的张力和裂隙、弥合正是这部小说作为一代人的心态标本值得探讨的空间,也展现了张悦然写作背后交织着的青春写作的惯性、代际意识的确立、转型期写作的焦虑、个人成长与历史清理、阶层(级)与历史创伤等复杂问题。

二

李佳栖与表姐沛萱对祖父的感情大相径庭。"我得知那个真相,目睹它给很多人带来伤害,在这一切面前,我是完全被动的,除了承受之外,什么也不能做。而那一刻我忽然意识到,自己的手中好像主宰着一些什么。我主宰着如何处置真相的权利。我可以决定是否让它去伤害沛萱。我当然可以无视那些伤害,假正义之名将真相说出来。正义和责任,听上去多么崇高啊,可惜它们不是真正贴着身体的感情。"从如何讲述的角度来看,选择两个人的自白,正是寻找一种"真正贴着身体的感情",这是把"个人"从历史的庞然大物上剥离出来,并且从文学场域所形成的写作期待中做一个自我调适,解除这种目的论明确的写作嫌疑。李佳栖的讲述,具有充足的理由和切身的痛感,是一个怀揣着少年时代秘密的青年人,克服自我的危机(与家族、友谊的疏离,爱的能力的丧失,对缺席的父爱的渴望等)或者成长的需要(告别内心的黑暗),而不仅仅是出于对历史真相的"正义和责任"。于是作家创造了两个人"谈一谈"的叙事方式,每一个人都以自我为中心向对方倾诉,穿越历史,照亮黑暗,"把关于这个秘密的一切,都留在今晚"。这个谈话,就像"上帝在倾倒世人写给他的信"。上帝、真相与两个人的谈话之间的关系,等同于历史与叙述者的关系,于是当代青年的世界牵强地跟先在于他们当代历史上重大历史事件和当代宏大主题攀援起来,其间的不对等和叙述的困难,使得整部小说具有悲情的基调和沉重的使命感,充满了悖论和反复。两个叙事者像侦探一样带着"贴着身体的感情"这一合适的武器,去探寻、想象和重新叙述历史和家族故事。

小说中策略性地创造了一个受伤害者同盟,这个小团体看起来像一个法外之地。李佳栖和程恭是家族里不受重视或者得不到爱的人,他们是逃逸出自己正常历史轨迹的人；团体的另外三位是子峰、大斌和陈莎莎，他们属于这个学院里的工人阶级子弟，因为出身和学习成绩，外在于医学院子弟学校的主流价值生活。两个人分道扬镳的节点是程恭首先发现了家族和历史的秘密——李冀生正是把钉子揳入程进义脑袋的凶手。"秘密先于我们的感情而存在"，受伤害者同盟的破裂在于共享的感情结构的消失。李佳栖对因发现真相而内心挣扎、情绪不稳定的程恭，炫耀了爸爸的宠爱，并且以此间接伤害了程恭，让他将一个无人疼爱的痛与两个家族的恩怨联系到一起："难道我们家的人永远都要被你们一家人凌辱吗？"儿童世界的被伤害者同盟中产生区别和高下，跟成人世界中因教育出身、革命意识形态带来的区分一样。由此二人友谊破裂的世界，与祖父一代的纠葛获得同样的结构，并且凝固成事实。"多年以后我们长大了，好像终于走出了那场大雾，看清了眼前的世界。其实没有。我们不过是把雾穿在了身上，结成了一个个茧。"之所以把这个受害者同盟说成一种艺术创造，是因为这种叙事策略在年青一代作家的写作中，并不是孤掌难鸣；与张的《茧》类似，作家冬筱的《流放七月》也采取了这种对位式地去探访历史的叙事方式。第三代的探访者莱易出生于一个残破家庭，从幼年开始就与祖父里欧相依为命，在七月的末尾与民谣歌手、来到杭州学钢琴的文森偶然相识。同样成长于单亲家庭，从小受酗酒母亲压迫式管教的文森，与莱易因彼此的相似建立起惺惺相惜的同盟感情。莱易的爷爷里欧和文森的钢琴老师佩蒙都曾是七月派的重要诗人和作家，在荒谷案中友情决裂，一个含冤入狱，一个隐匿于世。莱易试图找到当年里欧与佩蒙决裂的原因，却也因为自己杳无音讯的父亲塞缪而与爷爷开始产生分歧；文森一边在钢琴课后倾听着佩蒙往昔的人生，一边努力在明亮的生活里抹掉记忆中母亲挥之不去的残影。这个故事中的受害者联盟的第三代、第一代的秘密与争端，第二代的人格缺失和逃避历史，都与《茧》分享着大部分20世纪80年代出生的作家共同的人物预设和情感期待。

新一代作家为什么会不约而同地选择一种自我创伤性的体验去沟通、共感前辈们在历史迷雾中的创伤？青年一代作家关注重大历史问题，回顾作者们诞生前的时代，并且似乎需要将它们的叙事投射到作者写作的时代之后更遥远的未来，这是承平日久的时代必然产生的历史写作意识。他们的写作从一开始就具有某种对象性：比如向前辈作家们的撒娇式的标新立异和对他们怀疑的挑战，或者对同代人认同的渴望。即使是创造了一个历史大场面，主要用来撑起场面的依然是心灵对话，回访者，寻找者，面对复杂的陷入沉默或者已经被缚成茧形状的历史，"我"所完成的只可能是一个有限的叙述。于是我们只能在作品中看到，明晰化的接近历史的套路，始终是"我"的历史占据主场，对历史核心问题的理解，甚至对原生态事件的呈现几乎从来不是重点。有限的自我（核心往往是青春期故事），徘徊在一个幽灵客体的外围，聚焦和审视的力度越大，这个幽灵客体就越难展开自己的肌理和气息，而耽于抽象化。

青年人所面对的幽灵客体是一部简约当代史的家庭化叙述。程恭的爷爷参加革命到新中国成立接管医学院，李佳栖的爷爷出国留学，学成归国，成为技术权威；父辈们的青春和成长，革命史加上动乱史、建设史，建设史的部分延伸到父亲一代风流云散，那种与共和国紧密相关的命运链条被打破。第三代或者漂游异国，或者内心漂浮无所依靠，或者自我囚禁，也有子承父业回到1949年前资本体系中去的，也必然有继续平民生活的。这些人之间除了童年记忆，已经没有一个可供众人交叉的公共空间和故事。在对自我沉溺情绪的厌倦之后，他们借着相遇和重访往事的契机，才有可能让孤立的个人之间建立起带有公共性的联系。

李佳栖的叙述除了与程恭互相对应、补充的部分，大部分是追随父亲李牧原的旅程，对她来说最直接的是父亲的冷漠、缺席和死亡，这是一个致命的缺陷。"他的爱是无法索要的，只能是一种恩赐。而我对它有着不同寻常的渴望。"她对父亲生活的执着寻找和讲述，来自父爱的缺席，她要靠想象和寻找拼贴起一个完整的有意义的父亲，同时来构造一个完整的自我。李牧原在个人的发展和成长中，做出了挣扎和选择，付出了从反抗、赎罪，到自我放逐的代价，失去写作和爱的能力，罪恶感让他无法拥有正常的爱的能力，与周遭的环境格格不入，最后他对世界和时代不抱什么希望，在时局和家庭的挣扎中因车祸身亡。也可能是自杀，他看透了一切，死亡终结了他的悲剧。

李佳栖找到当年与父亲有交集的人，通过与他们的交往，去接近和还原父亲的形象；那些父亲的同学、学生、同代人，除了故事和细节，并没有带来什么她期望的崇高和启示。潜意识里"与生俱来的、莫名的负罪感"，相信自己"参与过他们大人所犯的错"这些抒情性的判断句，在寻找的过程中变得轻飘而没有根基。与李佳栖的"出走"相对应的是程恭一家的固守。爷爷这个"活死人"及其带来的被伤害感是程家巨大的伤疤、秘密和黑暗，每个人都像沾染了毒素一样不能自拔，他们必须穿越这个黑暗，才能得救，奶奶、姑姑和程恭无论从空间还是精神上都被囚禁了。仇恨的习惯在代际传递，程恭跟整个世界都疏离了，庞大的秘密将他隔绝起来，他作为复仇者的家族成员而存在，肩负着重振家族的使命。这个落魄的、破败的家族正等待着他去拯救，等待他找出凶手发现真相。"虽然究竟怎么报仇，我也不知道，可是想到报仇两个字，就感到一阵快意。"历史的秘密和真相具有的强大吸附力，可以把人性的软弱、贪婪、恐惧、怯懦、借口、黑暗都吸附进去，给它罩上自己的色彩。

《茧》通过两个人生活和生命机理的呈现，使得个人创伤与历史创伤互相转化，过去的秘密已经不再仅仅是历史和往事，而是转换成两个年轻人身心的伤疤。李佳栖和程恭选择逃离，但又被家族的牢笼牵绊住，不自觉地回到旋涡中去；他们都是在历史中解放自己，从旋涡中摆脱旋涡。这个开始和结果都是设计好的，这是小说中最没有悬念的部分，只要从第三代的视角出发，和解和自我解放是必然会走的一条路径。从小说的逻辑中都可以推理出来，因为这一代人缺少更强大的思想资源。他们无法对历史重新叙述，只是在旧有的武器中——比如爱、宗教、拯救等——重新按照新的语言方式演练。他们的隐喻非常明显，近乎煽情的书面用语，标记着与那种生活的距离感，也可能是一种醒目而又无法改变的写作风格。秘密、历史在修辞学的意义上都可以看作是一个隐喻，它们抽象和缺乏具体的内容，两个阶级之间的蓄意伤害事件，凝固成两个家族之间秘密的隐喻，并且把两个家族的每一个活泼的生命都给吸附进来，即使是与秘密无关的个人生活和人性秘密也被这个逻辑所掩盖。这一套逻辑对于1980年后出生的作家来说，也可能是一个值得警惕的逻辑，他们对于历史的热衷，以及由此所倾注的热情，是否也是一个具有吸附性的结构？把一代人的日常生活和自然生长覆盖上一层叙事责任的釉质。而在实际写作过程中，个人与历史之间的关系就像一个巨大的二元方程式,由此及彼,这一步如何推导至下一步,条件一旦改变,为了等式成立,另一个未知数就会出现改变。那个世界是陌生但不是崭新的,不需要用手指一一指认,他们参与历史的方式,他们的个人故事,以及叙述它们的方式,在终极意义上都是抽象地被反复谈论、论证、试错、自我纠正。《茧》整部小说或许才是一个隐喻,一个就此阻止年青一代作家轻易进入的叙事实验,并且是面对共和国历史的一份复杂的心态标本,所有在当代史与"自我"之间可以连线的方式,张悦然几乎都尝试、涉及过,并且以议论、想象、主人公的内心反思等等方式去勾画种种图景。

三

相对于前两代人的历史,第三代人自己的历史并没有获得足够的重视和复杂呈现,在宏大的历史面前,它的格调和音域都先天地带有了某种附属性。李佳栖和程恭的叙述看似站在不同的背景和立场,但却共享了同一种叙事语调和抒情性语言,而他们思维一致的表现,他们从两个方面层层推进包围往事,目的都是达成历史和个人的和解。

《茧》中有多处第三代的模仿性情节设置。李佳栖在寻找父亲踪迹的过程中,遇到父亲曾经的朋友、同事和竞争者殷正,李佳栖很想赢得这个男人的爱,把他从家庭中夺走,在幽暗的餐厅里与殷正夫妇对坐的场景:"把我拉回十一岁的战局。我想从汪露寒那里夺回爸爸的爱,但死亡将一切终止了。当年留下的半局棋,现在或许可以走下去。"与唐晖分手的场景:她看着他收拾行李,"想起爸爸离开家时的情景,以及在他走后轰然坍塌的世界,我听到了撕裂的声响,意识到我是在和自己的一部分分别"。程恭和李佳栖都是借着重述历史来一场漫长的告别,动身离开现在的病态和旧梦,开始一种新生活的。李佳栖的告别是通过男友唐晖来完成的。她在祖父、父亲的历史中穿越追寻,局外人和旁观者唐晖的离开是一次震惊性体验,她在悲伤中获得成长,打破了此前深陷的精神僵局,这是她完整的成长曲线。程恭同样是在对历史情境的模仿中实现解脱的。祖父一辈的悲剧来源是一些生命高于另外一些生命,一些人掌握着另外一些人的命运。而程恭在对待自己小团体里的大斌、陈莎莎的时候,延续了这种对他家族造成毁灭的生命逻辑。直到程恭目睹了对他无怨无悔、任其践踏的陈莎莎哮喘暴发几乎死掉的过程,以及对他无比信任的好友大斌的背叛后,他才摆脱了谋杀和背叛的魔咒。摆脱的原因是他在现实中模拟了李佳栖爷爷对祖父的谋杀和李佳栖对友谊的背叛。陈莎莎和大斌的善意及时拉住了他。程恭说:"希望陈莎莎开始新生活,要是我能开始一种新生活,也都要感谢她。是她使我没有彻底崩坏,完全毁灭。"

与两位叙述者构成对照的是唐晖,他是整部小说主体氛围的局外人,他只是一个爱着李佳栖的普通男人。唐晖认为李佳栖对父亲生活的追寻和讲述,是一种想象和幻觉,他一直提醒李佳栖挤进一段不属于自己的历史中去,是在虚构和幻想,"只是为了逃避,为了掩饰你面对现实生活的怯懦和无能为力。你找不到自己的存在价值,就躲进你爸爸的时代,寄生在他们那代人溃烂的疮疤上,像啄食腐肉的秃鹫"。他对李佳栖把父亲的情绪变化与苏联解体联系在一起时说:"你总是要把你爸爸的人生轨迹和宏大的历史捆绑在一起,好像觉得只有这样,他生命才是有意义的,中国历史里找不到了,就到世界历史里去找。"唐晖是第三代中一个非常重要的角色,相对于程恭和李佳栖"显赫"

的家族故事，他的个人来历和家世背景是模糊不清的，小说对他的个人生平几乎未置一词。他可以看作普罗大众的代表，外在于那种濡染着家族恩怨、价值疏离、背叛和欺骗的历史故事，历史对他来说是没有身体情感的远处风景。相对于李佳栖和程恭这种历史的后遗症患者来说，他是一个日常生活的维护者，是唯一一个愿意教李佳栖去爱的人。两人分手后，李佳栖说："也许那是我一生之中最接近懂得爱是什么的时刻。""去爱"可能就是去实实在在地生活，逃出对于历史的虚幻、抽象和代入感，摆脱家族伤痕记忆和精英意识的代际传递，重视自己的生活和历史。

从整部小说的意图来看，清理和审视前辈的历史不是还原历史的真相，濒死的李冀生和纪录片都无法抵达历史的黑匣子。李冀生到底为什么要对程进义行凶，他的立场和理由渺无对证，也没有留下可以被寻找的线索。历史和往事之所以成为叙事对象，是第三代的叙述者在颓废、厌世、虚无主义中无力脱身，无法重获生活的激情，而创造的自我拯救的方式。在这一叙述倾向之下，历史创伤的受害者和现实创伤的承受者完成了身份同构，并且以自己的叙事权力，去重新想象、叙述历史和自己的生活。任何倾向明显的叙事都会造成新的遮蔽，比如第三代中的李沛萱，被伤害者同盟小团体与她之间的关系，其实是受到了青春文学意识形态的影响。多少年来，青春文学一直在塑造着完全正确的"精英"形象，聪明冷酷、忧郁善感、被孤立、具有飞蛾扑火气质，他们逃学、蔑视权威、戏谑老师、嘲讽世俗，对生活天然地拥有一种精神优越感，就像大斌对程恭和李佳栖的赞美："你们都有点怪，和别的小孩不一样，你们身上有一种邪气，很神秘。虽然你们喜欢标榜自己有多坏，但其实你们很善良。"程恭对大斌、子峰们的精神优越感几乎不加掩饰："我很羡慕他们，能活在一种简单的快乐里。就像此刻大斌和子峰可能正对着电视屏幕，亢奋地握着游戏手柄，驱动着那个大鼻子的动画小人吃金币……我对所有娱乐失去了兴趣。觉得为了它们浪费时间很可耻。我意识到自己再也回不到大斌子峰当中去了，我们的人生已经分道扬镳。这种感觉很苦涩，可它令我觉得骄傲。"

两个叙述者很容易获得别人无私的谅解和爱，甚至总有一个人（唐晖、陈莎莎）任他们如何折腾践踏都守候理解他们，而李沛萱就要带着难看的伤疤孤独一人。这种自青春文学中延续而来的优越感和一分为二的世界，应该有一个考古学的发掘和整理。凡尔纳对二分法有一个反省："我常常描写那个体系与我之间的冲突并不一定意味着那个世界比我糟糕。我要说的是，这个二分法，即我在一边，那个世界在另一边，吸引着不仅作家而且我们所有的人来看待问题。"[1] 在文学中自然而然的二分法是一件非常危险的事情，叙述者很容易获得一种自由任性不加反思的语气；李沛萱的世界对他们来说尽管同样是没有密码的黑匣子，但却没有获得充分的理解。她是这一代人的重要组成部分，更是那个难以理解的爷爷的直接继承者，她就像爷爷坚强的内心一样始终是个谜。但凡习惯性的套路解不开的地方，都可能是文学应有的着力点。小说的最后，程恭准备出走去过一种新生活，是和解后的历史和现在生活的后续。那是一个什么样的世界？小说没有给出暗示，但小

---

[1]　[美]菲利普·罗斯著：《行话：与名作家论文艺》，蒋道超译，南京：译林出版社，2010年，第73页。

说给出了提示：生命黯然结束的子峰，与程恭友谊破裂的大斌，被蒙在鼓里的陈莎莎，他们的生命轨迹都应该在新生活中占有合理的位置，而不是永远的配角；如若不是这样，关于历史的重新叙述依然停留在一个简单的层面。

"我们想在小说中遇见如果不是我们的朋友和我们自己，也是某种可辨识的社会现实，不管是当代的还是历史的社会现实。"[1] "可辨识的社会现实"在现实主义小说中自不待言，而遇见"我们的朋友和我们自己"可能是张悦然的一个潜在期许。张悦然是一个具有明确代际意识的作家，这或多或少跟同代的批评家对她的定位有关："每一代人都必须找到自己历史和生活的最佳书写者，而要成为候选者和代言人，她就必须把自己的生活和更多人的生活联系在一起。"[2] "80后"作家的代际命名最早来自媒体制造，之后走过了一段喧闹的贴标签和市场化时段，张悦然是较早表达代际意识的作家，也是被代际意识所塑造的作家，所以她更多地承接和延续了严肃文学的价值取向，有意或者无意地跟批评界的思想意识靠近。这一代作家的写作历程中，青春成长的共同记忆，酷烈和姿态都不再是写作的中心，城乡空间差异所造就的叙事张力也会随着作家们进入城市而逐渐丧失。目前情况下，现实生活爱情和困境几乎可以概括青年作家的大部分写作，在这个主题上盘桓和重复业已形成新的重复，青年一代的写作在游移中进行自我挑

---

[1] ［美］哈罗德·布鲁姆著：《如何读，怎么读》，黄灿然译，南京：译林出版社，2011年，第153页。
[2] 杨庆祥：《"孤独"的社会学和病理学——张悦然的〈好事近〉及"80后"的美学取向》，《南方文坛》，2009年第6期。

战和改变。张悦然选择后撤一步面对大历史问题，是这一代人内部写作的自我反思使然，也与共和国史叙事的巨大辐射力有关，在当代几乎没有一部重量级的长篇小说是可以脱离这个时间领域的，它已经成为不能绕过的精神遗产和思想的试金石，以及长期以来对于文学重量的话语权力和暗示。

《茧》中有张悦然玉女忧伤和生冷酷烈的青春文学痕迹（罪与罚的执迷，对偏执的热爱，对无力感的沉醉以及那种像铅笔尖一样的词语，时时准备给人致命一击的冷酷的语气），但又超越于此，她为能像茧一样缚住历史这个庞然大物做好了各种准备。祖父一辈的历史是共和国初期的历史，父亲一代的历史是上世纪八九十年代之交的经历，如果说程恭主要在清理历史给予整个家族的毒素，李佳栖则是在审视父亲的历史。张悦然为这个历史的回望和清理设计了非常严密的逻辑，既为走进历史设置了合理的路径，以两个家族的第三代的自述为主，辅之以现实生活的进程，也有对这条宽敞畅达路径的反省。唐晖、李沛萱、陈莎莎、大斌，每一个人的生活和态度都是解读历史的不同方式，他们每一个人也以自己的出身、背景、立场和行为方式，为张悦然的历史叙事分担了各种可能的叙事路径，并为所有我们可能的疑问设置好了基本的答案。

历史非常容易被追溯为一个整体，就像战争、爱、恨、宽容和救赎，都具有了抽象的属性。而这与作品中频繁的隐喻使用，近乎煽情的书面用语，都是自成一体的恰切的文学组合。小说中逻辑清晰、各司其职的人物设计，以及文艺腔调的人物结局，都像是一场预设清楚的演练，只是，人物和事件都像被严肃的声势给湮灭了历史生活所应该具有的生气和日常。曲终人散，小说中最重要的还是文本内外的"我们"和"我",书写小说本身的复杂自我意识其实是张悦然小说带来的最大讨论空间。《茧》这部小说相比张悦然其他的小说,无论风格还是主题都是一次转变,是一次把中国当代历史作为审视对象之后的完美思维演练,给出了出入历史的各种路径,甚至已经堵死了一部分人再次涉猎这个主题的方式。从这个角度来看,这又何尝不是一个"茧"的形状,每一个作家的经验、思想资源和写作方式,终会包裹出属于这个时代也属于自己的形状;尽管作茧自缚是一个贬义词,但总归有一个化蝶而出的未来愿景。我们如何想象历史,不过是想象自己的另一种方式,在对历史的想象中,"我们"的智力和能力原形毕现,无处躲藏。小说最后是一次和解,程恭和陈莎莎、李佳栖、李沛萱,他们在一场大雪中变得平等,在一切都结束了的历史交接点上,每一个人都要走出自己的痕迹和形状,而属于他们的历史才刚刚开始,感情和解后,那是一个没有秘密的世界。

《文学评论》2017 年 2 期

第二辑

草木与短章

干燥的种子与偏僻的想象

一个人深思熟虑地去写一部返回历史城堡的复杂之书，其中多少有艰难地锚定现世生活的愿望吧。李敬泽的《青鸟故事集》在我们与他们、本土与异域、中国与西方、历史与今天之间展开，寻找一个阿基米德支点往往是徒劳的，他把人物、细节、故事悬浮在含混、交叉的时空中。假设写于不同时期的章节，穿梭其中的人物，萦绕不去的念头，复杂的自我悖反，时时想要跳出来的叙事者，勤勉的猜想和臆测，应该有一个所谓整体性的外观的话，大概非幻想性作品不可；幻想是冲破隔阂和界限的天然动力，它在充当革命力量的时候是最锐利的武器。

一

《青鸟故事集》所选定的历史主体大致时间是 10 世纪到 19 世纪，固然还有现代人婆娑的影子和随时想到而被穿插进来的各种煊赫时段的音讯旧踪。中西对比的专家学者们早已展示过体系建构者们的雄心，现代主义者认为中西就是一个时间序列，资本主义的萌芽由此及彼。

而各种修正主义者们可能认为此一时期的中国与西方并无区别，比如《大分流》的作者彭慕兰就认为1800年之前的英国与中国长江流域并无特殊之处；而是之后的内卷化、殖民主义以及煤炭存储和使用的区别，拉开中西的巨大差距。黄宗智立刻以对中国长江以及长江三角洲煤炭储量的详细研究推翻上述结论。如果在学术的框架中，必然会是卷帙浩繁的建立框架、矛盾、修补，在时间和学术不停演进中，发现矛盾，寻找证据，推翻重来，永无宁日；想到这个极为可能的未来，我再次感到"历史"研究对"文学"的需求。罗兰·巴特说，文学既是历史的符号，又是历史的反抗。它几乎天然地无须为真相背书，当然这种自我赦免的简洁和愉悦也仅仅是对写作者和读者而言，历史本身依然复杂，值得一代又一代重写和探索、倦怠和革命。

皮尔·弗里斯在《从北京回望曼彻斯特》中下过一个判语，这一时期的中国已经落入"高水平平衡陷阱"，只有依靠外部工业化国家的刺激，才能逃离陷阱。陷阱是一个文学性的词汇，从某个预想的轨道上脱落，停滞在一个较高的精神水平上，预留出大片的闲暇，失去了被命名的推动力和必然性，是适合幻想性的时空。而这里又太适合承载人生的浮华梦，超越阶层，从皇帝到布衣，身体都泅染出华丽奇异的想象空间。……那些在腿部藏着珍珠的波斯人，欣赏丝这类精神绒毛的心灵，案几床榻上的袅袅沉水烟，行走时飘逸华美的衣袖，浮动的郁烈香气，他们对金银饰品的爱好和想象力，对自鸣钟和八音盒的追慕……

二

16世纪50年代，葡萄牙人盖略特·伯来拉来到中国，他眼中的中国富庶安详,有世界上最完善的基础设施,最好的路和桥,最好的城市,建筑华美,极其干净,商品丰富,物价平稳,井然有序。他忍不住感叹这可能是世界上统治最好的地方,甚至在司法方面胜过罗马人以及其他任何一种人。(见李敬泽著《青鸟的故事集》中《静看鱼忙?》一节)

这个语气和描述,跟同一时期的荷兰人、德国人对英国的描写如出一辙,他们也把英国描述成最好的国家,从物质到精神、司法。1590 年德国的法学家保罗·亨茨纳访问英格兰,他看到的英国大地上硕果累累,牛羊成群,人们饱食终日,不事农耕,即使农夫家的床上都铺着花毯,他们根本不喝白开水,只喝各种饮料。15 世纪到 16 世纪,欧洲最富裕的地区是荷兰。荷兰的一个商人伊曼纽尔·凡美特伦,在伊丽莎白时代寓居伦敦,游遍英格兰和爱尔兰。在他的记录中英国食不厌精,脍不厌细,即使是普通人也能享用大量肉食,衣着优雅,轻巧而昂贵,在慵懒中度过大半浮生,他们热爱花草和园艺。(见麦克法兰著:《现代世界的诞生》)

两种书写和记录放在一起,都是真实的。记录者生活在农业文明到商业文明的时间途中,从熟悉之地到陌生世界去的空地上,他们躁动的冒险之心,不知所终的寻找之心,是另一种适合造梦的空间。所有这些文字和描述都带有幻觉、梦想、沉溺和流言的性质,他们的"第一眼"都是为了配合绮丽的行旅和四处飘荡的心境。米沃什说,"看见"不仅意味着置于眼前,它还可能意味着保存在记忆中,"看见而描绘",意味着在想象中重新构造。人、文字和记录不可避免地带上梦幻色彩,援引梦幻作为搭建城堡的砖头,是文字冒险,也是大胆的想象,或者非如此不可,历史和文学缔结的同盟带来了解放和原力。

三

《青鸟的谱系》一文及其附录，几乎可以看作另一本大书的缩略，对于游弋不同世界的沟通者（青鸟）的考古学式的追踪。他们是冒险者，一群异邦客：马可·波罗、鄂多立克、盖略特·伯来拉、利玛窦、鄂本笃以及马戛尔尼使团。每一个人都自带灿烂的故事光谱，尤其是隔着漫长的时光，时光机本身赋予了旧时光更多的内容。奇特的相遇，荒谬的应验，历史的影院不会打烊，它与日月同在，旧灵魂不会离去。

马戛尔尼使团被详细地描述，它具有时间的意义，从此以后，历史不再那么混沌，轩轾好像已分。它本身就是个复杂的"青鸟"谱系，两位被传教士带到欧洲的中国青年李和朱神父，语言障碍城墙两侧微弱的"青鸟"，在英方的记载中不过一个"李"字。使团的副使乔治·斯当东是《英使谒见乾隆纪实》的作者，他的儿子托马斯·斯当东就是跟随李学习中文；怀着编纂世界的雄心而拿出《华英字典》的马礼逊博士是使团翻译；《旧中国杂记》的作者威廉·亨特、林则徐的首席翻译小德、托马斯·斯当东是这部字典最早的读者，日后正是他们开启了大英帝国东征的殖民扩张事业，而马礼逊的儿子马儒翰是英国远征军的首席翻译。使团的后话可以讲到魏源、胡适，漫长的神秘的谱系之树，终于漫漶到我们这个时代所熟悉的人物身上，仿佛跟我们也有了一点关系。

这些人名经常闪现在这部幻想性作品的其他章节中，充当着不可忽视的角色，奇异的邂逅、对称和重复。对这个使团的浓墨重彩好像是一个告别仪式，必须有坚实可信的人，哪怕他从无名模糊者起步，他们嬗递交接，前呼后应。中国古代神话中，经常有踩着奇怪脚印怀孕的少女，比如华胥在雷泽岸边看到了一些大脚印，踩着大脚印一步一步往前走，怀孕生下伏羲；姜嫄同样是踩了郊外陌生的大脚印，怀孕生下后稷。她们生下的孩子都是华夏的始祖，她们从来不知道是以这种方式创造了历史。青鸟们的语言和书写，就是那些没有来历的脚印，后来者无路可走，到处都是危险，只能踩着前人的脚印去孕育新的生命和生活。

被作家和历史选中的人们，都有冒险的嗜好，他们是踌躇满志的信仰传播者，是对新世界充满好奇的探险者，是生活的逃跑者，有的甚至是罪犯。追踪他们的写作，会产生自己的幻影，谱成冒险的三重奏：冒险者本身的故事，他们冒险的私人动机和历史动力；读史者的超越日常冒险的愿望，和被现实平息的合理解释；撰写这样一本书是一种冒险，穿行于驳杂的文本，收集起蛛丝马迹、断简残章，穿过横亘在眼前的时间与以往的荒漠。历史真实、荒谬，个人的意志可能会多次悖反，而万千重复和碎念都系于"读史者"一身，而读史者是个人的隐秘愿望，还是时代无意的叠加。

四

《青鸟故事集》在幻想之外，开创了一种必须如此的文体。历史已经提供了看似完结的结局，趸回历史的书写，需要善意和气的情节气氛、"事实"和可靠的材料，需要无伤大雅的戏谑、煽情的小闲笔，还需要让命运通俗易懂地展开的方式，让惊喜恐惧绝望和哀愁自我原有的内衬，需要妙笔生花，延缓命定结局的到来，当然更需要那些被历史遗忘在角落里的真实的人和名字，需要恰到好处的附录。

李敬泽在《青鸟故事集》里肯定埋藏了许多虚虚实实的故事，故意的含混或者误读，理论上来说完全可能，你在历史中盘桓缠绕，不可能不被历史沾染。作者装作不经意地塞了好多当代的名字，老错，老马，李洱，就像英国记载中的"李"，你要去推想这个时代的梦和幻想、人们生活的蛛丝马迹，没有上下文的名字是合适的留足了空间的想象起点。《青鸟故事集》也是埋葬下去的干燥种子，它的节制和慧心，蜻蜓点水的事件、人物（比如赫德），它存续进去的半遮半掩的时代表情：荒谬、梦幻和耽溺，写作的时代，写什么与怎么写，也会在偏僻的想象中萌芽、生长。

《行动：三故事》里写了一个捣乱的俄国人，他以仿古的样子，埋下各种地雷，在古塔上用梵文刻下一段粗话，然后仿古做旧，给后来者制造难题，等待着读史者"万事通"把它译出来。假货混进了历史，我们对历史真实的信念，历史的"真实"都在他的笑声中得到了嘲弄。而历史还可能模仿书写和虚构，迎面碰上，确凿无误。捣乱者获得了隐秘的胜利，但是又有何胜利可言？对写作而言更是如此，这是读史者的快乐和虚无。

无论是否相信此时生命在历史和时间中的意义，把那么多历史的私货挖出来，重新打磨一番，再以考古、故事的方式藏起来，重新放回到它的时间序列中去，必然不是无用功。天平显然不能保持平衡了，而多出与少掉的也像无影脚，靠欣然会意，知识庙宇里每一块坚实的砖，叠加在一起，变成整体上的变动不居和抽象。《青鸟故事集》写作本身提供了无限自我解释的循环，可以在里面继续制造更多逻辑，思辨的乐趣，文体的自由和演练等等，或许，《青鸟故事集》是我们这个时代适配度最高的可能的文学形式。德国文学史家绍伊尔提醒从事文学的专家,他们"描述的历史发展归根到底是他所运用的叙事技巧,特别是他所选择的材料的产物"。

《光明日报》2017 年 3 月 20 日

这些年 读毛尖

2003年8月26日离开山东到上海读书，火车开启之前，作为一个文学青年，买了当天的《齐鲁晚报》作为走异路、逃异地的纪念，正好有毛尖的文章《香港制造》，她把港人对生存的体悟、往日心跳和现代情怀都揉捏在《重庆森林》《花样年华》等经典港片中。毛尖对他们的心态熟谙得仿佛经常碰面的邻居亲戚一样，闲坐谈天一谈百年，沧桑中夹杂着峻急的自我解嘲，比如自己寄身的上海速度（抬头发现黄浦江上又多了一座桥），还能把极具现代革命性的"一万年太久，只争朝夕"跟港人的不安情绪混搭在一起。文章最后引用了关锦鹏的《念你如昔》中的风花雪月和香港情绪，"我要他送我这个东西（青马大桥），还要其他人不准在上面走，闲着两人在上面散散步，看日落"。毛尖的文章就是这样"乱来"的吧，革命与抒情、现代性批评、风花雪月、现实主义写实篇，总有一滴是可能淋湿你的雨。现代人以各种方式构建自己的生活，角角落落的褶皱里都有他们的生活意识，他们的时代感日新月异，另一面也可能是万年不变，他们的私念与合理，欲望与安放，构筑着满满当当的生活拥塞和紧张感。毛尖像拆弹部队一样，拉着一个引线，左冲右突，最后总会带来爽快的临门一脚，捣毁化装舞会的快感。

　　来上海后读了更多毛尖的文章,当代文化研究网上几乎保存了毛尖的所有时令文章。专栏作家跟纯文学作家不一样,他们不是模仿生活,他们是摘取生活,跟我们更亲;文章跟日子比长短,从这个意义上来说,我们共享一个情感结构:柴米油盐和岁月绵长。《乱来》从芙蓉姐姐到肯德基、物价、股市、比富、假货经济,就像当代中国的故事会,天天上演还不重样,一定有很多拥趸如我一样,这么多年跟着毛尖满世界快意恩仇。我们跟着毛尖追看电视剧、电影,操心全世界的故事套路,听她贩卖那些电影里的经典台词和情节,好像我们也能穿越回那些人们都是有力量的年代,暂时摆脱了现实中鸡飞狗跳、只能看热闹的吃瓜群众人设。还有她那些真真假假的个人故事,楼上有个小胖,楼下还有个小胖,他们一举一动都没闲笔,开口闭口为这个社会的公序良俗和三观代言。毛老师或者哀怨振拔,或者嬉笑怒骂,当然总也少不了文艺的彩蛋。你来这个世界一趟,你要看一看太阳。是啊,一定要有太阳,"在这个城市里,你知道,如果要想碰壁,每天可以死去,但每天,都有新鲜的灵魂,穿着他们最好的衣服,怀着最简单的心愿,来到这里,能告诉他们,这是个已没有梅雨的城市吗?"(《艾森斯坦为什么撒谎》)看着看着,我们会爱上毛尖文章中那些灰头土脸的人物,他们真实不屈,用生命的十八般武艺铸造着生活,能经得起岁月生计的日常,熬得过毒食品,不嫌弃廉价菜,见风使舵顺水推舟,关关难过关关过,活出了本土本地不可思议的生命力,创造着连自己都看不明白的世界奇迹。

　　有人说,一篇个人随笔的终极回报,便是读者跟随作者从个别事件进入一般现象,然后登上一个新的抽象之梯,然后返回他们自己的生活。毛尖在千变万化的故事中保持着对读者的吸附力，她找到了一个作家最重要的坐标，必须要有一个地域或者领域，与自己血肉相关，这样你在这个世界上的言论和思考才不至于踏空。毛尖在上海的求学、生活、写作经验，短暂的香港求学，对电影的研究，宁波小城的青少年世界，都随时随地被召唤到文章中来，好像满世界都是毛老师的眼睛和号角，风声雷动，她快速地找到这些经验拐弯到自己文章的转折点。跟着毛老师追读世界名著，至少我们熟悉了那些典故和名言，不熟悉的变熟悉，熟悉的变成口语，比如"兵荒马乱""短兵相接"，"普罗大众""嘉宝脸""毛姆叔叔""无产阶级""帝国主义""资产阶级"等等，好像都是经由毛尖使用过之后，生出了新的光辉，变得更加耀眼、便利好用。写作者在偶尔使用一个新词的时候，会不由自主地停顿一下，他们自己知道这个停顿里有这个词汇来龙去脉的回顾。我想一定还有很多人在毛老师这里借用和熟悉了、传递了祖国的语言，而文学不是别的，只是对语言某些内在品质的拓展和运用。卡尔维诺说，人们写作时说的每一句话都不可能与写作本身无关，所揭示的真相也都绝不会与事关写作艺术的实情无关。

　　这些年读毛尖，在随笔专栏的经典结构中构筑生活的热闹，体味那些隐含在文学性提示当中的普世结论，更重要的是，她保有着这个时代如何活着的鲜活证据。毛尖的专栏文章摘取生活，摘取经典，摘取人们心尖上的那一点点光芒。

《解放日报》2016 年 10 月 16 日

共同的人世生活

当我们动辄谈论青年写作的时候，究竟在意指何人和何种写作并没有清楚的答案，它的模糊、宽泛和无法详细考证都在推脱关于这个问题的深入思考，也是没有找到具体切入口的泛泛而谈。但在这背后一定有文学自救和更新的诉求，寻找一种因为年龄和朝气而带来的与主流写作（正在通行的文学标准）不同的世界观、文学意象和写作方式。写什么与怎么写都是考察一个作家写作的重要指标，比如作为时间的形象——历史"出现在作家们的文学世界中，它以各种方式、名称、情感基调、面貌来发现和罗列，从而拥有自己的纸上的现在形态。我们这个国家和时代具有特别的产生"故事"的机制，我们从不缺少"故事"。从空间上来讲，东部西部之分，沿海和内陆，以及现在出现的东北之困，还有南北差异、城乡差异，小镇、县城、工厂等特殊的写作对象空间，这种由空间而产生的差异、断裂、区割之下到处都是"故事"。从时间上来说，历史是我们"故事"的另一个来源，每一代人的历史都是由多重真实和限制构成的，按照一些约定俗成的样式重构也可能解构着自己。比如在被媒体和批评界广泛使用的"80后作家"概念范围内，从一部分人抗拒、一部分人认同，到反抗的无力，在找不到更好概念的情势下,"80后作家"已经内化为大部分这个年龄段作家的自我追认,在这种有争议却也无法打破的命名中创造着自己的小历史(自我的历史)、中历史(家族或者村落的历史)和大历史(时代的记忆和追溯)。历史的频繁书写和自我追认,是这一代青年作家的思想历程和文字记忆。

文学返身历史的动力从来都不缺少,比如对正在发生的现实之无力感,文学史上沿袭来的对整体性历史观的深沉迷恋,线性时间叙事的诱惑和质疑,正在发生的不确定感和迷茫感等等。不可否认,我们对过去更有叙事的信心,对业已存在记忆中的故事,对已经逝去的青春和自我,对初具形象轮廓和背朝我们远去的时代,拥有和淘洗它的勇气要比对现实来得猛烈和沉稳,而且在事实和未知交界的地方会产生新的审美力量。对历史的选择或者寄情,是一个婉转的当代姿态,每一次重新叙述都带有重建的冲动,期望在回望中发现真理性知识或者满足某种情感诉求,以至于找到叙述今天的思想资源和想象未来的可能性。

在这一代青年作家的叙事中,我们可以大致概括出两种个人生活的简史:一个是少年时期的反抗叛逆者。他们出身于城市,擅长以忧伤的面孔回忆青少年时期,以决绝的姿态对抗单一的教育体制;他们孤独敏感而高傲,对于社会人际关系冷冽的认识和表述,张扬一种受伤害者的姿态,有一种与既有的文学表意系统格格不入的突兀感,伤痕叙述方式本身就是对成人世界的对抗。这些大都出现在早期成名的80后作家作品中,比如韩寒的《三重门》、张悦然的《水仙已乘鲤鱼去》、李傻傻的《红X》、蒋峰的《维以不永伤》等。另一个是青年失败者形象。他们大多由乡村或者小城镇在高考人口大迁徙或者打工流动中进入城市，他们是社会结构中的小人物，几乎普遍沾染了衰老的暮气。他们困在各种牢笼里：事业上没有上升空间，人际关系中都是攀比的恐惧和互相践踏尊严的杀戮，家庭生活中处处是机心和提防，生计的困难使得遍地哀鸿，精神的困境更是如影相随。他们对理想生活和越轨的情致心驰神往却又不敢碰触，雄心壮志般反抗往往都是虎头鼠尾，小心地盘算着如何才能不至于输得一塌糊涂。这些形象大多出现在文学期刊杂志上，如甫跃辉的《动物园》、马小淘的《毛坯夫妻》《章某某》、霍艳的《失败者之歌》、蔡东的《我想要的一天》等。

相对于个人生活简史，家庭（族）历史在这一代作家的早期写作中处境尴尬；他们的写作倾向基本都是去家庭化的模式，家庭是潜在的敌人，个人主义式反抗的首要对象。但在一个较长时段的历史叙事中，家庭（族）式场域的存在却几乎成为讲述者必要的设备，这一点在社会学考察的视角里非常容易理解。承平时代的写作者，不会成为彻底的革命者，也无法获得广场上的自我想象，他们所占据的空间不外乎家庭、学校和职场，而学校生活被青春期写作几乎耗尽，职场的时间长度又相对有限。在个人的基点上，家庭（族）故事像雨后的蘑菇一样滋生出纹理细密的伞盖，层层叠叠，身形肥硕，又远到达不了树的高度，也不再像从外面建筑房屋一般瓷实、倾力大于倾心。因为是回到一个具体普通家族的生活，又无法实现现实主义勾勒出几十年历史变迁的野心，所遇者无非生计之艰和生老病死、欢乐戏谑的生活戏剧，不适合放大展示和有意识观看，就像一条只能一人侧身的巷子，到达历史的法场，需要技巧和谨慎。

经过十几年的写作历练，多数青年作家在写作中形成了自己的辨识符，集合成一些固定印象和程式，造成自己的路障和瓶颈。家族生活的场域以其历史沿革和人际向度提供了新的路径和新鲜感，融汇了个人生活、社会记忆、家居伦理，甚至也透露了以家庭为基本单位的社会所遭遇的政治、经济、文化运作的结果；它考验着一个作家的思想能力和对时代的把控能力，还有不断更新的形式能力，并且在中短篇的锻炼和积累之后，充实着长篇的结构能力。城市里的小众人群，有政治背景的群落（工人新村、工厂），以家族为依存的村落小镇，它们组成个人生活史背后延伸的视野，扩展着文学对接社会生活的能力，也勾画着一个作家背后的共同生活和个人来源。奥尔巴赫在《摹仿论》中说："没有共同的人世生活，因为只有当多数人找到通往属于每个人自己现实的道路，才会出现共同的人世生活。"近几年我们可以看到诸多的1970年以后出生的作家似乎都试图去触碰他们的出生前史，比如徐则臣的《耶路撒冷》、张悦然的《茧》、李凤群的《大风》等，每一代人都有重修历史的叙事冲动，重要的是在重述历史的过程中看到一代人对历史的理解深度和广度。于我们最为切近，在文学和现实中都没有得到充足阐释的现当代史，比如晚清民国、共和国（从1949年至20世纪80年代，20世纪80年代到21世纪初期）等历史阶段中的重大历史事件，依然是我们的叙事动力。但我们所见到的往往是被某种流行观念和主流意识形态所挟持的当代史，这里需要对于文学意识的重新洗牌，叙述方式和史观的回溯、反复和重新介入。当代史或者是现代史，仍然是我们的现实感的一部分，对历史的看法直接影响到我们对现实的观感。

个人生活简史，家族式生活场域的故事，整个国家民族的隐喻式讲述，是目前青年作家面对历史的三种呈现方式，也是他们情感、知识和思想的试验场。对历史的叙述会带来怎样的现实感可能是另一个最重要的问题。每一代人都有一双现实的眼睛，对于每一代人的历史叙事来说，无论如何都逃不开眼下的"我"，历史叙事只不过是一次例行出巡，还是伸展了一代人的纵深感和复杂感，是验证写作是否有效的另一个指标。

《青年作家》2016 年 10 期

大风过后，草木有声

历史的延伸给予人们舒展心事的平台，那些顽石、暗礁在漫长的时空中淡化成风和影子，一个人的日常生活勾连不起宏大帷幕，他们漂浮在难以理解、瞬息万变的时代大潮中，随波逐流，但又心事浩茫连广宇。一个家庭之内人与人心事的相遇，需要场域和契机。李凤群的《大风》这部小说选取了各怀心事的一家人，每一个人都携带着自己的成长史和精神漂泊史，他们从各自的角度叙述了漫长历史进程中，家族四代人逃离、谎言、压抑、畸变、疏离、寻找、离散的心灵轨迹。他们怀着失望、怨愤、怒火和茫然，内心的黑暗无法抛洒到阳光之下，心灵暗礁都急需重见天日。

小说以家族第一代太爷张长工的诈死信息为开端，分散在外的儿孙们倦鸟回巢，私生的重孙子梅子杰则遭遇飞来横祸，被一个花盆砸在脑袋上，他的魂魄飞升，潜入这个家族，他看到了他们的内心的想法，听到了他们的暗夜低语、倾诉之声。这是一部全部由个人私语组成的小说，每一个人的满腹心事和长篇大论，都是从自己出发，整理自己的个人故事和内心情绪，有明确的倾诉对象。比如爷爷张广深的话是对张文亮说的，孙子张文亮的话是对重孙张子豪说的，孟梅、陈芬的话是分别对自己的儿子说的等等。这些话语暗流汹涌奔突,不可阻挡,冲垮了所有的现实藩篱和障碍。这是借助梅子杰的灵魂获得的内心解放和交流的桥梁,他们平时都是语言不通,互不相见,分散在各处,各自为政。就像一家人在老家的饭桌上对这个时代和人心的批判一样:天象有异,世道太坏。而他们正是这个世道中人,每一个人都是现象的观察者,又是表现者;他们是时代的困兽,连接不起来,又彼此触摸不到。《大风》创造了一种能量,让孤独者相遇。

《大风》的作者李凤群说:"写作尤其是向历史更深处回望的写作,是无时无刻不在发生的遗弃、隔绝与尘封做着对抗,小说超过了小说家想展示的容量和潜力,小说像一根暗黑的丝线,连接着过去、现在和将来。"回访一家人上世纪50年代至今的寻常日子和历史动荡,它的容量和野心是一部当代家族心灵史,也是一部当代中国人迁徙离散的小历史。家族第一代太爷张长工在历史的紧要关头,丢车保帅,把自己从历史的狂潮中心连根拔起,带领老婆孩子一路狂奔一路舍弃,最后连名字和记忆都自我篡改了。他谎话连篇,蒙混过关,沉入自己记忆和家国历史的陌生之地,重新安全地活了一遍。他把生存作为第一要义,为了子孙后代的未来守卫生命,他活成了另一个人;他不断地发明和实施自己的生存哲学,对儿子、孙子、重孙子。他是家族故事的缔造者,也是旧梦的记忆者,他随时随地编造谎言,忍受一切痛苦和折磨,等待着翻身和重新开始,世道轮回。

张广深是一个被父亲的生存哲学压抑到畸形的第二代,他成为一个众人眼中的傻子和挖洞的人,并且深深迷恋这种外壳和安全感。在政治形势好转后,他性格逆转,变成一个滔滔不绝的人。他脾气暴躁、力大如牛,满世界寻找机会却又一无所有,他始终生活在对老子的不满和怨愤中。孙子张文亮在这种家庭环境中体会到了深切的寂寥和无助,是爷爷张长工激发了他的自尊和斗志,并且得到了心灵的抚慰,他对家族的旧日荣光有着宗教般的热情,在故乡寻觅不得后,又把对钱和尊严以及儿子的教育追求上升为宗教。张文亮的私生子梅子杰,母亲疯疯癫癫,一无所有,穷困潦倒,几乎又回到了太爷的处境。亲生儿子张子豪虽然什么都有,但他又是最无力的人,他是这个家族里最懦弱的男人,没有野心斗志,善良迷茫。两个第四代有天差地别的身世,但他们也有相同之处,他们都要离开:梅子杰是个人奋斗式地到世界去寻找落脚之地,去重建一个自己的公平世界;另一个则是被父母安排到国外去,对于这个未来自己一片迷茫。这个家庭里的男人们虽然经历各异,但心境依然能够彼此相遇,比如失望和轮回。他们的失望来自对环境的不满,不满导致逃离和背叛,每一代人都在迁徙和寻找的路上;他们是彼此的轮回,太爷对年幼爷爷的训斥以爷爷对太爷的训斥而轮回,私生子重孙的一无所有,是太爷当年处境的轮回,张文亮的荣耀是家族旧日风光的轮回等等。这是命运的无情展示,是对所谓政治、巧合和逻辑的一种悖反,这里充斥着无数的不合逻辑、无奈、不理解和不可把控。

《大风》是关于"活着"的哲学,每一代人都在回答和寻找活着的意义。张广深的暴戾,陈芬的疯狂和自杀依赖症,孟梅的痛苦和冷漠,张文亮的失落、辛苦恣睢,梅子杰的怨愤,张子豪的茫然,都是没有找到自己的生活,对于未来的不确定性,没有安全感,安所遂生无法实现。只有第一代张长工实现了自己简单执拗的梦想,无论在逃亡的过程中经历了怎样的艰难风险,之后的生活中如何遭受羞辱、折磨和自我修改,他都没有感到过痛苦,他乐观充满希望,因为只有一个信条就是为了儿孙活着。其他家庭成员的梦想都超过了简单的生存，他们需要尊重和自我实现，需要爱情和温暖，需要公平和正义，这些都是更高级别的人类需求，然后他们在需要与不能满足之间挣扎、委顿，又怀着希望。民间生存的智慧，朴素的家族传承，生存的艰辛，感情背叛与自我厌倦，放逐和追寻，家族的旧梦在几代人的心目中已经枝叶凌乱，但它作为一个美好和安乐的光影，依然闪烁在每一代人的梦中。随着第四代的离散历史形成，家族和故乡终将成为一个遥远的背影和残梦。《大风》里有一种深切的伤悼情怀，对于一个来历不明的旧梦；又有一种万物生长的生命韧性，对于每一个披荆斩棘的生命。

小说的结尾，虚假的葬礼终究成真，梅子杰的灵魂也回归到他自己的肉体里，合二为一。那些孤独的个人还会回到继续困兽犹斗的圈子里，挣扎、辛苦恣睢、战战兢兢、面目全非、生老病死，仿佛无常才是最后的主角。"大风"既是江心洲的自然历史面貌，也是时代狂潮的隐喻，但作家的选择是，政治经济的大变动在小说中几乎是藏匿不显的，把人们的心灵故事放在前台最令人瞩目的部分，这是一种冒险的写法。越过大历史事件的部分必然要求，对个人生活的描写细致到极点，比如张长工的第一次逃离，细节层峦叠嶂，从每一个说服儿子的理由，到每一次惊吓，偶遇，给陌生人的回答，一次比一次严密的谎言逻辑，都铺叙了足够长的篇幅和气势。同时又要求一种走向极致的内心叙事，把他们的心灵角角落落都捕捉到，不然这种写作形式容易落入简单化的窠臼。

《大风》里的对话，再现了几代人的心灵奔突，大起大合，有一种偏执宣泄的快感，跟刘震云的《一句顶一万句》有相合之处，都是中国人心灵（词源意义上）的"百年孤独"。刘震云让一个个孤独的人辗转在乡村小镇,甚至是广阔的国土去寻找可以说话(说得着)的人,他们坐在一起尽情地"喷空"(说话聊天);不管他们说什么,仅仅是那种为了寻找可以对话的人而付出的心力,因找到那个可以说话的人而获得的惊喜,就成为一种活着的意义。《大风》是一家人之间的对话,不管能否说得着,大家都只管放开了闸门尽情宣泄,这是孤独的根源,他们对于这些话和情感能否获得回应、能否被听见并没有把握。张文亮跟儿子讲话的时候,首先要提醒儿子放下手机,专心听听家史,而太爷爷的话只有梅子杰能听懂,况且在所有的说法和讲述中,没有一个发言者主动提及和回应那个对着他(她)的发言。单向度的诉说和渺茫的回应,暗示着离开这个家庭,离开这次机缘,这么多心事和内心暴戾将会湮没不闻,天聋地哑。每一个人都会成为大风大浪中孤独的小舟,没有生息相往,没有援手可施,他们在一代一代的发展中,仿佛又回到了第一代太爷奔突在暗夜原野上的情状,装聋作哑,低头赶路。《大风》是一首哀伤的歌曲,它唱着命运、无常、轮回,它躲开那些政治、经济、文化的解释,不管不顾,尽情地哀唱了一回,就像为一场即将到来的葬礼预演。大风过后,草木有声,声音是记忆、痕迹和活着的证据,大风起又灭,世道轮回、时间流转,不改草木葳蕤,不改打破沉默和喑哑的心力。

《文艺报》2016 年 12 月 30 日

必须言说之事创造自己的形式

要用文学召唤对存在的遗忘、对人性的理解和种种可能性的探索，可以使用的无非是语言、情节设置、叙事声调、风格、节奏语速等，而这一切往往被命名为作品的外在形式，或者是文学的本体。

语言是对事物的不断追求，比如文学中的方言既提供了接近事物那多种多样的无穷无尽的表面的可能，又呈现了一种对现成文学形式、文学现状反动的可能。

最重要的是保存读者和作者之间的社群，这个社群成员彼此辨认的方式是，这世间的一切对他们而言，都不简单。形式或者文学本体，对于文学来说最重要的是它对存在感的延宕和回旋，让一切都不那么简单。

在谈论小说的形式之前，我还是想先谈谈今天的文学特别是小说所面临的时代和社会（内容）。毋庸讳言，这是一个越来越抽象的社会。我们的写作所面临的社会，与马尔克斯写作中所面临的崭新世界不同，我们无法用手指一一指出它们；相反，我们从文学和现实中所获得的世界印象是越来越抽象的。比如一个简单的面包，我们只是面对物质的终端产品，小麦漫长的成长期，收获和路途遥远的物质运送、交换，加工厂工人们的分工劳作等等，都消失在后面。萨义德对越来越专业化的趋势有他的批评，专门化戕害了兴奋感和发现感，容易陷入怠惰，受制于专家和权威，影响人独立判断的勇气，专业化的追随者无可避免地流向权力和权威，导致特权和雇佣。在这样的空间中，我们无法通过自身去一一体验存在，无论是一座桥梁的建设、一种食品的安全，还是一栋高楼的质量，普通的个人无法简单获得一套知识来说服自己，它们是否稳固、安全、值得信赖，我们只能借助于图像、权力和专家说法等，把自己的生存生活交付给一套抽象的外在于自己的知识。

在这个日渐抽象化的社会中，文学到底充当什么样的角色？芬基尔克劳在《一颗智慧的心》中说："任何哲学，任何分析，任何格言警句，无论它们多么深刻，都无法在广度上和深度上同一个精心讲述的故事相比。"如何精心讲述一个故事？作为对存在探索的文学，形式或者文学本体何为？

面对日益简化的社会，要用文学召唤对存在的遗忘，对人性的理解和种种可能性的探索，可以使用的无非是语言、情节设置、叙事声调、风格、节奏语速等等，而这一切往往都被命名为作品的外在形式，或者是文学的本体。相对于作品中那个难以把握、无法穿透的坚硬的虚无世界来说，在写作的实际操作中我们不得不依仗形式，为那个具有惰性的不透明世界赋形，但有说服力地谈论形式是困难的，况且形式属于一小部分人的秘密，缺少公共性，仿佛这是一个伟大世界的背面。类似于海明威的冰川原理，我们愿意谈论海平面以上的八分之一，那是众人目光所在，人们很容易在对经验和内容的谈论中获得自我投射和愉悦，而本体的秘密似乎只是专业人士的帷帐。霍夫曼斯塔尔说，深层应该掩盖起来。掩盖在哪里？掩盖在表层下面。维特根斯坦说，凡被掩盖的东西，我们都没有兴趣。这两位作家讨论的是表象的重要性，并非针对文学形式，但形式之于内容，恰恰也是被掩藏的部分。写作一个重要的程序是找到与生活的万千表象符合的形式。

大概只有在上世纪80年代，先锋派小说横空出世时，我们才把形式置于一个重要的位置，"怎么写"比"写什么"变得重要而突出，作家和批评家以非常快的速度，迅速扫荡和演练了一遍小说的各种形式。而过度关注和使用却让先锋派失去最初的解放力量，现实主义重拾技术主义的残羹冷饭。之所以说残羹冷饭，是因为我们那种过于流畅的演习，并没有在文学上留下多少经得起推敲和阐释的作品。许多先锋派作家也不得不承认，当年的一些作品如今看来不忍卒读。我们会记得那个年代的精神气息，一如达达主义的臻至绝境，文学变革、技术试验与之粘贴在一起，完成了对平庸整齐划一表现方式的革命，但也证明单纯的形式狂欢始终是一个独力难支的实践。除非在创意写作的课堂上做实用主义的形式解剖，对待文学就像对待十字花科的蔬菜，安全而不全面，其他的语境下我们经常谈论有意味的形式。所谓有意味，就是这是一些有所指的形式。

卡尔维诺把写作看作对各种事物永无休止的探索，是努力适应它们那种永无止境的变化。这其中能变化的当然有形式的改变，具有探索性，并适应变化的形式是文学永恒的要义。比如近年来出现的非虚构写作，其带来的解放感，使得我们的世界从一种制式文学语言中解放出来，打破那种千篇一律模拟一个世界的感觉。在现实主义对真实性的诉求中，假定了作品直接产生于对生活的描摹，在文本与现实之间存在着理想的对应关系，这是19世纪以来的一个假想。这个问题的正当和过时,以及它的矛盾性,在文学中几乎是一个陈旧的话题。而在当代文学中呈现一个真实的乡村,也几乎一直是现实主义文学的诉求,尤其在面对乡村社会的巨大转折之时,追随社会变革,切中时代的中心,捕捉到世道人心几乎是当代文学不变的追求。当非虚构以高于现实主义小说的"真实性"出现的时候,其实是在宣布异议和不满,呼唤一种新的真实观。非虚构的写作方式就是在如此情势下兴起的。《人民文学》非虚构栏目的宗旨是,以"吾乡吾土"的情怀,以各种非虚构的体裁和方式,深度表现社会生活的各个领域和层面,表现中国人在此时代丰富多样的经验。要求作者对真实的忠诚,注重作者的"行动"和"在场",鼓励对特定现象、事件的深入考察和体验,制造模仿生活的假象。超现实主义作家布勒东对传统现实主义小说的表现方式有过非常刻薄的批评,他直接宣称小说是一种"下等体裁"。昆德拉说,尽管布勒东的话具有偏见色彩,但人们却不能对它置之不理,它忠实地表达了现代艺术对小说的保留态度,主要有三个方面的意思:小说的风格是信息式的;描绘的虚无化,目录般形象的重叠;还有使人物的一切反应事先便明示无疑的心理学,冗长的陈述使得一切都事先告知于人,主人公的行为和反行为都已得到了精彩的预示。非虚构写作兴起的现实语境就是对此类现实主义表达方式的泛滥,并且在此基础上铸造了新的表达方式,打破虚构文学的种种藩篱,让那个隔着世界说话的叙述者卸下负担,释放漫无边际不断生长的真实,随时在场的作家和叙事者的有限性视野也能坦然以对。

保罗·奥斯特说:"对我来说唯一重要的事是言说那些必须言说之事,如果它的确是必须言说之事,它将会创造自己的形式。"今天我们必须言说之事依然是存在感,也就是奥康纳所追寻的通过举止(人类行为的具体细节）体现神秘（人类如何逃避或者正视存在的意义），而它的形式又可能是什么样的？最容易想象的总是二分法，一种与我们的抽象的社会存在相匹配的形式，可能是简练的机器制造般的简洁风，比如以色列作家埃特加·凯雷特的写作方式，故事荒诞不经，但简洁明快，在嗒嗒的速度中不时有掉落的针芒，锐利轻巧。大概就来自当下人的状况不值得写成一个故事，而同时又不想贩运眼前的现实，于是他就像萨满教巫师那样卸去身体的重负，飞进另一个世界，另一个感觉层次。于是，在他的故事中，人们沉浸在各种乱七八糟的梦中，与自己的谎言相遇。

茨威格对普鲁斯特的描述是，他对这个社会的礼仪的一种几乎是病态的敬畏，是他对礼节的奴隶般的崇拜，是他对时尚的所有俗气和愚行的敬重，他对贵族习俗的不成文规定尊敬得有如面对一部《圣经》。餐桌位置排列成了他整天进行研究的问题，每一种卑微的闲言碎语，每一个粗率的过失，都像一种令世界震惊的灾难似的使他激动不安。对琐事、礼仪和社交场合秘密的认真，让他在可笑和逢场作戏的世界里赢得了礼仪专家的名声，他每天晚上在笔记本上描绘整个巴黎所有这些微不足道和瞬间即逝的东西，写下评语和井然有序的素描，微不足道的偶然和短暂变为永恒。

语言是对事物的不断追求。

我认为，我们的必须言说之事会创造以上两种相反相成的形式，但形式是一个混沌的组合，很难分解到福楼拜描述世界的过去完成时，或者过去未完成时，现在分词的创造性使用等等部分；尤其是在一个文学的本体基本处于平滩上的时期，但语言始终是理解外部世界的方式，甚至语言不是代表这个世界的实质而是等同于这个实质。卡尔维诺在《美国讲稿》中借着语言谈论两种世界观：马拉美的语言经过高度抽象达到高度精确，证明外部世界的实质是虚无；蓬日认为，外部世界就是那些最一般、最无关紧要、最无对称性的事物的外形，语言就是为了说明这些无穷无尽的、既不规则又十分复杂的外形。

语言是对事物的不断追求，比如文学中的方言既提供了接近事物那多种多样的无穷无尽的表面的可能，又呈现了一种对现成文学形式、文学现状反动的可能。"五四"新文学运动以来开创的新文学及其语言方式，已经逆转而成为主导文学方式，《繁花》的出现就回答了一个语言的问题：向方言的文学里去寻新材料、新血液、新生命。如果为《繁花》做一个注解的话，我最欣赏小说结尾。主人公之一小毛去世后，他的朋友阿宝和沪生去见小毛生前的外国友人芮福安，芮福安要以上海苏州河一带为背景拍电影，他说了一段话——"头脑里的电影，总是活的，最后死在剧本里，拍的阶段，它又活了，最后死在底片里，剪的阶段，又复活了，到正式放映的时候，它又死了。"沪生接着说："活的斗不过死的。"死是难逃的结局，不过无论文学、电影还是生命，都在追求活的路上。正确萃取、使用语言能使我们接近（眼前的或不在眼前的）事物，我们应该认真地、谨慎地进行描述，并尊重（眼前的或不在眼前的）事物不用语言传给我们的信息。普鲁斯特说，优美的书是用像外国语似的一种语言书写成的。所谓外国语，不过是当前通用语言和惯用形式的变形记，也是对生活表象变化的追寻与征服。

弗兰岑谈论自己的文学生活，他说，文学保存的是精确、生动运用语言的传统，一种穿过表面深入内涵的习惯，或许还有对私密体验和公众背景各自独立又互相渗透的理解力，还有神秘和举止，最重要的是保存读者和作者之间的社群,这个社群成员彼此辨认的方式是,这世间的一切对他们而言,都不简单。形式或者文学本体,对于文学来说最重要的是它对存在感的延宕和回旋,让一切都不那么简单。

《文艺报》2016年9月20日

坠入时间的褶皱

　　阿甘本说，每部作品都可以看作尚未写就的作品的前言（或者部分演职员表），并注定要保持这个样子；它反过来又要成为其他缺席作品的前言或者模板，仅仅是纲要或死亡面具。珍妮特·温特森的写作是符合这种互为关系的。那些熟悉的词汇和人世风尚，从第一部作品《橘子不是唯一的水果》开始建立的基调和语法，到《激情》《给樱桃以性别》《写在身体上》《苹果笔记本》，纲要和死亡面具就一直明镜高悬，差别和生长显而易见，但又都是珍妮特·温特森既定河道范围内的绪论和补遗。

　　《时间之间》改写自莎翁晚年一部重要的剧作《冬天的故事》，为命题式的致敬之作。为纪念世界上最伟大的剧作家莎士比亚辞世四百周年，英国出版商想出了致敬式重写的主意，邀请全球最好的小说家改写七部莎翁经典剧。对于经典名著在公众许诺视线内的重写，是时间胜利的一种傲慢，哪怕穿上致敬的华服，其中的徒劳和程式感一样都不会少。在臣服于过去的前提下，试图寻找自然妥帖，绝不是曲意承欢的现代摹本，最大的敌人就是经典的影子和刻意的行为，会把致敬的诚意消耗掉。

温特森不是一个循规蹈矩的作家，她的小说不那么像小说，叙事程度比较低，自行其是。她顽强而固执地对警句的热衷，总是意在言外和暗示着不在场的叙事；她的寓言模式创造了一种可行的小说模式，无处不在的个人风格，对一个个有趣的情境做出的布莱希特式的生动摘要。重写很大程度上要沉潜在原有故事框架里，为什么是温特森？她说："过去的三十余年里，莎士比亚的剧本始终是我的私人读本，所以我才写这部改写版小说。这个剧本讲到了弃儿。我就是个弃儿。"这话是温特森的个性和风格，也流露出个人常识重新贩卖的信号。重写是与公共记忆的遭遇，是对固有之物的重新发现，个人特点如此鲜明的作家与基本封闭的经典故事，仿佛两棵枣树矗立寒夜旷宇，互通声息的写作行为本身可能就是一个行为艺术。

不知道哪一方起意在先，当然这或许并不重要，《冬天的故事》在温特森的作品中有过几次不经意的露面，只有真正喜爱的作品才能获此殊荣。她喜欢在作品中重复这个剧本中的话："你要唤醒你的信念。"有了信念，就有值得相信和愿意相信的一切，进入任何叙事或者虚构的模式，意味着在它已经成立的前提下随行就市。

温特森在《给樱桃以性别》中重写过《十二位爱跳舞的公主》，十二位爱跳舞的公主深夜溜出门跳舞，被一位老兵揭发，他也因此娶了大公主，并成为王国的继承人。珍妮特·温特森把揭发公主们的男人置换成一位狡猾的小王子，直接后果是自己和十一位兄长每个人都娶了一位公主。就像艺术展览一样，每段婚姻都是战场和废墟，压抑苦闷、同性恋、精神出轨、宗教信仰、家庭暴力……珍妮特·温特森以一贯的坚决和冷毅，让这些不幸的女人们或杀害或离开自己的丈夫，再次回到童年经验，组成了一个只有女人的社区和理想国。重写的兴奋里肯定有游戏精神和智力的愉悦，不以为忤的解放和戏仿，在拆解和重建里造出一个看似熟悉其实陌生的世界，以作家的叙事延宕、溢出以及语言和主体精神。

温特森的写作从一开始就保持现代主义对时间和情节的高度敌意，并让故事在仿佛根本不是故事的情况下发挥比较大的作用。她是一个不使用情节作为推动力或者基础的作家，真正用的是故事中的时间的话题。相对而言，《时间之间》是故事性比较强的小说，这个结果部分来自对原著故事的忠诚，《冬天的故事》清晰的故事框架和几乎被填满的阐释空间。

西西里国王列昂特斯与童年伙伴波希米亚王伯利克赛尼斯共度了九个月的美好时光，伯利克赛尼斯思家心切，列昂特斯费尽口舌都无法留住他，于是希望怀孕的王后赫美温妮帮忙劝说自己的挚友在王宫多停留一段时间。王后成功地劝服伯利克赛尼斯留下，列昂特斯却毫无预兆地产生嫉妒，指控赫美温妮和伯利克赛尼斯之间有私情。列昂特斯逼死王后，遗弃襁褓中的亲生女儿。十六年后，被波希米亚牧羊人救下的女孩长大成人，与伯利克赛尼斯之子佛劳里泽相爱，却又遭到父亲的强烈反对。两人因此私奔到西西里，最终促成父女相认、赫美温妮从雕像中"复活"。《冬天的故事》是莎士比亚晚年创作的悲喜剧之一，在莎翁的戏剧中占有重要地位。截然不同于《哈姆雷特》《李尔王》等悲剧或者复仇故事，这是晚年或者说时间尽头的莎士比亚的内心图景；他看到了人世生活的另一种可能性，宽恕旧债，解放过去，让时间颠倒流转，去撒播新的种子。

一个时间的尽头的故事，是一个没有任何悬念和意外的故事。结局的设定是感伤的，设定对于归于和解的感受提出要求，却不为感受提供现实。感伤是落入关系中空转的感觉，所处的叙事位置决定了对于此前的一切都带上追溯和挥泪的性质，是善良、正义和爱的蓄谋已久的复位行动。珍妮特·温特森在小说的开端即将原版故事放在那里，"结局已可预见"，剧本的结尾没有解释，也没有警示或心理阐释，这出戏以每个角色奔向新生活而告终，和解后的人们一路上互叙许多年来的契阔。过去永远不是死去的时间，爱与复仇、悲剧、宽恕全都隐藏在时间的褶皱里，绵密而深沉，在这个意义上，时间万古如一。温特森说："过去依赖于未来，恰如未来依赖于过去，其程度不相上下。"

温特森选择这部剧重写，好像在那些松散的、非情节化的写作中抽身而出，具有了被时间裹挟的整体性的外观。《苹果笔记本》的结尾是这样的："你的脸，你的手，你身体的律动……你的身体就是我的'时间之书'，打开她，阅读它。这是这世界真实的历史。"在时间里能够看到世界真实的历史，她迷恋的可能就是站在时间端点上，拥有再次相逢洪流的机会；她愿意返回，重新安排、整理、阐释、抒情和理解，仿佛获得了近乎全能的位置，又能看到"一生时光中的些微粒子"，时间匡扶了所有的写作正义。泪水收束，爱战胜了误解，那些绝望时刻，由此而得到安抚，从而由事件进入日常生活的序列；这又像一个时代转换的隐喻，历史由此切入它的生活模式。

珍妮特·温特森喜欢威廉·福克纳的名言："过去的没有死去。甚至尚未过去。"《时间之间》是关于过去和时间的故事，过去随时让现在的生活和人们"坠入时间的褶皱，此时、彼时叠合成同一时刻"。黑人谢普在医院里终结了妻子痛苦的生命，也让自己陷入哀伤，曾经充满信念的生活变得残缺。在宝马车祸的现场遭遇死亡，他看到了"婴儿岛"的一束光，他带走了刚刚被放在那里的女婴，"似乎因为我夺走过一条命，所以又得到了。我感觉这就是赦免，好像我得到了宽恕"。

关于爱和惩罚的故事由这些偶然以及转换了的空间、时间，前后相递，蜿蜒前行。上帝不需要惩罚人类，我们总是自己惩罚自己。所以我们才需要宽恕，但人类不了解宽恕。"宽恕这个词就像老虎——电影里拍过，证明它确实存在，但我们之中仅有极少数人近距离地看过野生的老虎，或者彻底了解它们。"《时间之间》是去走近"老虎"，以转换到现代生活场景中的原班人马，在演示宽恕的主题。他们置换了姓名和人生配置，全盘穿越进现代时空，但内心生活一如既往，妒忌，伤害、弃儿、爱与和解、失落与寻找。

在市场资金短缺的世界金融危机中，列奥凭借精明的头脑建立了专门从事杠杆收购的对冲基金"西西里亚"，靠着人脉和手段，在现金缺乏的市场上凭空生财，从失业者一跃成为身价十亿的富豪，成为美国梦的实践者。妻子咪咪是一名华裔美国唱作歌手、演员，对音乐艺术有极其深厚的造诣。赛诺是列奥的儿时玩伴，两人之间发生过同性之爱，长大之后，赛诺是列奥和咪咪之间的爱情信使和好朋友。赛诺与咪咪也曾产生过短暂的爱和抚慰。三人故事的后续是列奥和咪咪结婚，生下了儿子米罗，在银行站稳了脚。赛诺四处游荡，为了掩饰自己同性恋的身份，和陌生女子生下了"面子工程"的产物——泽尔。

咪咪第二次怀孕时，赛诺来访。此时的列奥变得自负，精明，敏感，多疑，他派人跟踪咪咪的一举一动，在卧室装摄像头，妒忌赛诺和咪咪每一个默契而又平常的举动，带着恶意去猜忌他们之间的关系。列奥无法控制自己的情绪、欲望、愤怒和感动，带着对所有人的仇恨认定赛诺和咪咪偷情，孩子是个野种。他愤怒地惩罚着每一个人，他折磨咪咪和赛诺，也流放了刚出世的女儿帕蒂塔。至此为止，小说的主人公都生活在爱的痛苦中，缺乏爱，失去爱，他们站立的基点或堕落的起点，都是一种无望和垂死挣扎的爱，是暗夜中的跋涉。

小说中拯救的力量来自另一个空间，朴素而遭受家庭变故的谢普父子领养了帕蒂塔，谢普父子与帕蒂塔组成了一个新家庭，度过了漫长的十八年。赛诺父子、谢普父子和帕蒂塔在谢普生日这天，像牵线木偶一样被放置在"剪羊毛"钢琴吧里面。帕蒂塔的出现，让赛诺的时间和意识苏醒，过去的故事不可阻挡地加入生活的进程。列奥与帕蒂塔相认，帕蒂塔爱上了赛诺的儿子泽尔，谢普父子也找到了一见倾心的人，赛诺和儿子重归于好，患病的咪咪被爱唤醒。

人生是没有路径的海，不曾梦到过的岸，好的写作大概也是这样的。一个事先张扬的重新演绎的故事，它所有可预见的一切，都会让人松懈精神和关注，甚至气馁；命运的排列组合和由此而来的改朝换代式的新人类，并不一定能够让异文化中的读者投入那种源自莎士比亚戏剧文化传承的特殊之爱和沉浸其中的共情时刻。由此，我们可能更希望看到溢出莎士比亚原有情节的部分，在时间里重新生长的，在温特森那里孕育的东西。

在时间的维度之外，《时间之间》里又是两个空间，两个阶层，两个世界，它们之间的能量此消彼长。列奥与赛诺、咪咪戏剧性冲突最热烈的时期，谢普的世界安静和平；在帕蒂塔沐风栉雨拔节成长之时，列奥与赛诺的世界是黯淡停滞的。列奥的人生曾经实现过跳跃式攀升，谢普也由一笔横财改变了生存环境，它们互为彼此的存在参照。在失落之爱复位的过程中，泽尔和帕蒂塔实现了阶层跃升，他们忍不住感叹："一个月之前，我们都还是普通人。""他们曾毁了一种生活，但也有另一种他们找不到所以毁不掉的生活——但不管在哪种情况下，我们都会在一起的。"他们避嫌地嘲讽了一下好莱坞版本："命运并不是好莱坞发明的。"

　　生活在另一种时空里的人们，一方面在随风起舞，左右不了命运的安排，另一方面又想立稳自己的根基，创造属于自己的坚定的生活。谢普与列奥之间有一段对话："你是让世界变成这样的那类人。我是活在这样的世界里的那类人。我是黑人，在你眼里，大部分黑人都去做保安或快递员。金钱和权力对你来说是最重要的东西，所以你会觉得，对于没钱没势的人来说，它们也是最重要的。也许在一些人看来确实如此——因为我们这类人只能靠中一张彩票才可能像你们那类人那样拯救世界。辛勤工作和希望不会带来这种改变。美国梦已经玩完了。"看似完全相似的故事情节和人物设计，但潜在的东西已经不一样了，好像是一个时代预言，这里有新的忧伤。新的一代面临着新的危机和不安，他们需要重新寻找生活的意义，正像泽尔所说："简单地生活，只做足够的工作，赚够用的钱，你就能有一种更有意义的生活。""我们要从大企业的垄断控制中解放出来，因为那意味着少数人操纵世界的运转，并毁掉我们的生活。"谢普太太去世之后，帕蒂塔像个奇迹降临在谢普的生活中，成为他爱的指导手册；帕蒂塔后来回到原来的家庭，那里的爱又重获新生。谢普肯定意识到了改变，以及抵挡不住的恐惧，所以他才会抒情："我们回不到昔日所在，也变不回昔日的自己，没错。但我们依然可以回家。"尽管两个阶层之间拥有可以交换和感情交流的中介——弃婴和无差别的爱，但一种徒然的忧伤已经产生，能像《冬天的故事》里那样，互叙契阔变得非常可疑。

　　温特森说，她爱的是语言，叙事只是附带而已。非戏剧文化传统中的人，有时候无法理解这种语言的华丽与宣泄，故作声势与空洞华美，它们在故事的演进中，带来的停滞时刻，倾力的诉说与自我抒情，呢喃和坚信。幕间的抒情，都是对于固有之情感的重复确认，对于人类爱的喃喃低语，它们就是空白填充物。用来连接那些无法具体化的人生微弱粒子，抵御空白时间。《时间之间》与《冬天的故事》说白了都是对人类某种自我预设的理想生活方式的怀念和吟唱，是一群走出伊甸园的被惩罚者的内心图景，配合的是他们的怨念和反复。

  作者迈克尔·伍德说，《给樱桃以性别》之后的温特森，被一种传教士的冲动，一种要把光亮带到黑暗角落的强烈冲动重新抓住了，以至后来她所有的小说（更不消说散文）都因为时时困扰读者的说教而受到了某种程度的损害。他说这些话的时候，《时间之间》根本连影子都没有，他就像一个有寓言能力的老巫婆，而我们不得不痛心地承认，这些无法更改的写作印记，的确让温特森向乏味的方向滑行了几步。就像几乎每一部作品都有同性恋故事一样，那些可以析出的弃儿故事，爱情的相似模样，抒情阐释喋喋不休，貌似高明的语录，它们几乎就长成了砖石和混凝土样子，它们看起来无味而愚蠢，可是房子就是这样才坚固，而且仅仅是她自己的。

  在《橘子不是唯一的水果》再版序言中，温特森自问自答了一个问题：这部小说是自传体小说吗？她的回答是——"不是一点也不是以及是的当然是。"《时间之间》继续拥有所有温特森式叙事元素，她再次劳心费力地重新排列组合，深入现实生活的腹地，截取了一段沉重的生活，来附丽和对比，那么它还是对《冬天的故事》的重写吗？答案应该也是："不是一点也不是以及是的当然是。"

《小说界》2017 年 5 期

知识流浪儿的奇幻旅程

我们谈论文学并不仅仅针对作品、作家，往往把更多的时间和精力投射到一些人与事，许多偶然的被后人不断重述和改写的事迹，仿佛具有了超越具体的传奇性，它们在暗地里蠡测着文学的边界和可能性。李陀在当代文学的场域中，一直是一个很重要的观察者和参与者，是一个被多种传说包裹的写作者和文学活动家。

1978年李陀在《人民文学》首尾两期连续发表《带五线谱的花环》《愿你听到这首歌》。作品的背景都是对当时知识界影响深远的"四五"事件，严肃讨论"言论自由"与"国家的主人"的关系，关注中国的小资产阶级和知识分子，问题的时代性和发表作品的媒体都让他引起全国性的关注。接着，他的社会影响从文学转入电影，写出《论电影语言的现代化》，对镜头概括力提出新要求，"变革电影语言""摆脱戏剧化，更加电影化"，要"创造先进的，属于我们自己的电影美学"，这对于当时的电影和文学界都是一声惊雷，也被认为是现代派小说的先声。稍后李陀与张暖忻执导的《沙鸥》几乎贯彻了这一篇文章的主旨，以"新浪潮"电影语言表现"新现实主义"。

1982年李陀重新转回文学界，《七奶奶》《余光》《自由落体》，带着浓厚的现代派写作气息，对人物意识流动的描摹，对平民生活的细节关注，都能看到他试图寻找另一种文学观和写作的尝试。比如《自由落体》，细致繁复地书写一个有恐高症的工人，在高空作业时的恐惧："不管他怎样强迫自己靠在那牢固程度有些可疑的栏杆上，不管他怎样强迫自己镇定地吸那支变得没什么滋味的香烟，不管他怎样强迫自己的眼睛努力去适应那令人头晕目眩的高度，可他还是不能把自己的害怕心理赶走。"

如果我们重述当代文学史，一定会铭记1984年、1985年的"文学革命"以及由此开启的20世纪80年代的文学黄金年代，彻底告别了"工农兵文艺时代"，在一定程度上建立起今天文学的雏形和标准，当然也是许多问题的起源。李陀文学活动家的身份正是在这一年代确定的，他的家是"一个川流不息的文学交流所"，1986年第六期起他担任了《北京文学》的副主编。朱伟在《李陀：文学的地平线》一文中高度评价了李陀的工作和对青年作家的发现："李陀在《北京文学》当副主编期间，更重要的工作是为莫言、马原之后的第二拨（他的排序是余华、叶兆言、格非、苏童、孙甘露、北村等）作家正名。"20世纪80年代末，李陀去了美国，研究"毛文体"与丁玲的关系，研究汪曾祺的口语化写作；这是具有重写文学史意味的研究思路，一反常见的主流理解思路，另辟一途，把革命中国和社会主义道路都读进这些文学的形式和语言中去。

随着个人经历和兴趣的转移，李陀与当代文学的关系在亲密与疏离之间摇摆。从小说散文的创作到评论写作，从文学评论到电影理论和实践，从文学期刊掌舵者到研究者，从文学研究者到文化研究者，从20世纪80年代文学黄金年代的缔造者之一，到"纯文学"的反思者，他的迂回与易道，其实都在文学的大范围之内，从具体的文学写作到它的历史化，从自我修正的意义上他是一个不断前行的先锋派。

　　以李陀丰富的生活经验和对当代文学艺术的深度参与，在78岁的时候完成了长篇小说《无名指》，无论如何这都是值得期待的。我曾想象这一部小说一定挤满了各种时间给予的"经验"和"故事"，遍布具有问题意识的理论家的私货；但《无名指》从框架上来说，是一个干瘦和简练的故事，一个海归心理学家在幻境中国的自我遭遇和社会观察。

　　我们可以在《无名指》中找到他之前写作的明晰痕迹，随时随地的音乐知识，爱用排比句和形容词，从意识流而来的对人物的迅速而直白的心理抓取。可能跟心理学博士的角色设计有关，也可能就是作家的一种视角，小说中的人物几乎都会遭遇作家直接的人物描写。比如第一个来诊所的金兆山，"是个大高个子，西装笔挺，派头十足。奇怪的是，这人身上没一点湿，连贼亮的皮鞋上都没一点水迹，亮亮的鞋头在门口的灯影中闪着银光，很神气。只是客人的脸高高浮在暗影里，模模糊糊，一双眼睛就在这一片模糊中瞪着我，闪闪发亮"。经过各种文学流派和知识洗礼的当代作家，几乎很少使用这种人物描写方式，这是李陀的"时间"记忆。作家对音乐的爱好和各种音乐知识的展示，在这部小说中无所不在。《无名指》的开头即是一段音乐描写："打开音响，我挑了一张薇拉·菲兹杰拉德的唱碟，让她的歌声缓缓升起——三年前，我花了很多时间挑选、制作了一套CD，几乎把我最喜欢的所有爵士乐，都集在了一起，薇拉·菲兹杰拉德也在其中。她的声音无论什么时候，都像在朵朵白云之间缓缓流动的阳光，有些耀眼，可是舒服,你闭起眼睛,马上就能感受一种流布全身的暖和。"但凡人物独处或者思考,甚至是聊天讨论,随时可能会插进音乐描写的片段;它们疏离于主导故事线索之外,它不是一个故事和情景的道具,找不到具体而实在的联系,或者暂时找不到一个必要的理由,但是生活不就是这样吗?兴之所至,没有来处的来处,在被编进小说程式的生活中,自然主义式桀骜不驯的存在才是生活应该的样子。这也像《无名指》这部小说,它不是一个"故事"占主导的小说,大量的部分用来指摘这个时代,用的是去生活中摘取一些片段和舀一瓢水混合的方式。

《无名指》以心理医生为主要角色,它的社会隐喻性非常强烈,由此可以穿起整个社会的问题和隐疾。这部小说最大看点除了这个有意识设置的社会全景观看框架之外,还有一个知识精英团体的自我呈现。在小说中,"我"与周璎之间的交往,除了日常的男女关系,就是两个高级知识分子之间的恳谈和社会评议。他们批评现代城市丑陋的建筑,无法与周围环境获得共鸣,没头没脑地砸在城市的中心;批评大学教育是大规模有计划培养准白痴的机构,看起来冠冕堂皇,最后却容易落入精神危机和邪教的窠臼。"我"与华森这个历史学家也是各种争论,比如对于"我"的心理学方式,华森就颇为不满。华森认为:"你的责任,是把迷路的人平平安安带出山。可是你,不甘心,救人就罢了,你还关心别的。"在华森的虚无历史轮回论中,这种研究和关心变得毫无意义。前女友海兰的丈夫石磊,一个紧绷而又严肃的文学爱好者,一个现实社会的格格不入者,"我"与他谈论文学真实是否存在以及它的标准,比较陀思妥耶夫斯基和索尔仁尼琴两个人的写作,讨论俄国作家思想和精神世界的"蜕化";"我"和愤然退出学界专心赚钱的然然就精神疾病、宗教信仰进行小心翼翼地碰触。这些议论和对话就像凿穿顽石，艰难而勉强，似乎没有可能形成有效的交流。比如"我"跟石磊在筋疲力尽的对话之后，"当我们的视线再度相交的时候，他似乎没有看到我，而是眉头紧锁，眼光空洞，又显得有点局促不安，心神不定，好像在拼命想什么，掉进一个什么想法的陷阱里，不能脱身"。但是他们每一个人的言辞和行为，都像是自我暴露，把他们的认知和精神世界展示出来，形成一个团簇状的社会意识，让我们看到文化精英阶层的内心图景，这个群体的人们之间的各种议论和愤懑。他们自成一个小团体，分享彼此的困窘和认识。这符合小说中"我"这个知识流浪儿的人物设计，他几乎成为人格缺陷的好奇心，都在这个人物自然生长的路径内。当然也可以跟作家的现实经历对照观看，李陀20世纪90年代思想转型之后对消费主义占据主潮之后中国文学和时代问题的关切，有意识地散落在各个人物身上。这两个部分组成了小说参差对照的主体，同时也构筑了当代社会凝重的世界图景。

　　小说主体部分是心理有病、有各种需求的人来到诊所，他们的世界是主动在心理医生面前打开的；无论是新富阶层的野蛮粗俗，还是中产阶级的无意义感，以及由此而展现的现实的荒诞感，都是观察者眼中的奇幻旅程。在这个奇幻世界中，小说还设置了第三个维度——小玲的世界。作家给予了这个偶遇的世界许多光芒和灿烂的表情："小玲那细瘦的胳膊和纤细的手指，还有她高兴时候发亮的眼睛，我甚至还闻到了孩子头发里隐隐发出的一股清香；混在地下室潮湿沉闷的空气里，这股清香显得十分尖锐，犹如一片超薄的透明锋刃。"小玲的背后有一个群体：工友之家、志愿者、建筑工人。工友之家的祥子演奏吉他时，歌声在人群头顶上盘旋回荡之际，祥子那严峻和凝重的表情像一阵有魔力的风，凡吹过之处，立即印在了所有人的脸上。小玲的爸爸王大海，一个体格壮实的矮汉子，给"我"印象深刻。他的黑脸上似乎没什么表情，可有一种凛然不可欺的严厉；他说话的语气也平平淡淡，但是平淡里裹着很硬的东西，让人想起坚硬的钢锭。这个世界拥有正直、美感、尊严和生活的意义，尽管突兀，也可能存在想象——比如"我"对小玲犹豫的想象——但这个世界以其乐观阳光改写了小说所笼罩的怯懦、忧郁和萎靡的气氛。

小说中有一个细节，在小酒馆喝酒时，"我"一下子像回到20年前。从记忆中对马尔克斯和博尔赫斯的小说孰优孰劣展开激烈的争论来看，"我"是80年代的大学生，60年代末期或者70年代初生人，他们全盘经历了当代中国80年代文化的精神洗礼，然后奔往美国经受西方教育。华森、赵然然、周璎都是一般意义上的知识精英，过着王大海及其同事们不可理解的那类精神生活，比如对于音乐、美术、建筑、心理、经济、股票、教育等话题的正确而又切实的讨论。然后去国还乡，迎面遭遇20世纪末期或者21世纪初期的当代中国幻境，志得意满的新富、蛮横的权贵、落魄的理想主义者、失去生活意志的中产阶级等等各类心灵疾病患者，当然不能遗忘王大海和小玲这个阶层，他们毫不自知地承担着"我"的希望和力量。心理医生是一个极好的切入点，一个不仅仅治病救人的心理医生，他抱着刨根问底的观察者心理，是一个自觉的探索者和好奇者。正是由于"我"不囿于狭窄的心理医学的范畴，在小说中我们看不到一个具体、科学、可信的治疗实例，有的只是浮光掠影，主人公带着猎奇的眼光这里那里虚晃一枪，走走停停。

小说中的人物以心理医生杨博奇为中心网点，串联起有着千丝万缕联系的人们。他们来来往往，相遇分开，爱慕与隔膜，理解与误解，人生故事匆促而过，彼此之间几乎没有建立起一种深刻的值得信任的关系。即使亲密如然然、华森和"我"，在小说中也表现为一种更深刻的隔膜，他们没有一种共同的东西来彼此铭记和关切，只有作为谈资、议论、话题的片段。说到底，小说中的人们只不过是在一个叫作中国或者时代的雪地上留下自己的鳞爪，剩下的需要靠我们的想象去补足他们的人生和未来时光。

　　赵博奇这个人物有点自恋和骄傲，除了浓烈的荷尔蒙展示，小说中的女性角色几乎都是为他而设计的——前女友海兰、小说中几乎隐形的前妻、正在分手中的女朋友周璎、情愫不明确的然然，还有一个粉丝级的年轻女记者赵筝，她们以各种方式加入到他的生活和职业中，成为他个人经历和魅力折射的一个弧度。但堆积起来的大量外在质料和故事并没有让这个人物更立体，反而制造着新的幻觉，在一定程度上阻碍了人物的性格发展和展现。在小说中赵筝最后给他留下一封信，批评他的"优越感"和"骄傲"——"最后再说一句，希望以后不要有那么多优越感，多看了些书，并不代表一个人就真聪明，也许他不过是个不沾地气的书呆子。还有，希望你以后做什么事都勇敢一点，不要顾虑重重，瞻前顾后，那不是责任心，那是怯懦。""说你不沾地气，说你怯懦，可能过分，你是心理医生，接触那么多人，怎么能不接地气？又怎么会不知道什么是怯懦，并且让自己怯懦？不过，我就是那种感觉，错了就错了，反正也说了。"

　　每一个写作者都对自己的优点、缺点有基本的知觉，只不过一旦铺排成一个框架和故事，延及一个时代，必然会有一些问题；而长篇小说这种文体，有时候就是拖着问题行走，它会自我原宥，以矛盾去消解矛盾。杨博奇这个人物既是一个超级英雄，又有着致命的缺陷，有点知识分子化的堂吉诃德的风貌。他愿意自不量力地跟随世界流动，去捕捉一些超越自我和阶层的价值，去碰那些我们无法解决的个人和社会的精神难题，而这是我们目前的文学中所缺少的一种明知不可为而为之的天真气息。或许这就是《无名指》这部小说的价值所在。

2017年《收获》长篇小说春夏卷

第三辑

交谈与问题

赵园：我只是大时代中的小书生

项静：您这一代学人在中国现当代文学研究界是比较特殊的："文革"后进入高校或科研机构，拥有较为丰富的社会生活经验，亲历了一些重要的历史关头。您能简略谈谈自己是如何走上学术研究之路的吗？

赵园：我从事学术工作，完全赖有机遇，没有任何预先的规划。当时我在郑州的一所中学教书，只是姑且一试。考不取，无非继续教中学，没有什么可以失去的；至于倘若考取会怎么样，无从设想。因为我对"中国现代文学"是什么模样，几乎没有概念。应试之前，除了鲁迅，没有读过其他中国现代作家的作品，包括《子夜》《骆驼祥子》。从小学到中学，直至"文革"，读的是外国文学。高中又迷上了中国古代散文。即使1964年进入北大后，因为只有不到两年的学习时间，对中国古代文学，至多算个爱好者，谈不上"专业基础"。1978年的研究生招考，不过给了我一个改变处境的机会罢了。"走上学术研究之路"，是读研之后的事。与我的大学同学不同的，或许只是我敢于冒险一试，而有些人不敢，错失了机会。

幸运的还有，上个世纪七八十年代之交，以至80年代，是鼓励学术写作的时代。出版界以发现与扶持"新人"为己任,你不难"脱颖而出"。并非你真的有怎样的实力,而是你有可能在生荒地上耕作——中国现代文学这个学科,原有的积累不够深厚——只要播种,总会有点收获,压力较后来的年轻学人小多了。

项静:"文革"期间京沪等地曾经有地下读书活动,您的阅读和这些活动有没有交集?

赵园:较少有交集。由我读到的材料看,那个部分知识青年——还应当说,只是极少部分的知识青年——的读书活动,主要在进入20世纪70年代之后,而我70年代初就到了河南农村,之后又在郑州教中学,没有机会跻身那些"沙龙"、"村落"、读书会。信息时代之前,京沪这样的城市,与"外省"氛围的不同,已经不是时下的年轻人所能想象。我在远离北京的地方,漫无目的地读书。除了"文革"初期的读鲁迅,当时的阅读与之后的专业研究几乎没有关系。但那种普通读者无功利目的的阅读,是一种美好的经验,进入了专业,也就渐渐失去;即使告别了学术工作,也未必能找回阅读的单纯性,回到那种状态。如果说学术工作有什么代价,这就是其一。

项静:纵观您的文学研究和散文写作,知识分子始终是一个不变的中心和线索,始终伴随着您的生命体验。您对于自己这一代知识分子与您所论及的知识分子肯定经常有纵向的对比,您能简略地说一下吗? 自明清以来,这个群体的组成,价值追求和自我界定,肯定有变迁;"知识分子"成为一个延续的话题,其间的关联是什么?是不是主要和您的写作气象紧密联系在一起,比如您说过的追求大人格、大气象？

赵园：古代直至近代的知识人，有自身的传统，有知识群体的自律，有对行为规范的要求。即如清议、乡评，再如明清士人的"省过"活动。知识群体内部严别君子/小人，讲求"流品"，区分清/浊（如有所谓的"清流"）。在我看来，这种传统有中断的可能。应当说明，近代这一重要环节，我不曾涉及，因此难说"连续"。这个环节太重要了，不能省略。此外我还要说，我并不始终专注于知识分子，还涉及了北京的胡同（《北京：城与人》），"农民文化"（《地之子》）。《论小说十家》考察的主要是小说艺术，而非知识分子。给别人"一贯"的印象，主要是因为后来的"明清之际士大夫"研究，似乎与我的第一本学术作品《艰难的选择》"遥相呼应"。

以知识人作为论题，当然与我的个人取向有关。追求大人格、大气象，不是预设的目标，更像是考察活动的结果：我与一些我心仪的人物遭遇，他们以自己的人格魅力吸引了我，或许也影响了我对于学术研究的"气象""境界"的追求。我的确爱用这种说法，"气象""境界"。这也属于我评估学术的重要尺度，无论对于自己还是对于他人。

项静：社会对知识分子都有一个模糊大概的认识。萨义德的定义是，现代知识分子既不是调节者，也不是建立共识者，而是这样一个人：他或她全身投注于批评意识，不愿接受简单的处方、现成的陈腔滥调，或迎合讨好、与人方便地肯定权势者或传统者的说法或做法。您论述中的士人还不具有这种现代意识，他们是不合时宜者，是在天崩地坼王纲解纽中形成了一种精神乌托邦而自我放逐的一群人。他们的存在形诸叙述，就有一种审美的倾向。您对他们是如何选择的，谁可以进入考察的视野？有遗民文化，就有这种文化的反面，比如"贰臣"，可能是遗民最主要的客体和精神"敌人"。"江左三大家"，您的论述中也多次引用他们的文字，再比如现代知识分子中的周作人、胡兰成等，这种知识分子可能有另外的世界。如果研究他们的心态，也可能是更艰难的选择，会不会有比"光明俊伟"更丰富的内容？

赵园：我不熟悉萨义德的定义，较熟悉的是"社会良心""社会批评"之类。近代以来知识分子职业化、专业化，专业知识分子也是知识分子。

"光明俊伟"是我的向慕，对研究对象的选择是另一回事。复杂，可以作为选择的理由。贰臣的问题，在答《上海书评》刘明扬问中已经谈到。我说自己之所以不对贰臣做专项研究，是估量了自己的能力，自知力有未逮。研究钱谦益、吴梅村、龚鼎孳，更要求古代文学的修养，而我在学养方面有明显的缺陷。也因此对于贰臣，更多地在综论中处理，不是有意地避难就易。在对议题的选择上，我首先要考虑自己的能力，而非兴趣。不选择鲁迅，就是如此，尽管他对我影响极大。

项静：在选定了一个群体以后，逐渐延伸出话题，比如戾气、士风、谈兵、家人父子的生活世界等等，一个特定的群体是相对容易把握的，条分缕析，而且还会在聚焦之下产生新的话题。但是作为一个士人阶层，除却有名有姓的知识分子，还有一个庞大的下层。如何在这种以案例、个案为主的论述中，不遗漏，至少不忽视可能更接地气的普通士人，可信地转化为对一个群体和阶层的描述？

赵园：无名无姓的知识人若没有文本传世，该如何研究？当然，或许可以利用另外的材料，比如明清两代（据说主要是清代）数量庞大的家集、家谱、族谱等等。此外还有方志一类地方性文献。但由文集入手，是我的方式。做现代文学就已经如此，由此也形成了路径依赖。我并不势利，仅以知名度为考量；涉及的有不少非知名之士，至少非一流人物。我们只能经由文本进入"历史"。"普通士人"如没有相关的文献材料，就难以成为考察的对象。希望年轻学人在材料方面更有拓展。陈寅恪说"新问题""新材料"，是不刊之论。新材料固然赖有新问题的烛照，也会助成新的问题意识。

项静：历史研究首先必须言之有据，但您如何看待历史写作中的想象力？

赵园：历史写作的确需要想象力。但是文学性的写作与学术写作的不同，仍然在于是否有文献的支持。我不能欣赏学术写作中的信意发挥。我更愿意承接古代中国那种"传信""多闻阙疑"的传统。你如果不愿受这样的束缚，那就去写历史小说。当然可以有猜测。但猜测就是猜测，不要将猜测作为"事实"叙述。尽管史料并不就可靠。或许我们永远不能确认有些"事实"。即使如此，言之有据仍然比凭空臆造更符合学术工作的规范要求。

项静：您可能对整体性、概括性这种词汇比较抗拒，但分类或者概括是进入一段历史必须的。中国地域宽广，地域、乡邦是非常重要的塑造人格的要素，比如乡土知识分子、薄海型知识分子（东南沿海、吴中士人）的区分。傅山跟江南的知识分子就是不同的类型。当然，在易代之际，共同的情感结构可能同大于异。您能谈谈明清之际地域对于士人选择的影响吗？我有一个印象，南方文人可能更容易走向反抗，不知是不是如此。

赵园：我其实已经做了这种比较。如果没有记错的话，我较早写的《明清之际士人的南北论》就发表于贵刊。王夫之有地域偏见，强调北部中国的"夷化"。但北方民族的进入由北而南，南方士人更有抵抗的准备，是一个事实。

也有其他造成你那种印象的因素。比如士文化的发达程度，士人能量的聚集。这些我也都涉及了。明清易代间士大夫的选择，除了与品质有关，也有认识上的差异。有些士大夫的降顺（"顺"即李自成的"大顺"）反清，无非将前者视同照例的改朝换代，自居为"从龙"之士、开国之臣；后者则涉及夷夏之辩、春秋大义，并不就等量齐观。当然，作为个案，只能逐一考察，不便作一概之论。

我并不抗拒"整体性""概括性"。学术工作分析与综合并重，不可能排斥"整体性"的描述与概括。我"抗拒"的毋宁说是王夫之一再批评的抹煞差异的"一概之论"。作一概之论较之呈现差异更容易。当然我的个人取向也造成片段、零碎，难以抟合。得也由此，失也由此。

项静：我想谈谈女性视角的问题，《易堂寻踪》中已经有女性视角。在叙述易堂诸子的生活世界的时候，很难避开女性，尤其是他们避居山林之后。魏叔子的朋友批评他对妻子的过爱："率以其服内太笃，待之太过，白璧微瑕，乃在于是。"妻子的地位、作用，是士大夫日常生活中非常重要的部分。我阅读《家人父子》的时候，很自然地想到女性视角。我发现您在说明传统社会的生活实践与伦理原则的错位，尤其是乱世中伦理实践中的弹性、缝隙的时候，有与"五四"新文化运动及其后对传统社会的论述的对话关系。您似乎没有强调陈子龙、柳如是、钱谦益的故事中陈、钱两位夫人的视角，未将两人作为关注对象。冒襄夫人苏氏，是否有未被讲述也不欲讲述的故事？那个时代也有另类的女性故事，比如朱彝尊记述的女性独身的故事，因为家贫五嫁的故事等等。您觉得性别视角在面对一个大部分是男性的群体时会自觉凸显吗？还是有意不去强化这个方面？

赵园：《家人父子》这本小书直接或潜在的对话方，女性论述外，还有婚姻史、宗族史等等，但都不深入，未能充分展开。我应当说，我本来做的就是"士大夫研究"，而不是"明清之际面面观"。

至于"未被讲述也不欲讲述的故事"，只能猜测。你不能仅据猜测立论。关于陈子龙、钱谦益的夫人也是这样。其实你想到这个问题，已经有可能接受了我的叙述中包含的提示。当然，野史、笔记中或许有我没有经眼或不采用的说法。我的论旨毕竟在彼而不在此。古代中国女性留下的文字太少。留下的，大多被反复研究过了。在这一点上，学术对女性还算得上公平。

明清易代间的女性，是另一个题目，可以发展出另一个"明清之际"，但我不是适宜的作者。在"士大夫研究"这一框架下，无从"强化这个方面"。海外学人在这方面已经有大量的学术成果，尤其女性学者。何不去读她们的书？

项静：您这一代女性学者赶上了中国女性主义思潮兴起的历史过程。这个思潮对您有没有影响？

赵园：应当承认，女性主义思潮对我影响不大。这或许与我们的早年经历有关。我们是在一个不强调性别意识的年代里成长起来的。那个时候耳熟能详的，是"男女都一样"。应当说，20世纪80年代涌入的各种"主义",直接间接、或深或浅都对我发生过影响。我喜欢用的说法是"暗中"。暗中发生的影响也是影响。但我既没有能力也没有意愿成为"××主义者"。

项静：我感觉到您在材料选择的问题上矛盾和紧张,一方面是明清之际的研究基本上倚赖叙述,主要材料都是靠士大夫的个人言论,文集、书信,后人记述等等,《家人父子》也是这样。而士大夫则因所受教育,最有可能遵礼守法；同时也因所受教育,较有个性的自觉,有不受制于流俗、自主选择的可能。关于普遍的生存状态,常态与非常态,不能确证的部分,怎么进行考察？写作中往往最让人兴奋的是这种矛盾之处,但是阅读中又有不满足的时候,就是在论述中到处是这种矛盾、不确定,读起来会不爽快。因为许多论述都是在申明了丰富性、复杂性之后,往往就止住了,再往后是什么？

赵园：不能确证就不确证,留出余地。有几分材料说几分话。再往后,或许可以由别人接着说。有人批评《想象与叙述》缺乏对于明清之际历史的"深入、可靠的整体认识"。其实《家人父子》也一样。提供"深入、可靠的整体认识",不是我向自己提出的任务。我不向自己提超出能力限度的任务。呈现复杂、丰富、相互矛盾的面相,揭开遮蔽,丰富对历史的认知与想象；"再往后",有人可能在这一基础上向前推进,达到更高层次的认识。我所有做过的题目,都可以重做。空间很广阔,年轻学人对此应当感到高兴。

项静：明清之际的部分士人面对时代交替,不肯认同新朝。有人强调精神生活,也有人由此亲近了世俗事务,日用伦常,言论著述有了较多涉及日常伦理的部分。这也可能是知识分子接近常态的时段。您的《家人父子》对明清之际这个时段的考察涉及了许多文化命题。对这一段历史，会不会有不断变化的感觉和感情？

赵园：常态与非常态是相对的。明清易代前与易代中，"生活都在继续"。我已经谈到了这一点。即如祁彪佳在清军即将打到家门的时候，仍然在经营他的寓园。不必对"板荡"想象过度。

对于明清之际这一特定时段，我的兴趣的确会随着论题而转移。至于感情，似乎没有太大的变化。我在学术工作中不过多地投入感情——这或许与别人的想象不同。当然，个别题目除外。如分析"戾气"，很难不动心。但我一向避免影射比附，也避免滥情，绝不在对象世界中扮演一个角色。我认为这不符合从事学术考察的工作伦理。

由 20 世纪 90 年代初至今，我作为学术考察对象的这个时段，已经成为了我生活的一部分。这也是从事学术工作的一份收获，对象对于我的馈赠。这是浮光掠影地读过一点不可能体验到的。你的精神生活也因此而丰富。在我看来，这是件美好的事。

项静：您在明清之际的人伦关系的重新叙述中，除了还原彼时彼地的情景，还着力描述士人关于人伦的理想：严于等差伦序却又不无变通。这种追求，是伦理的又是审美的。父子兄弟雍雍穆穆，夫妇琴瑟和鸣，母子泄泄融融。在天崩地坼的历史瞬间，未失黏合性的，仍然更是家庭及相关伦理。那些相延已久的经验与世故依旧发挥着缓解压力、维系人与人的关系的作用。我在阅读《家人父子》的时候，时时回到当代的中国人伦日常。我发现由于对道德化的反感，似乎在私人记述中已经少有类似的表述方式。家庭是社会最基础的单位，也是一个社会良好运转的基础。您在《家人父子》余论之二，也谈到了家庭对于中国社会的重要作用，以及在近现代历史沿革之中走过的破坏之路和家庭在传统社会内部自我瓦解的历程。家庭伦理的重要性在今天依然是不待言说的。今天的社会有人称之为一个无宗信（宗教信仰）的社会，个人很容易在这种空间中无所依傍走向虚无。2014年出过一本翻译自日文《无缘社会》，书中说现在的日本社会是血缘、职场缘、地缘关系淡薄的社会。其实中国也在这条路上。向传统寻求修复伦理的资源，是不是我们当前的一个选项？

赵园：我在那本小书里的确写到了某些诗意的方面，但却无意于将传统社会诗意化。你会注意到，我也写到了严酷，像冒襄的夫人所遭遇的，像叶绍袁的妻子所遭遇的。我理解"五四"青年对于来自家族、宗族的压迫的反抗。我所设目标，是补充、丰富我们关于"传统社会"的认知，而非以此否定"五四"新文化运动。

在其他场合我更愿意强调的，是对"传统"的"去芜存菁"，尤其不以为然于提倡"孝道"，认为修复破坏了的伦理，资源应当更丰富。我们所能做的，就包括了对发生在近代以来的伦理破坏深入反思。整顿吏治，也是修复伦理的必要手段。没有这种强有力的动作，"社会风气"是不可能改善的。

项静：在阅读您的著作的过程中，下意识地会有一种简单的比附，讽喻的想象。您对明清之际的研究背后一直有一个可以偶尔回溯的"五四"背景，20世纪五六十年代政治运动，"文革"。这些历史似乎是一种潜在的背景。比如关于流人的论述与20世纪的政治流放，与"文革"中以"战略疏散"为名义的大规模流动。这些历史背景与您的论述是怎样的关系?

赵园:只能说是背景,而且有时未必清楚地意识到。我所避免的,正有你所说的"简单的比附"。考察历史,我努力的,是进入,无论能做到何种程度。但你的经历不可避免地影响你的选题,你的论述的态度等等。我的经验是,如果你的分析足够深入,别人自然会从中读出更多的东西,不必刻意提示、诱导,尤其不宜煽情。

项静:您说自己参与构造了笔下的明清之际,也就是说您所做的毕竟是一种叙述,叙述就是把事情清理出前因后果的时间线;而且您说自己的阅读方式、兴趣范围和期待,早在新文学研究中就已经形成了。这是对于自己研究限制的一种警惕。您是1945年生人,与明清之际的士人相同的是,您也身处许多重大变革的现场,比如现代中国到当代中国的转换。您经历了"文革"、插队。当代中国一些重大的变化,对学人的影响都是深刻的。您在散文中追述过您的家族的命运(《乡土》)。作为亲历者,您叙述的历史和作为明清之际士人言论和著述的历史,肯定是两种质地。您对自己亲历的历史,准备如何叙述?尤其是在已经有了大量同代人、亲历者叙述的情况下,您如果重新叙述这段历史,会继续选择知识分子作为切入点吗?叙述主要依据是什么和需要警惕的又是什么?

赵园:如果以当代史为考察对象,我关心的会是问题与现象,不限于知识分子,也不以知识分子为切入点,但仍然会大量利用知识分子的文字。与明清之际的情况类似,至今在讲述当代史的,主要是知识分子。让底层民众开口发声,需要条件,即如大规模的社会调研、访谈,但这可能吗?我知道有人在努力推动这类工作,希望他们的工作不受到压制,也希望更多年轻的知识人从事社会调查,让尽可能多的沉默的人们开口说话。网络空间已提供了便利,这一点并不难做到。

如果以当代史为考察对象,我只能希望在既有的基础上向前推进:提供我自己的视角,发掘我发现的材料,提出我关心的问题,对一些现象做出我的分析与解释。我会继续严守学术考察的工作伦理,即使所写的并非严格意义上的学术作品。我会充分利用别人的研究成果,努力与既有的考察建立对话关系。我不会为了取悦谁而过甚其辞,也不会刻意回避或掩盖。

项静:您也谈到自己的家族记忆,其实我本来以为您会写一本回忆录。毕竟学术研究要由他人的著述入手,隔着文字资料,而自己的生活对于叙述者来说可能更直接。您有没有这样想过?

赵园:没有。我没有写回忆录(包括精神自传)的计划。我以为有更值得做的事。关于家族和我个人,我已经在多篇散文中写到了,还会在其他场合继续写,但不是自传或回忆录。尤其在日益临近生理极限的时候,我要考量什么是更有必要做的。当然也因为我不以为自己有特别的经历需要述说。借用别人的书名,我只是大时代中的小书生。当然小书生的命运也可能有大意义,只是我缺乏强烈的叙述的愿望罢了。

项静:问一个关于文体的问题,这可能是您所不在意的。您说过"文体、感觉这类被别人所褒奖的东西,并非我自己所珍视的,我渴望的,是洞悉世界与体验生命的深,我渴望体验与传达的深度和力度";"在我,最猛烈的渴望,是认识这个世界,同时在对象世界中体验自我的生命"。但我特别看重文体意识。文学评论、历史研究的写作,当然是由写作者的旨趣、修养、性情决定的,但跟写作对象的贴近,会有一个移情的过程,文体风格会不自觉地被影响,往往要选择一种与写作对象相匹配的叙述语调。您理想中的研究文体是什么样子的?或者您喜欢什么样的写作风格?

赵园:其实我还说了另一面,即文体的重要性(见《想象与叙述》附录二"思想·材料·文体")。事实上我在文体方面很挑剔,对人对己都苛刻。但也并不偏狭。比如对文学,就既喜爱鲁迅,又喜爱郁达夫,也欣赏张爱玲的才情。对学术文体,我希望有内在的力度,能节制,有分寸感,不轻下断语。或许因为做"明清之际",会更能接受陈寅恪、陈垣、孟森那种写作方式,不喜欢渲染,尤其不能忍受"绘声绘色"。那更像演义。当然中西有不同的学术传统,有不同的历史叙述方式。这只是我的个人偏好。

对象也会"暗中"影响我的文字表述——不是有意模仿。比如写《北京:城与人》,再如写张爱玲。当然影响更大的,还是明清之际士人的文集。二十多年浸淫其间,不受影响是不可能的。这也属于对象对于我的赐予。我也仍然爱读当代文学评论。贵刊就是我爱读的一种。比如张定浩、黄德海的文字,再如王家新论诗的文字。洪子诚先生的诗论是我必读的。他的敏锐细腻在时间中毫无磨损,真的令人惊叹。你问到我喜爱的文体,洪先生的文体,就是我喜爱的一种。深度之外,那是一种令人有信任感的文字。修辞立诚。现在已少有人知道"诚"为何物了。

项静:关于写作,您说需要不可重复的对象,同时在对象中写入不可重复的自己。但凡不可重复，必须有大量的阅读和对同侪写作的观察，以及在对象中投注不同的自己。不可重复是一个很高的写作要求，在怎样的意义上不重复？

赵园：我已不记得说过这样的话。事实是，我的确不曾重复考察同一题目、同一对象，有点像"打一枪换一个地方"。这半是"为己"，为了激发活力、潜能。对象的不同，也改变与丰富着自己，使朦胧的意识清晰，不具备的知识，经由不同的题目而扩充。我不太和别人较长论短；由别人那里汲取启发、获取灵感是有的。不同的面向、不同的人物、不同的材料，足以使我自己发生变化。我很享受这种被学术工作丰富、自己感到日见饱满的过程，不以为学术劳作必然会斫伤性情。

项静：您在《自选集》自序里提到过生活在专业中的感觉，也写到了"认同"所构成的限制："我们至今仍在所研究的那一时代的视野中。"您还说到学术有可能是一种积极的生活方式，经由学术读解世界，同时经由学术而完善自我。对您更重要的是，学术有可能提供"反思"赖以进行的空间。这是一种人生选择，也主要是一种纸上的生活，您对这种生活一直非常信赖吗？有没有产生过虚无感？有没有想象过其他的生活方式，比如那种实践型的、参与型的知识分子生活？譬如您也积极写提案，写过一些针对现实发言的文章。

赵园：无所谓"信赖"。至今我已经可以相信，从事学术工作，是适于我的一种选择。在不间断的阅读与写作中，有过对自己的失望，也有过"学术疲劳"，却谈不上"虚无感"。为什么从事学术就要面对关于价值、意义的追问，就有可能产生"虚无感"，而其他职业则不这样？对"以学术为业"的偏见由来已久，与对知识分子的偏见、成见不无关系。我所过的,也不尽是"纸上的生活"。使我关心甚至焦虑的问题很多。你由我的随笔中应当可以感觉到这一点。什么是"实践型、参与型"的?于建嵘、孙立平、温铁军吗?我佩服他们,但并不以为那种方式适于自己。他们有各自的专业,他们的参与、实践与专业相关。我有自己的"参与"方式。除了你提到的"提案",我已经说过的批评性随笔外,你不以为分析"戾气",分析"井田"等等是参与?对"实践""参与"不妨有宽泛的理解。我不将做"公知"作为目标,也不相信自以为"公知"者都能称之为"公知"。"公知"与专业活动并非必然对立。与其有其志而无其力,不如实实在在地做一点力所能及的事。

对于知识分子的偏见可以追溯到上个世纪五六十年代甚至更早。"象牙塔""故纸堆"仍然被作为现成的标签。将专业精神与现实关怀对立,也来自偏见。不必要求别人做非此即彼的选择。明清之际"三大儒"(顾炎武、黄宗羲、王夫之),都既是优秀的学者、思想家,又深度参与了他们时代的政治。将知识人类型化,而且是简单、粗糙的分类,再进一步道德化,此优彼劣,只能更加挤压知识人的生存空间。如果身在高校或研究机构,却又对专业精神鄙夷不屑,我会怀疑其人在职业伦理方面出了问题——何不去选择别的职业?

项静:您在社会科学院工作。社科院作为一个科研机构,不同于高校和其他单位。您平时的生活是怎样的?

赵园:我读书,写作;有机会就出去走走。比如今年春天,就在台湾"中研院"与那里的学者交流。我偶尔会会朋友。尽管大家都老了,走动已不能像80年代那样频繁,但友情依旧。甚至我能随时向有的朋友求助。与朋友一起,我们几乎不讨论学术,谈论的是中国,话题极其广泛。即使对朋友,我也不苟同。和老伴也一样,不讨论学术,谈天说地,还常常要聊聊电影。电影是我们共同的爱好。1980年代我们就曾参与电影界的活动。不再写"观后感"了,就边看电视边评论。

还有一些小朋友。和小朋友在一起话题也很广泛,常常谈的是"社会问题"。即使讨论学术,也并不都是我在施教,他们也会向我提供建议或帮助。今年春天不慎骨折,《家人父子》出版后,就有小友主动"勘误",那本书重印时,就据此做了修订。

项静:您平时是怎么规划工作时间的?是有固定的时间,还是比较随性?

赵园:我的生活秩序比较刻板。这或许因为我身在教师家庭,自己又教过中学。如果没有人来访或其他事,每天的工作时间是固定的。近些年日老一日,工作时间不能延长,只能提高单位时间的效率。工作时极其专注,精力高度集中。其他时间则会在附近走走,或随意读点什么,比如读社会新闻。不是在网上读,而是读纸媒,在这方面很老派。对于年轻人的生活方式,也尽力去了解。比如去年圣诞节,就和老伴到不太远的"爱琴海"购物中心感受"节日气氛"。一下子看到了那样多的90后,觉得很震撼。

项静:最后一个问题.看您写了那么多城市文学的文章,您现在还会思考这个话题吗?今天的城市文学好像已经跟过去发生了很大的改变,尤其在年青一代的写作中,地标性的表达几乎开始有意识地淡薄,这可能是在回避前辈们刻意树立的那种城市写法和意识。

赵园:我已经无暇关注"城市文学"。《北京:城与人》之后,始终关心的,是城市,尤其近几十年来以"城市改造"名义的破坏。我的周围,有实际参与城市建设的小朋友。我认同他们的思路,关心他们的项目。这种人才,既是专业型的,又是你所说的"实践型""参与型"的,将二者结合得很成功。我只能"坐而言",他们则能"起而行"。对于这样的朋友,我只能说"虽不能至,而心向往之"。

项静:感谢赵老师接受采访。祝您写作顺利。

《上海文化》2016 年 3 月号

洁非：
良史传统滋养创作　多副笔墨出入无禁

项静：您是复旦大学78级的学生，由于家学和个人爱好侧重于古代文学和历史的阅读，毕业之后特别希望从事元明清研究，这跟复旦大学是古代文学研究重镇有关系吧，当时古代文学研究和教学肯定也在时代激荡之中发生了一些改变。在一篇访谈中您谈到上一届77级出了许多写作者，比如陈思和、李辉、卢新华等，那个阶段当代文学的氛围比较浓厚，文学思潮萌动，文学新人涌现，各种争论浮出地表，这种氛围应该延及整个文学界，包括古代文学研究。您能谈谈当时的情形以及对您个人的影响吗？

李洁非：很巧的是，我上学读书的经过，跟当时历史变迁几乎完全咬合。中小学与"文革"共始终，1966年上小学，高中快毕业时"文革"结束，躲过了上山下乡。很快，邓公决定恢复高考，于是作为第一批应届高中生参加1978年高考，幸运考到复旦大学。中小学没学什么东西，倒是很自由，随便玩。不过因父亲在大学教书，家中有些书，不甚多，但当时跟别的家庭比，也算是得天独厚了，所以养成了爱读书的喜好。上学虽学不到什么，但我自己的读书尚不至于贫乏的地步，凡家里有的书，不分种类，一一读之，乱读，从古希腊罗马传说，《红楼梦》,《水浒传》,《三国演义》,王力的《古代汉语》,《中国历代文论选》,《中华活页文选》,到《梅兰芳文集》,全套京剧传统戏剧本,以及鲁迅的书,《子夜》,《林海雪原》,《艳阳天》,刘白羽的《红玛瑙集》,《马克思与燕妮》之类。林彪事件后,文禁稍松,父亲系里资料室有些书可以外借,我求父亲或自己跑去以父亲名义借了一些书。记得有范文澜的《中国通史简编》,尚钺的《中国历史纲要》,《倪焕之》,《西游记》,《少年维特之烦恼》,许地山和王统照文集等,还有"文革"时出的《大刀记》《征途》《朝霞丛刊》之类,最喜欢读《西游记》,反复多遍,几能通篇复诵。夏天晚上乘凉,逐日给小伙伴讲《西游记》,历历道来,最小的细节亦不落下,一时如"明星"般为小伙伴追趋。至稍知人事,辄受《红楼梦》吸引更多,亦读多遍。之前读《西游》,常常乐得床上打滚,读《红楼》却暗自泪下,平生初尝锥心滋味。我还比较好地理,平时读报,特注意国内外方域情形。总之,因爱读和杂读,高考时并不憷,入复旦后,同窗年龄悬殊,不少人拖家带口,作为应届生小弟弟,倒也不觉得矮了三分。不知怎么,我从小就有鄙薄当下的习气,很习惯地为古代东西吸引,对现当代提不起兴致,尤其是当代。加上当时当代文学学科初立,没有多少成就成果,而复旦师资又是古典超强,更助长了我是古非今的心理。其实我就读期间,当代文学风起云涌,"伤痕文学""反思文学""朦胧诗"等,火得不行,写《伤痕》的卢新华又出在我校77级,所以关心当代文学的风气非常盛,《当代》《收获》《十月》等杂志极为抢手。另外像美学、心理学等新兴领域,也都时髦。我却跟这些不沾边,不理会,还隐隐地排斥,目为"时学",自己阅读都在旧书上,特别是先秦和元明清这一头一尾,还打定主意将来搞古典文学研究(高考报志愿所填之一是北大古典文献专业,可见那时的趣味）。结果分配不由人，分到新华社，搞古典就此无望（我不能忍受考试，肯定不考研究生）；又赶上在新华社结识了几个同年分配来的朋友，大家谈论的多是当代文学和时代思想一类，不知不觉就转到当代，开始写文学评论。说起在校时系里环境，77级创作很活跃，卢新华声名鹊起，张胜友以散文著称，还有陈可雄因发表《杜鹃啼归》、颜海平因发表《秦王李世民》也名噪一时。另如张锐、胡平当时在中篇小说等创作上都颇有斩获，文学批评自然是陈思和为翘楚，那时就在《光明日报》上看到他的文章，敬羡不已。78级也有搞创作的，愧77级颇多，李辉在校期间好像还不太显，但他毕业到北京后进益惊人，多年来他所做的工作，从《摇荡的秋千》《胡风集团冤案始末》直到眼下，我认为对当代文学史料学是奠基性的，切实清俊，能够体现复旦学风。

项静：您写过"典型三部曲"（《典型文坛》《典型文案》《典型年度》），您本人其实也是当代知识分子中一个典型个案，尤其是放在现当代文学研究这个学科之内来看，几乎很少见到像您这样不断自我更新知识系统、转移阵地的写作者。您曾经是直接参与文学现场的批评家，直接回应当年的文学思潮、写作现象，又是小说文体专家（《小说学引论》《中国当代小说文体史论》），后来转入城市文学研究（《城市像框》）、延安和当代文史研究（《解读延安》、"典型三部曲"），还有当代生产方式比如文学制度的研究（《共和国文学生产方式》），又是一位明史系列的作家。您的研究方向的转变或者说并存，都是一个典型的写作现象，评论家、文学研究者、小说家、随笔作家、史料专家等于一体。关于为什么转型您肯定被问过很多次，您还愿意再谈谈吗？

李洁非：这个问题讲起来头绪比较多，梳理一下，可能要分两个方面：一是环境条件，一是个人原因。从环境讲，越来越专业化、越来越学科化，跟学术评价体系是分不开的，因为晋职和各种资格竞争，僧多粥少，为了可操作，二三十年来逐渐生出很多条条框框，我称之为打格式；而学者因此就被导入格式化的套路，近十来年，日益奇葩。比如论文按发表出处分其高下、给予分值——核心期刊几分、非核心几分，抑或核心期刊计分、非核心不计分，又国际期刊得分高于国内等等；对于论文、著述的规格、样式乃至文体风格，也都给予硬性的排他性规定，什么提要啦、关键词啦、注释体例啦，都得照着格式来，好像不采取那些形式符号，就不配称论文、专著；还统计学者拿过什么项目、是否主持人、作者排位顺序、所获奖项是何级别，都换算成分值计入，十分繁琐。这股风从几个著名大学搞起来，没想到大家不觉得无聊乏味，反而纷起效尤，现在已完全成为统治性制度。这种导向作用是决定性的，学人不从不行，不从就不能晋升、拿到各种利益，所以现在知识分子普遍被关在这种学术囚笼里了，按格式做学问，从择题、文风直到思想，循规蹈矩，捆得死死的。明清八股取士，现在学术体例实有其神，内容上代圣贤立言、形式上起承转合，实质一模一样。我因为不在大学环境，侥幸置身其外。社科院这地方诸多不如人，过去却有一点好，就是学术上一些表面的条条框框很少。如果在大学，像我这样的，早就混不下去了。像您所提到的那些拙著，其中有不少算不算"学术成果"，大概很成问题。近几年，社科院也越来越与大学那套同质化，条条框框基本都移植过来了，好在我距退休不远了，无须焦虑。至于个人原因，有性情、兴趣、经历等。

项静：您作为一位打破壁垒的"典型"研究者，如何看待今天中国现当代文学这个学科出现的学院派、媒体派等等不同的写作方式之间壁垒分明。我发现研究者的身份已经越来越专业化，越来越学科化，每个人都划定了越来越小的领域和风格。

李洁非：我从小性情比较自由散漫，不耐拘束，受不了压在模子里刻板做事情。做事须认真、须审慎，但与戴上笼套嚼子是两码事，那样搞出来的东西一了无生趣，二面目可憎。试想，这种"成果"连自己都不能读而悦之，又怎好意思邀别人盼睐？学术应不掩性情，泯灭性情的学术斫失灵气，这显而易见的道理，似乎已被现实压榨一空。自古，中国的学术何曾这样干瘪过？八股文害人不假，但那只是敲门砖，博取功名而已；功名之外，古人真正做学问仍然具见性情。直到民国，无论鲁迅作《中国小说史略》、胡适作《白话文学史》、顾颉刚作《秦汉的方士与儒生》、梁启超作《中国近三百年学术史》、郭沫若作《十批判书》、蒋廷黻作《中国近代史》、许地山作《扶箕迷信底研究》、孟森作《明清史讲义》、钱穆作《国史大纲》、陈寅恪作《魏晋南北朝史讲演录》，包括冯承钧独特的翻译式研究《马可波罗行纪》《多桑蒙古史》等等，都挥洒性情、通脱不拘。以它们为准绳，我无法视学术为机械式操作，凡落笔，我都无意以取悦学术判官为目的，总想着在立足自己尺度的基础上，博读者好感，纵使多争取一位读者也好。至于兴趣，这里非泛泛所指，是单讲文趣。

我走在今天的路径，归根结底源于"文章"的那个"文"字。言之不文，行而不远；言之不文，不若去言。既然提笔去写，在我不拘写什么，都不忍不从"文"上去追求和打磨，断不可以写的是论文、专著，就有理由语言无味、催人入睡，那我宁肯去做点别的。我之抵触所谓

"学院味",与此有很大关系。语言能力与感觉,因人而异,差别很大。坦白讲,我们这一行笔墨好的人并不多,我做过几年编辑,颇有感受。不少人的笔头,只适合论文类,一旦写点别的,"文"的不足就显露无遗。这也是当代人文以及汉语质地蜕变的一个结果,文章之道,不复为读书人所讲求,似乎有思想有见地,即可以为文。这与古人大不相同。《过秦论》就是汉代的论文,而今,谁会像贾谊那样写论文,注重辞章与文气?

今天的论文,可以全无文采,只要内容提要、关键词、引文注释合乎规范,配上几条新理论和一堆术语,设法发表到列于名录之中的核心期刊,就是第一等的成果。我们看现代(民国)时期,当时的学者,几乎无人像今天的专家、教授,一辈子只搞一种东西。例如鲁迅,小说、散文、随笔、旧体诗,多副笔墨拈起放下、出入无禁、彼此滋养,他的杂文、小品,学问含量不逊学术文章,专著专论《中国小说史略》《汉文学史纲要》《魏晋风度及文章与药及酒之关系》,却又如同小说一般引人入胜,而这是当时很普遍的情况。在这一点上,我比较顽固,既然明知孰优孰劣,我就没有办法不效仿好的,反而追随不好的。我写作方式的多次转换,以及在不同文体之间跨越,原因之一就是难拒各种笔墨的诱惑,想都尝尝。80年代起先写散文,然后是文学批评;90年代大量写随笔,同时以"荒水"笔名写了五六十万字的中短篇小说;世纪末又转向专题研究,写专著;之后则对非虚构史传入迷。我获鲁迅文学奖,不是文学理论批评,居然是报告文学奖,连自己都觉得怪怪的。还有一个是"经历"。我曾在新闻单位工作,后到学术期刊做编辑,再后来搞研究,经历几种身份,多少会有影响。前两份工作,不甚合我意,但毕竟构成了一些人生体验和视角,这些东西会不知不觉带入你的眼光和方法。我觉得这方面李辉师兄或许更典型，他毕业后到《人民日报》当记者，但好像不很务"正业"，实际上还是在做研究，顽强追求学者使命，但他做的事情和做事的方法，跟"学院派"路数完全不同，调研色彩非常浓，不做书斋式的高头讲章，重材料、重现场、重叙述，这恐怕有新闻职业带给他的影响，他也主动结合和利用工作上的因素，成就了自己的风格，假如他不到《人民日报》那样的单位，而是留校当老师，也许未必能做出《摇荡的秋千》《胡风集团冤案始末》等成果。

项静：您从文学批评转入专题研究，这是一个写作转向，不同专题的写作之间可能仅仅是研究对象的不同，但不同的写作对象您居然是同时进行的，这一点挺让人惊讶的。听说《天崩地解：黄宗羲传》和《文学史微观察》这两本书的写作是穿插进行的，内容也出现交互。两种写作同时进行，您是如何分配时间和转换思维的？

李洁非：其实，人本来不是单向性的，之所以普遍比较单向性，是被束缚的结果；而想要不被束缚，或束缚少一点，取决于看淡得失。把得失看淡，不禁抑自己，做想做或喜欢做的事情，就可以有多向的表现，这并不难。举个例子，《北京日报》的李静，她是出色的文学批评家，文章有温度，曾经得过华语传媒文学大奖的年度文学评论家，但是近来她投入精力最多的是话剧创作，搞得风生水起，用话剧形式表达对鲁迅的认识和理解。我觉得她就是按照"想"和"喜欢"原则做事的人。话剧与文学批评只是方式不同，在她也可以说是换了一种方式的文学批评，也许是更有趣、更见效力的文学批评。但如果你的思维都在所谓学术评价框框里面，恐怕你不肯去做这样的探索尝试，因为"不务正业"。试想李静如果身处高校或研究单位，话剧创作肯定不被纳入"考核"范围；凡能打破壁垒的，或多或少都有些"不务正业"。前面讲李辉在《人民日报》几十年，做的都是当代文学史和知识分子个案，只怕也无助于他在所谓业务范围之内的竞争。我这十年来，一手做当代文学史，一手做明史；两条线索，一条"务正业"，一条"不务正业"。所幸社科院比较包容，没有拒不承认我的明史著述为成果。纵然不承认，我也仍然会做，因为"想"做、"喜欢"做。表面看这两件事用上海话说是"勿搭界"，其实在我心里是相关的。读一读嵇文甫《晚明思想史论》和梁启超《中国近三百年学术史》这两本书，会悟出很多。《黄传》和《微观察》确实是穿插进行，同时截稿，出版相隔也仅一个月。这种穿插，彼此辉映，我出入三四百年一头一尾，好像更完整地摸到了历史的脉络。旁观者或觉得跳跃很大，在我反而思维是连续的、非割裂的。

项静：无论是明史研究还是当代文学史研究，对您来说都是在进行同一个主题即社会转型，与社会转型相关联的是文化、文学的转型。从共和国的文化转型到20世纪80年代，90年代，还有互联网时代，每一次都在文学表达方式上打下了印记。有人认为今天我们的纯文学出现了保守主义的倾向，与当代重大的社会转型失去了联系，文学实际上是萎缩的，失去了曾经的活力。但是在庞杂、混沌、难以命名的网络文学和新媒体中可能出现了革新的力量。您能简略谈谈当代的文化转型与明代的文化转型共同的问题吗？

李洁非：我在《解读延安》里讲过"文化重心下移"问题，这是从明代至今一以贯之的趋势。它最根本的表现，就是文化权力、文化中心、文化等级的耗散和瓦解，先前主导性的价值逐渐衰弱，分散为无序的、多元的局面。明代文学里的海淫海盗内容，在中国过去很少见甚至没有，明代却全冒出来了，像《水浒传》公然表现江湖社会、盗寇天地，唐宋汉魏何曾有过？《金瓶梅》肉欲横流、声色犬马，更是骇人听闻，过去从"关关雎鸠"到"春蚕到死丝方尽"，涉爱涉性，都用曲笔，意会而不言传，明代却是一览无余。这些只从文学上讲，是讲不透的，实际上是社会解放带来的文化秩序的崩解。以前由贵族、士大夫搭构的文化体系，被新兴的社会力量拆毁了。这种拆毁，三四百年来一直在进行，尤其是到了目下，网络这怪力乱神，接过印刷术的火炬，到处点火，燔朽焚旧，大闹天下，终致文化主导权彻底易手。立足于这文化现实，掉头回看文学，实在不宜说是文学自己发生了保守主义倾向，而是它不得不退避三舍、独善其身，想要文学重返 90 年代以前引领社会的局面，其可得乎？实际上也并不能说文学萎缩，单论文学自身，它不但没有萎缩，相反实则比以前更加精进了，近几年，中国作家莫言、刘慈欣、曹文轩屡获世界性大奖，是有力的证据。即便不看这些大奖，平心以论，中国顶尖作家如贾平凹、刘震云、王安忆近年的创作，品质都不仅是当代以来最优，甚至逾乎现代之上，完全不能说文学失去了活力。问题是，原有概念的文学，被广众的自在、自娱性质的网络文学海洋变成了孤岛，不再是文化的高岸和大陆。结合明代以来的文化趋势看，这是无可逆转的。我们看到并承认历史的一种大势所趋，但同时，从评价而言，无关好坏；不能说文学没落了是因为它不好或变差，相反，没落的往往可以是优质的东西，这也一再被历史证明。"病树前头万木春"，自然界规律如此，人类文化不尽然，人类文化可能优胜劣汰，也可能劣胜优汰，否则人类世界也不至于每每出现后人对前人文化心慕手追的情形。

项静：城市文学在 90 年代是一个热点，城市正成为最为重要的人文景观。您是较早专门研究城市文学的学者，"这个新城市社会是当下中国社会的轴心，城市文化是当下文化的轴心"。20 年后，您对城市和城市文学的理解和判断有没有改变？

李洁非：没有改变。《城市像框》可能是最早的一本从城市文学角度研究中国当代文学的著作。之前我就对一个奇特现象感到好奇，就是中国当代作家几乎全都居住于城市空间，但他们叙述的故事和表现对象却又几乎全都是农村和农民生活。老辈作家如此，犹可理解，因为自幼生长乡间，后来移诸城市，但是连知青一代作家，包括后起的先锋作家，根在城市、生长于斯，却也只做乡村叙事，从不写城市，这就太过奇怪。仔细一想，原因是中国的城市形同虚设，城市生活无论从内容到情感，不构成独立的文学资源，使作家觉得没有表现它的欲望。透过这个，我觉得抉到了中国社会的一个特点和秘密，以及中国和西方在文化上的一个重大差异，20 年代困扰我的中国当代"现代派"文学或先锋文学内容、形式两张皮的问题，也迎刃而解。所以 90 年代城市化进程展开，我即觉得对于文学将是一个质变性影响。彼时至今，20 年过去，文学果然完全被放置在城市背景和城市语境下，不一定是指所有作品都成为城市题材，而是城市视角成为文学的内在视角。当年《陈奂生上城》，城市是异物和隔膜的它在，如今文学叙事基本上都是从城市立场出发，包括现在作家的乡村叙事都是以城市为幕布为起点，对乡村做逆旅式返回，乡村成了"乡愁"、成了凭吊和挽回对象。对文学批评者来说，提前察觉一种动向而预言之，是可以满足的。

项静：我看到一个访谈中您说对20世纪80年代的文学有一个反思："优点是进取、有闯劲，不过水平不高，技术幼稚，内容和题材单调，视野也窄，文学主要还处在复苏过程，但风气好。""作家方面，留意较多是'知青文学'和'寻根派'，之后有莫言、刘索拉和先锋派。"30年以后，去年当代文坛又重新思考先锋派、'寻根文学'，您觉得今天我们应该如何来重新看待先锋派和'寻根文学'？

李洁非：去年有讨论活动，我从报上得知，没有仔细了解。80年代文学一个要点，在于它是"文革"时代的回声，这一点不知人们是否抓住。回声的意思，除了"拨乱反正"，还涉及技术层面。从那样一个将一切泯灭殆尽的时代走出来，文学在精神上之贫乏、艺术上之孱弱，非经历其间者很难想象。可以说，80年代文学一方面是"文革"时代义无反顾的唾弃者、批判者，一方面同时又是那个可怜时代各种桎梏、戕害的产儿。它的思维并不从容，认识力、判断力、表达力也都处在比较低的水准。现在有些怀旧者，说80年代是文学黄金时代，从文学在社会上所享荣耀，特别是文学风气上，我能理解，但单论文学质地，我觉得这样说是以情感代替现实。当时文学界对问题的思考，片面、轻率、表浅，甚至无知。这几个字眼，我回看自己80年代的文章，就常常难堪地面对。这没有什么奇怪，经过"文革"那么彻底的反智岁月，精神如果立刻达到丰厚健全，反倒不合逻辑。"寻根文学"最大功绩在于它将文化意识这面旗帜重新插在文学园地，但另一方面，"寻根文学"对文化的理解、表达本身，很多是想象的、臆造的、牵强的，它没有能力真正碰触文化问题本身，只是张扬了文化"意识"而已。至于先锋文学，是80年代文学最重要的反叛性力量，对于粉碎"极左"文艺枷锁有着除根的作用；但作为一场文学运动的先锋文学，有很多可笑亦复可悲之处，像极了民初社会生活中的"咸与维新"。加入到先锋文学运动中的人，并非个个知道自己在做什么、为何做，也并非个个想要这么做、适合这么做，只是一窝蜂、争先恐后，犹如上山落草一般赶了去，以免落于人后。只有在中国，先锋文学才成为主流的、非少数派的、席卷一切的势力。为什么？因为当时中国作家内心并不真有自主性，中国的文坛也并不真正给个性留有空间，文学竞争的方式仍然主要不是个人的，是拉队伍、扯旗、随大流，这就造成"咸与先锋"时，许多人心中实无先锋精神，仅以先锋姿态作为搏生存的"策略"。修辞立其诚，离开一个"诚"字，先锋文学鱼龙混杂就可想而知。这是无可奈何之事，是"文革"时代的回声或"文革"后遗症，是逃出"文革"荒谷时的难以避免的阶段。

项静：看到您在《人民日报》上的一篇文章《以良史传统滋养创作》，您说："在许多国家，宗教是文艺创作的主要诱因和题材，但在中国居此位置的是历史。"今天的创作中，历史想象和重新叙述是一个重要资源，比如共和国历史、民国、"文革"、20 世纪 80 年代等已经成为当代写作的重要历史资源。您对今天的文学中对当代历史的呈现满意吗？比如对共和国历史。

李洁非：怎么能够满意呢？虽然一直在长进，每过一段时间，都发现文学创作对当代史的描写又深入了一点。像王小波的《革命时期的爱情》、王朔的《动物凶猛》、贾平凹的《古炉》，在表现"文革"深层肌理上，比之于 80 年代，高出太多。除了小说，也有不少非虚构文学作品，陆陆续续在开掘。但文学的当代史叙事，受限太多。其次，文学自身的历史书写素养，也妨碍此类创作出现顶尖佳构。古人由于特重史，所以常有文学一流而又深研史学的，现代时期犹然如此；但当代文、史两途，对历史研究下过功夫、有所训练、认识端正的作家少见。基础情形摆在那里，文学对历史的表现若想达到情理两通，非短期可致。这里，要好好温习中国的"良史"概念。写史而至于"良"的状态，相当不易，除了才、学、德，还得用心平和、存意公正，去除各种私心杂念，绝不意气用事，能够瞻前顾后，又需要不单站在当下角度，还跳出于一时一地，从宽广幅度看历史中的人和事……总之，用大胸怀包容历史。对文学创作的历史书写来说，获得与历史相匹配的复杂性，非得有"良史"精神的培炼不可。

项静：《天崩地解——黄宗羲传》这本书，您把黄宗羲放在17世纪世界历史的视野里，提出对近代历史重新解读的可能，中国文化有无自我更新的能力，可否自发孕育现代性，您选择黄宗羲是因为这个历史人物有可能告诉我们不同的答案。"一方面他的平生所历很精彩，值得一述，更重要的是，他的思想对我们重新确认中国精神资源颇具启发。"您能否把您由黄宗羲的思想所引发的"中国精神资源"略做阐述？

李洁非："五四"以来，更早是鸦片战争以来，中国不光社会、政治完全被西方击溃，进而是文化自信心的摧毁。处处不如人，事事不如人，中国历史文化被一股脑儿否定，以至于觉得它找不到一点善因。像今天称为"普世价值"的观念，反对者把它们斥作西方价值观，拥护者却也一样，在拥护的同时，激烈咒骂、批判中国文化，仿佛非得把中国批倒批臭，才能去实现那些价值。这种自我撕裂太可怕，也是中国近一两个世纪以来没法平和理性地追求"好社会"建设的一大障碍。世界上凡公序良俗蔚然的国家，没有哪个是在自我诅咒中达致。中国真的像左右两种眼光看得那么不堪吗？根本不是。全世界自纪元前后，直至15世纪、16世纪，总体看下来，唯一祥和、理智的国度，就是中国。在此小两千年当中，中国的贤明之士、博洽智者，比任何国家都多。其他地方，文明坠地、思想黯昧、学术荡然，到了惊人地步。你能想象中世纪欧洲曾经数百年间没有几个作者、文化近乎凋零一空吗？你能想象印度一度没有自己的历史书写，许多情形唯赖玄奘法师的记述方始可知吗？当时马可·波罗东游回去后所讲故事，确有奇货可居、卖弄吹嘘的成分，但欧洲文明与中国文明的巨大差距是毋庸置疑的。了解这些，不是为了"老子也曾阔过"，而是平心静气去想其中的道理、由来，中国何以独能如此？中国历史有许多地方需要重新认识。像汉光武帝，他开展了世界上最早的"废奴"运动，几次颁诏责令豪门释其奴婢，给其平民身份，成千上万人得到自由，同时还从法律上废止了对奴婢的种种非人、野蛮的规定，非常了不起。像宋仁宗，薄赋轻徭、让利于民，宁肯"国"弱也不夺民之食。这种行为、思想，不是天上掉下来的，一定是中国的贤哲、中国的文化种下深厚的善因，才在现实政治中结出这种果实。直到16世纪，中国社会和文明进步的脚步，一点也不落人后。事实上，最早的近代化迹象出在中国即宋代时期，只是这一次中国比较不幸，草原蛮族入侵严重干扰了中国步伐。纪元四五世纪是欧洲倒霉，北方蛮族入侵吞没了地中海沿岸希腊——罗马灿烂文明，让欧洲沉沦了一千年；元灭宋，对中国性质相近（当然元代加大了东西方交流，也有好处，这不必说），虽然中国文明更顽强，元朝统治也为时不太长，但终究使中国从古代社会向近代嬗变的脚步缓落下来，而且留下很多后遗症，加重了后起汉族政权的专制程度（这一点，俄国亦然。俄国的亚洲意味，除了地理关系，还得之于蒙古统治的文化、心理残留）。

项静：中国从古代社会向近代嬗变的脚步缓落，明朝是一个分水岭，明朝经济上是资本主义的萌芽期，文化上也诞生了许多重要思想家，形成了后世文化上追溯晚明的重要传统，但在政治上，明朝却是一个落后于先前宋朝的时期。

李洁非：但宋代在经济上、思想上、文化上开启的向近代转型的指向，明人心里并不糊涂，从皇帝到知识分子，都主动自认是宋的承继者。明在政治上比宋黑暗许多，文化却是沿着宋的轨道前进的，宋明之学连为一体，知识分子的人格意识、主体意识继续觉醒，思想或心灵的解放蔚然成风，思想探索和思想交锋的空气很浓，这都显示了明代人文的活力。而在物质文明方面，中国两千年来虽有起伏但从未中断的生产力发展，和世界首屈一指的经济总量摆在那里，客观上必然要求空间的突破和方式的转变，这是不以人的意志为转移的，想压抑都压抑不住。因此，到中晚明，社会经济与政治不相适应的矛盾日益凸显，赋税、金融、田亩、矿业、海禁问题百出，对专制政体的反抗已明确提出和表现出来。其表现获证于两个方面：一是民间和地方，东南经济发达地区乡绅势力崛起明显，以至于分权于官府，在诸多事务上实际影响力超过政府，而隐然有自治意味；二是朝堂之上，所谓"宫府相抗"，"宫"是皇帝、皇族及其亲幸（宦官、特务之类），"府"是士大夫官僚阶层，二者分别是专制政体的拥有者，和对它持异议者，各有利益要伸张，遂终讫于明亡，相持不下。而我们从后来主要来自东南经济发达地区，可以透视这种权力之争背后实际上是新旧社会力量的较量。黄宗羲正是东林的直接后裔，他的思想感情无疑缘着明代社会发展的核心冲突而来，他身处明亡清兴之后，说出了过去父辈内心深处想说而未曾直言的话，那就是从"天下"的伦理正义而言，专制君主不合法，"天下"非一家一姓之私产，而是所有社会成员（"万民"）所共享，以一己之私剥夺、残害他人的制度必须灭亡。他这个意思是表达得很清楚的，你能说这不包含民主的自觉吗？黄宗羲也不是天上掉下来的，他自己追溯得很明白，两千年前孟子就为中国立了"君轻民贵"的思想。当然，两千年后，黄宗羲为现实所激发，有一个重大突破，就是"君"不单是"轻"，或许还未必有存在的合理性——如果"君"的存在，是那种以"一家一姓"凌驾于万民万姓之上的存在。《明夷待访录》对于平权（至少是分权）的诉求，对于国家政治从"专制意识"转向"合作意识"的表述，是相当明确的。其实，他的看法在当时绝非个例，后来吕留良案，揭出曾静说过这样的话：皇帝不该由无赖来当，该由"儒者"来当。这话什么意思？翻译成今天话语，不就是"专家政府"吗？专家治国的观念，一定排斥世袭制，一定排斥权力私有，所以背后显然隐藏着通往近代政治（民主选举、议会、权力分解及相互制约）的无限可能。这些都是中国思想者地道的原创，都发生在西风东渐以前，怎么可以说中国没有自发走向近代化的可能？又怎么能说民主、平等、自由意识都是西方价值观？中国想要变得更好，必须正本清源，将形形色色、或左或右，对中国历史、传统的妖魔化驱除掉。

项静：您对延安文学历史的研究和明史研究都有一个特点，小叙事大历史，越沉潜越复杂，文章也就越丰厚。我在看您的作品过程中会不自觉联想到黄仁宇、孔飞力、史景迁等外国历史学家的写作方式，既有宏阔的视野，又有问题意识，叙述方式有小说笔法，非常吸引人，是具有可读性的一种历史写作。您心目中理想的历史研究方式是什么样的？

李洁非：历史研究有两类，一类基础型，一类应用型。前者搜集史料、订讹辨误、精梳源流、考详制度，这一类是基础，非常重要，在中国有着深厚积累，足以傲世，像马端临《文献通考》那样的巨著，像宋代以来形成的方志，像清代学者做的大量史学辨伪，就是如此。但这类研究，接受面很窄，普通人不会接触，难以对社会、国家的历史认知发生作用。应用型的研究，就是史传，这是从孔子、左丘明、司马迁以来开辟的伟大传统，中国史学这一脉，理念独特而先进，重叙述轻论说，西方历史科学正好相反，重理论、重抽象、重主观，我个人趣味完全在中国一边，且目为更"先进"。以历史之浩瀚曲晦，个人的论说、抽象实在难以避免一叶障目，所以抑制主观是保全、接近历史的明智之选。中国史传传统并非弃绝主观，它只是比较懂得节制，借语言的处理将主观融于叙事，不让它跳到事实的前头、上头，去干扰读者对历史的自行解读。当代以降，由于服膺于"主义"，义理先行，这个传统惨遭丢失。我自己著述时，努力回到史迁，视他为表率。

项静：现在还能看到您写的零星的评论文章，比如写褚福金老师的。您现在比较关注的当代作家有哪位呀？为什么？

李洁非：我疏离文学批评业已多年，对当下创作读得甚少，所以也只能"零星"有一点这样的文字。它们或者是机缘凑巧，或者是有什么引起我的感想，或者是我刚好能说上话的。像褚福金先生的《黑白》，以围棋为题材，那是我耽迷的对象，于是有兴趣略表观感。但这样的写作，现在于我越来越"业余"了，难得您还能注意到，非常感谢。

项静：每一次转换无论是主题还是写作方式，背后肯定都有非常具体的原因，但从外人来看，是比较顺畅的。从一个主题到另一个，从一种形式到另一种，对您来讲，写作过程中遭遇过最大的困难是什么？

李洁非：最大困难是学识不足。因为我的写作跨界明显，而每个问题都涉及一大堆事实、材料、说法和前人成果，这还不光是作为当代文学研究者去搞旧史国学，即便在当代文学史范围之内，像延安文学这一块，我也不是素有积累，所以学识之欠随时随地能够感受到，没有别的办法，只有埋头读书。我从文学批评抽身以来十多年，很少出门，一般活动和应酬敬谢不敏，主要就是时间少余闲，要读的东西太多。

项静：我们这个行当的人无非就是读书写字，李老师现在在读什么书？您方便介绍一下现在正在写作的专题吗？还会不会开启新的领域？

李洁非：诚如您所预见，我又跳到了一个新的领域，眼下正在做太平天国的研究。本来明史书系后，我想沿着明上溯到宋，往前再探一探中国近世史的头绪，为此读了不少书，宋史、宋儒，包括蒙古、辽、金、西夏以及西人关于中亚草原文明的著述，又因儒学问题而延及秦汉，因夷夏冲突而延于汉末、魏晋南北朝。不料，其间偶然拿起梁启超写的一本李鸿章传，里面讲到太平天国中间发生的事，一下子抓住了我，欲罢不能，找来所有能见到的太平天国资料，逐日去读。读着读着我才发现，虽然太平天国这一段，中学、大学课堂上早就学过，却是相当扁平化的。太平天国出了许多有意思的事，且在有趣的同时极重要。它是中国农民起义史的终点，但已逾越了农民起义的一贯特征，跟黄巢、李自成明显不是一路，结合了近代的各种因素，确有理想、革命的维度。它的意识形态特别值得研究，从中可以找到中国近代以来许多问题的根须和死结。太平天国的史料工作开展得相当好，从民国至当代，许多学者付出了大量辛劳，只是一般不为人所知。但是解读做得不够好，诸多分析在我看来不在节骨眼儿上，外国作者是由于对中国历史上下文缺少整体了解，中国学者则囿于时代观念太深。我目前打算做做这件事，把宋代那段先放一放。

项静：一个文人的写作时间，基本上可以从他发表的作品中勾勒出来，您多年来一直保持着持续的创作力，您平时的写作时间是怎样安排的？

李洁非：几乎谈不上"安排"，除开日常生活行为，每天都是读写穿插，写乏了，就看书，通过看书又找到新的发现与兴趣，引出下一个写作行为，就这么周而复始。以前熬夜，这几年身体出问题后不熬了，改成早起先写作约三小时，然后看书，下午或者续写一点，或者不再写。大致如此。因为不坐班，也极少外出应酬，时间倒还有保证。

《上海文化》2016 年 7 期

陈福民：文学内部的自我循环与自我圣化

项静：陈老师是文学批评写作者中有名的述而不作，这本新书是您近十年来的作品，能分享下在此之前您的写作情况吗？

陈福民："述而不作"对于我来说其实是个很惭愧的话题。由于写得少而引人关注，好像一个坏学生经常不完成作业，偶尔一次完成了，老师赶紧给他发奖状，而那些"奉公守法"的好学生却容易被忽视。有时想想也很好笑，对一个十恶不赦的人，佛家鼓励说放下屠刀立地成佛、苦海无边回头是岸，而吃斋念佛的善男信女们成佛的机会反倒很小很小。人生这种性质的不公平大概一直都是难免的吧？

尽管如此，说到"述而不作"，我仍然觉得是个值得多说几句的有趣话题。这也许与我的教师生涯有关，也许与性格懒惰有关，但其中也有一些更复杂的认知在一定程度上影响了我的工作状态。就是说，在根本上，我对后现代知识条件下无限增殖和日益繁复的写作并不能完全信任。直观地说，真的有必要写那么多吗？人们对自己不辞辛劳制造的那些文字，真的有信心吗？无论是虚构文学创作还是文学批评，我觉得在言说的意义上大抵都流于无内容的重复。人类生活体现在人文领域的基本问题，自它们被提出的那一刻起，从来没有得到过解决；

或者可以说,这类在轴心时代成型的基本问题,就只是为了提出来激励烦恼人生,而不是为了解决的。人类煞费苦心自创各种学说,所得到的不过是对那些基本问题的煞有介事的解释,直至走进"哲学的贫困"。对此人们经常举出《西绪福斯神话》来反抗无意义,也确实算是一种解决方案吧。不过我相当怀疑到底有多少人对这个方案认真过。

这本小册子无非是些零零散散的心得,卑之无甚高论。我的工作节奏几乎没有什么变化,从教书到研究,就是读书读书,然后想破脑筋无所收获。但我想,这个世界聪明而勤奋的人太多太多,重要的事情由他们去做会比我更有效。

项静:您硕士论文写的是什么?那时候的写作状态是怎样的?

陈福民:我没有读过硕士。大学毕业留校后一直教书,同时自己写一点与现当代文学有关的文字。其间曾有机会去天津师大夏康达老师那里读硕士,却因为我单位的教学工作关系不得不放弃了。后来以同等学力投考华东师大张德林教授攻读博士学位。承他老人家不弃列入门墙,可惜的是一直不够努力,没有什么像样的成绩可以光耀师门。

项静:我去中国期刊网查阅您的硕士博士论文,都没查到。您博士论文是写张承志的,当时为什么选择这个题目,跟当时的"人文精神"讨论有没有关系?您好像对这个论文不是很满意,所以没有出版。张承志一直是现当代文学中非常重要的研究对象,我想任何人对博士论文都有难以描述的感情,很难放弃,即使多年过去,里面关注的东西,仍会跟着写作者生长。我看您这本论文集中有一篇谈《黑骏马》的,好多重要的问题是在时间之河中重新显影的。从今天的角度来看,这个选题的得失分别在哪里？

陈福民：是的，我博士论文做的是张承志。仅从选题时间上说，我可能是中国当代文学研究领域中最早试图以博士论文的方式呈现张承志写作及其重要意义的人。但如你所说，论文的写作失败了。虽然我凭借这篇论文获得了学位，但我内心知道它写得非常不成功，与我对它的期待相差何止以道里计。这种失败在当时几乎摧毁了我，一直以来，那都是我的心头隐痛。论文答辩过后，我就没打算让它再见天日。我没有勇气碰它。

20年之后重新面对这个问题，我似乎知道了这一切。当时选择张承志作为论文题目，虽然师友间也有一些担忧，比如说这样一个作家论能否撑得起博士论文来等等，但我还是相当自信的。真正吸引我的，除了张承志作为一个作家的文学成就之外，更包括他的个人经历、独异的思想气质与这个世界之间所构成的那种特殊的关系。张承志身上，同时保有抒情性/现实感、坚忍、激越、信仰/孤独、自负/怀疑等等彼此不能兼容的元素，这让他的作品思想充满彼此驳诘又彼此声援的丰富性厚度。他对语言的敏感创造虽然到了后来完全让位于某种宣谕，但始终不失其质朴丰沛的力量。由此辐射出整个20世纪革命政治历史最为激动人心也最为吊诡的一面。可以说，这个作家在新时期以来的文学场域中，是绝无仅有的存在。

以上描述，有一部分是我当时能够把握的，而致命的遗憾在于，还有更为重要的一些内容是我后来才能理解的。我隐隐约约意识到了问题的重要性和复杂性，但并不能真切了解，尤其不具备解决的能力。这注定了我的论文写作始终处在痛苦的含混分裂中，无法找到一个符合时代水准的讨论框架。

例如，我当时的关注点主要在理想主义、浪漫主义和乌托邦问题上，整天看艾特玛托夫、基督教神学和《拯救与逍遥》。我能处理从《黑骏马》直到《金牧场》（后来张承志把它改为《金草地》）的所有涉及虚构文学范畴的问题，但对于呈现在大量随笔及《荒芜英雄路》《心灵史》中的思想史问题显然力不从心。当时我与薛毅交流讨论得非常热闹激烈，不断书信往还或者约谈，始终彼此不能说服。我特别不能同意他那篇获得《上海文学》理论奖的《张承志论》的基本观点，但又感到他在某些角度上有我未能虑到的地方。更为要命的是，我读到了朱学勤的《道德理想国的覆灭》，这部契合着上世纪90年代思想界主流认知的著作，通过对法国大革命的反思性书写，同时对整个20世纪政治革命做了文学化的"宣判"。平心而论，要在同等水准上与主流思想认知进行对话驳难，实非我当时力所能及。

所以你能看出，我选择张承志与"人文精神讨论"并无直接关系，虽然那个讨论涉及了"二张"（张承志、张炜），但也仅仅是在我当时的认知水准上如理想主义、浪漫主义这些层面游动，对于我内心希望处理的东西并无帮助。

我的失败的论文，是愤怒而盲目的写作。我带着上世纪80年代的思想能量和文学理想而来，却在90年代巨大思想转型过程中经受了困惑与煎熬，其实质是胎死腹中了。今天回想这些问题，难免感慨唏嘘。论文选题之失，很明显在于我当时力有未逮。不过对于这个选题我丝毫也不后悔，我坚信它的价值不会因为我没有做好就湮灭了，相反，随着这个世界的政治权力关系的变动博弈，在对20世纪政治革命污名化愈演愈烈且穷尽能量之际，张承志的重要性和复杂性也越来越成为极富启示的不屈存在。同时这段痛苦的经历，又颇具出人意表之处，它在很长一段时间里敦促我重构自己的知识系统和思考方法，使我获得了梳理自己的世界观的机会。如果说在今天我能比过去更加明白一些复杂道理的话，那么做这个论文选题的失败成了我新生的契机。

项静：以前在微信群看到过您对新时期以来的长篇小说的一些看法。其实在坊间对长篇小说不满的意见几乎占据主流，但您似乎不太认同这类说法，比如说您觉得当代的长篇小说取得了切实的进步，能再阐释一下吗？

陈福民：在当下中国文学的表现中，长篇小说确实是个相当特殊和复杂的问题。不仅是它令人咋舌的繁巨数量造成一种阅读方面的"生态灾难"，还由于它被裹挟在社会历史转型及其商业文化潮流中，已经面目全非。事实上我对当下中国的长篇小说创作常有批评，或许与"坊间对长篇小说不满的意见"多有重叠也未可知。

我不很确定，所谓占主流的"坊间对长篇小说不满的意见"究竟有哪些，不满的尺度、方向和层面都是什么，这可能是一个值得深究的问题。对我来说，最大的不满是长篇小说不再写人物，不仅是长篇小说，现在几乎所有的小说都不再把塑造人物形象当成天经地义的工作方式了吧？也许是因为现代生活的多重分裂导致了小说在美学方面特别反对戏剧性？也许是由于传统上小说人物与世界那些深刻的对应关系难以成立了？总之，对人物形象的关切和信任变得很困难。因此我总是去想，我们是在什么基础上形成了对于长篇小说的一般印象和规范性要求？于是习惯性地扯到19世纪，总是愿意回望那些大师的经典。这个关节点的分歧在于，我们是愿意尊重并致力于表现一个客观存在的世界，还是只愿意关心自己的感受与表达，这也算是19世纪与20

世纪文学的分歧点之一吧。

但是我们也必须意识到，中国现代小说是从"旧营垒"中杀出来的，为了某种"被承认的政治"即现代合法性，它完全是在欧洲历史哲学基础上确立了自己的形态和取舍标准。当下长篇小说，从先锋文学起步，这30年来正在逐渐走出自卑的阴影，创造了自己的丰富性或曰"中国性"。一些优秀的中国作家通过自己的长篇小说写作，呈现了相当程度的文化自觉。无论是在语言、小说形制、人物性格、经验表达等方面，表现出不屈不挠的创造性和自主性。像路遥、陈忠实、刘震云、贾平凹、金宇澄这样的作者，不是太多而是太少了。我们是否愿意因此理解他们在某些方面的不足？

项静：作为茅盾文学奖评委，您阅读过大量的长篇小说，也参与了文学奖产生的过程，您能谈谈茅盾文学奖对当代文学发展的影响吗？当代最重要的作家作品几乎都获得过这个奖项，奖项本身对写作多少也有暗示和生态氛围营造的作用。

陈福民：茅奖对当代文学肯定有影响，但它有个逐渐强化的过程。你去看前两、三届的情况，能记住的作品其实很有限。从作者到读者，似乎开始也并不很在意这个奖项。茅奖大热应该是这十几年的事情，这其中非常明显有商业因素的鼓励；一部作品获奖后会对销售业绩有根本提升是众所周知的事情，获奖者个人因此收获丰厚报偿，这肯定会对长篇小说的创作有非常强烈的刺激作用。这一点其实并不是什么惊天秘闻，也无须鄙视。相反，在现代商业条件下，一个写作者制作并出售自己的精神产品是天经地义的，我认为现代写作关系的这个方面被正视，虽然谈不上什么进步，但中国作家耻于谈钱而内心又极度渴望物质成就的文化历史病症，也到了应该水落石出的时刻了；至少，作家们可以不再承受那种一方面精神高蹈另一面斤斤计较的道德分裂状况吧？

茅奖对于一个作家在文学层面的积极影响有多大，这个很难估计。但不管怎样，起码不会像商业逻辑那样来得直截了当。我个人觉得，一部获奖作品有可能带来"示范效应"，但每个写作者都是"自己"，都有不能被他人复制的感受方式。好作品、优秀作品、伟大的作品就在那里，模仿学习者代不乏人，但成功与否全在造化。

项静：另外这个奖项本身总有一些争议，比如会觉得某部作品有遗珠之憾等等。我总觉得这种情绪跟大众不切实际的想象和过于理想主义的文学情怀有关，除非一部作品真正高出其他非常多，否则在一个层次上的作品，在程序正义之下，谁获奖似乎都是可能的。

陈福民：在当下中国，想找一件没争议的事情，几乎不可能。所以对这类争议，我向来看得很淡。更何况"有一千个读者就有一千个哈姆雷特"，无论是依据文学史尺度去把握，还是看写作者及其作品的影响力，人们在趣味和判断力方面的歧异都永远是无解的。伴随着大众文化时代轰然降临，文学的精英品质与大众阅读趣味之间的裂隙正在进一步扩大，奖项评委的"大众化"措施的确在一定程度上弥合了分歧的尖锐性，但并不能真正解决这个问题。在这个意义上，如你所说，"程序正义"并不必然保证结果的正义，然而也不太可能出现"谁获奖都有可能"这种糟糕的局面。毕竟，相对高端的尺度和水准是任何评奖都要持守的底线，而那种用极端化的"文学民主"去干扰或者压迫文学的创造性自律，在我理解中是一个非常荒唐的设想。

至于说"遗珠之恨",在一个可以理解的向度上则难免吧?诺贝尔文学奖曾经失去了老托尔斯泰、易卜生、卡夫卡、契诃夫、博尔赫斯等巨擘,但文学史永远铭记了他们。而大量的因缘巧合获奖作者,又有多少能被人们记住呢?在这点上,我不信任"文学民主",但相信历史的公正。

项静:您对《史记》特别钟爱,在《艺术与历史:小与大的博弈》中也提到过文学典籍的书写方式与小说这种艺术的历史联系。听说您有打算重新解读《史记》,您是关注它的思想内涵还是艺术形式?今天去重读的动力是什么?

陈福民:《史记》可以说是我的开蒙读物之一,我早年的历史知识和文学感情都从《史记》中来。家里有一本张友鸾、顾学颉、陈迩冬、王利器等先生选注,人民文学出版社1956年版的《史记选注》(这本书我一直保存到现在),小学时代正值"文革",我读这个版本无数次,后来又读王伯祥先生的《史记选》。大学时期,我通读了中华书局的标点本全集。"列传"部分完全可以当作中短篇小说来读,张承志就曾经高度评价"刺客列传"在塑造人物形象上的巨大贡献。

轴心时代的文史哲——经史子集四部,内容上重叠交互,在义理与辞章两方面彼此借重,可以说是中国文学的源头。文学部分后来虽然从中间分离出来,但在知识类别的区分上并不鲜明,观念方面的植入式影响一直是持久而深远的,这也是民间史学认知严重影响文学写作的原因之一。譬如《三国演义》的影响远远大于《三国志》,《隋唐演义》的影响远大于新旧《唐书》,《说岳全传》则几乎取代了《宋史》等等。而且,上述演义尽管在历史掌故、叙事立场、人物评价等方面去历史甚远,却仍始终占据民间认知的主流。《史记》,其实也存在这个问题。

在历史知识传播上,史学家的纯正历史讲述,往往不敌文学家的历史演义,这个现象在相当长的时间里令我困惑。而对这个问题有明确意识是近十年的事情。这有可能是我今天试图重新解读《史记》的动力之一。我希望弄清楚,中国历史讲述与文学叙述的不同价值取向何在,这种不同缘何形成,为何构成历史实践的重要因素并不能成为文学家必要的参照?中国历史讲述中经意或不经意形成的观念,持久性地形成了文学家的成见;因此,对于历史人物的评价在文学家那里往往存在着与历史实践相左的结论。比如"酷吏"是司马迁首用的概念,他专门写了"酷吏列传"。看过书的人都会知道,《史记》中的酷吏,虽然也有刻板峻急甚至残忍的一面,但很多都是国家的能臣干臣,于国家制度、司法实践都是执行的模范。他们或死于非命,或以身殉法,在性质上基本上不属于唐代的周兴、来俊臣之流。但司马迁却宁愿使用"酷吏"这个概念去定义这类人物,而且这种形象描述到了后来,模糊了很多问题的重要界限。

最为典型的,是《史记·李将军列传》。熟悉中国历史的读者都知道,秦汉以来与北方游牧民族匈奴的竞争,事关农业定居民族的生死存亡,而最终决定这场争斗历史走向的人物,是卫青和霍去病。自蒙恬、李牧之后,中原定居民族曾经屡战屡败,汉高祖在白登之围中不得不割地赔款,后人用"汉家青史上,计拙是和亲"来嘲讽这段历史。正是19岁的军事天才霍去病横空出世,两度深入大漠戈壁绝地击溃并毁灭了匈奴主力,永久解除匈奴边患,才使得有汉一代中原定居民族的安居乐业成为可能。司马迁没有给霍去病单独列传,《史记》仅以

"卫将军骠骑传"合作之，且在"佞幸传"中则列入卫霍，并啧有微词。这是很令人费解的安排。与此形成鲜明对比的，是对李广的描写。司马迁以李陵事件获罪而受宫刑，由此改变了他的一生。他在"李将军列传"中的所有描写，无不打上这种身世之感和悲情烙印。李广在军事成绩上的乏善可陈被忽略了，他的"与匈奴大小七十余战"多是败仗被忽略了，被突出的是他"怀才不遇"的遭际和"爱兵如子"等仁德品质。相信读过这两章的读者，没有不被司马迁浓烈的情感投射及设定的价值立场所感染的。国家的生死存亡和战争胜负的严重性质在这里你是看不到的，历史人物真正的伟大作用如霍去病的胜利意义你也感受不到，只有投射在飞将军李广和李陵的悲情结局深刻地进入了历史与后来的文学写作。

我不是说历史学家只能做一个机械的记录者，我更没权利否定历史学家正常的感情价值。但是，我们得学会弄清楚历史与演义的区别，学会在重要的历史判断中克制强烈的主观感情投射，尤其要学会谨慎对待"人文"对历史的干扰。

其实，对于司马迁的这种倾向，古人一直有不同的表达。东汉马援在家书中反复告诫族中子弟，做人宁可去学谨守法度而保不败的名将程不识，也不要去学李广，因为那很容易"画虎不成反类犬"。但很遗憾，在这种传统下所形成的"文人"习性与见识，流布深广长期得行其道，并构成中国文学内在的品质。

所以我们才会看到，在《红楼梦》中，凡是谈论与国家公共事务有关的话题的人，都有一个精妙的贬义性称号"国贼禄鬼"，而"经济"一道则统统是"混账学问"。这种建立在农业文明社会基础上的古典情怀，曾经长期支撑了中国文人的"精神家园"。但"田园将芜"何所归？

很难想象，一个所有人都成了吟诗作赋的贾宝玉的社会，能是一个健全的社会。同理，一个将正常的社会构成与行政运作视为毫无意义毫无价值的浪费生命，仿佛只有写诗才是唯一要务的群体，又能是怎样一个群体。

最近一直在读张文江先生的著述，他的说法颇多真知灼见，给我启发令我钦佩。譬如他指出了不同的人群对《史记》的不同读法：《史记》的丰富性保证了读者各取所需，文学家偏嗜书中强烈的文学性，其他领域的人则可能在"表""纪"或者"货殖列传"中获取营养。这是事实，同时也是个比较客气的说法。事实上，这其中仍然有边界的问题，一个伟大的写作者，必然会在"诗外"寻求更多的真意；而文学内部的自我循环与自我圣化，于真正的文学见识并无补益。

项静：另外，中国传统文化典籍里哪些是您特别关注的，为什么？

陈福民：除了《诗经》和《左传》外，我比较喜欢读子部和史部。很明显，这是青年时代偏于文学角度的阅读选择。当然那都是很肤浅很简单的阅读。大学时期，我阅读了四年唐宋文学，读了新旧《唐书》和《资治通鉴》，本科期间发表的第一篇文章也是关于唐诗考证方面的。唐宋文学是中国文学走过中古达致丰富成熟的大成阶段，宋词的精美韵律，唐诗的恢宏气象，包括"才子词人自是白衣卿相"的诗人品格风骨，是我一生所慕。由于某种机缘，大学毕业我进入当代文学领域，上述典籍始终是我的必读书。虽然我现在对于《史记》中过度文学化的倾向及其对后世文学观的影响有所质疑，但它仍然是我特别喜爱的一部典籍。我热爱中国文化传统和中国文学，这是命中注定。我个人以为，无论是专事创作，还是从事人文研究，离开中国传统典籍，都会在良好的学养、纤敏的体验和个人气质上有所损失。即便不是文学中人，阅读典籍都能让你时刻体验母语的美妙。

上述都是很冠冕的说辞，其实，我可能还是中国传统文化的一个贪玩者。顾景舟青年时代曾给自己刻了一方闲章叫"足吾所好玩而老焉"，说中了中国文化的精髓与要害：在趣味与迷恋骸骨之间。所以"玩物丧志"那句话总让我后背一阵发凉，虽然我"玩"得并不精深，但也能切身感受到"迷恋"的力量。这可能是中国文化非常特殊的独一无二的品质，它要求你能进得去还能出得来，不要死在里面。

项静：谈20世纪、21世纪的中国文学，始终离不开中西文化的交流。我看您在谈论文学的时候，喜欢把某个问题或者观点放置在中西方文学的历史脉络中去理解，比如对于历史小说，就放置在19世纪、20世纪的哲学、文学、历史脉络中，阐明整体历史观的形成与瓦解对于历史小说写作的影响。您对西方思想的关注点主要在哪些方面，为什么？

陈福民：是的，这是近现代以来文学的题中之义。如前所述，中国新文学是从旧营垒中冲杀出来的，这种"冲杀"总体说来并非中国文学史系统内部的自我更新，而明显的是资本主义生产关系扩张导致的文化冲突与分裂的结果。也可以说是中国文化与文学面对现代性的一种应激反应。我不打算纠缠当下有关现代性与后现代性的繁复描述，但可以确认，这一百多年来的文学进程，无论革命文学还是文学革命，直至今天的商业文明条件下文学诸种千奇百怪，都不可能离开20世纪这个总体的语境。这个语境规定了中国现当代文学的内在问题，当年钱理群、黄子平、陈平原曾经予以认定。迄今，它的能量并未耗尽，只是变换了更为紧张和复杂的面向。对我来说，我个人愿意信任这样一种从思想史到文学史再到文本的理路。王德威的《没有晚清，何来五四》在学术界广有影响，此文或许另有要旨，但至少厘清了一些基本问题，鲜明反对割裂历史连续性的观点。但其实，这个思路并不稀奇深奥，而毋宁说是一种常识。王德威的文章受到广泛认同与赞誉，一方面说明问题实在需要如此清理，另一方面，也反见出其时学术界在某种激进与肤浅的风气引导下，忘掉了最基本的问题由来。

这些问题包括启蒙、革命、民族自决与现代国家，"五四"时期的"德先生与赛先生"等等。它们作为体现在文学内部的"现代性"诉求，既内在于中国历史发展的必然性，而其讨论与解决，又基本是由西方文化提供的视界、范畴与方法。中国文学的研究、批评，如果离开"20世纪"和"中西文化"，不可能讨论出什么有实质性的东西来。当然，这种有"总体性"之嫌的方法，隐藏着无视其内部诸多分歧的风险，这是需要警惕的。在这个意义上说，20世纪不仅是一种历史描述，同时也是一种方法论。

模仿王德威，我们还可以说，没有19世纪何来20世纪，这在一定程度上是真实的。我自己，经常要回到欧洲文学的19世纪与明清小说，以此考察20世纪文学。这其中包含很多复杂歧异的向度，既引人入胜也会误入歧途。因此，对于历史结构内部的连续性的体察，并不是无休止地上溯。那种有机主义的观点会把问题上溯到类人猿甚至基因。悉尼·胡克对此曾经说过大致如下的话：原因的原因的原因，就不再是原因了（据说这话是胡克引用了黑格尔，但我没有查到黑格尔的原文）。这是对"逻辑无能"的辛辣嘲讽。

项静：大概您一直在当代文学批评现场的缘故，对文学批评这个行当有许多切身的理解，比如您一直呼唤文学批评理应保有的纯正乐趣，以及面对文本时真正的切入阅读体验。仔细想想这其实是最基本的入行标准。您说当下文学批评存在一些问题，我其实不愿意说文学或者文学批评存在重大问题或者重大危机这种判断，虽然听起来义正词严，但我觉得这种表述没有意义。我喜欢这种从具体问题入手的问诊方式，比如您说文学批评被抽空了它的语言根基，它所依赖的知识系统与情感价值之间，正在陷入日益分裂的糟糕局面，批评用以理解、描述和表达文学世界的最基本的语言和知识形态，都变得难以确认了。我想在批评任何东西的时候，心中都有一个理想类型，您理想中的文学批评（作者、语言、文本形式、情感价值、知识形态）是怎样的？

陈福民：你的问题很尖锐，我感觉自己回答不了。你所引用的那段话，确实是我这些年工作中深切感受到的问题；但让我给出理想的文学批评，我则只能敬谢不敏。李健吾先生在《文学批评的标准》一文中开宗明义："这是一个很难讲的题目。"可见先贤比我们更知其中味道。对我真正理解和进入文学批评有所触动和冲击，是从阅读别林斯基开始的。这个开端可能奠定了我的批评写作某种社会学关切的底色。文学批评就其本质而言是一种激发性的特殊文学写作，它的主观表达欲望在价值等级上与创作无异。这种方式特别适合青年，俄国几个大批评家都是这种意义上的"青年批评"，别林斯基去世时才39岁，杜勃罗留波夫还不到30岁。这种后来被称为"历史—美学"类型的批评，往往金刚怒目气势磅礴，激情有余而韵味不足，这个缺憾在后来的形式主义批评实践中被对比得十分刺眼。但事实上，形式主义批评又显然缺乏前述批评类型的明快简洁和力量感。可以说，并不存在一种有关批评的完美方案。

人们普遍认为批评的本性是自由，这在一般意义上是不错的。不过今天我对批评的这种"自由"也心存疑虑。因为我看到当下太多不及格的批评文字，它们或者率性而为自说自话天马行空，或者唯唯诺诺寻章摘句食洋不化。我渴望文学批评能够呈现出具有创造性的鲜活生动的形态，动静相宜，言之有物。但此处也只能限于这种描述性的定义了，它是个实践问题。文学批评这个工作在今天之所以十分"繁盛"而少见识，首要一点是从业者普遍对他们所遭遇的知识困局缺乏自觉；很多时候，寻章摘句以及文末无数的引文注释，并不能保证它们必然构成批评自身坚实有效的知识基础，那还需要批评主体对自己的文学观、知识观和世界观有所反思。

我不知道"文质彬彬"算不算一种批评理想。如果算的话，我能想到的建议就是把批评当作"文章"来写，要讲究文章的语言、义理、辞章，在趣味、知识与逻辑训练几个方面求得平衡。这要求不高可也不低，所谓"如鱼饮水冷暖自知"吧。

项静：多次听您说过文学史与文学批评的关系。文学史研究在现有的学科体制和建制中的确占据了大量的资源，也的确产生了一些重要成果，其最新研究成果也体现在文学批评写作中，依然是文学批评有效的知识来源。您能详细谈谈文学史研究为文学批评提供了什么吗？最重要的是什么？

陈福民：这种关系肯定存在，但此关系是交互性的，而非单向的。很可能文学史研究对文学批评的依赖要来得更敏感一些。对于文学批评来说，文学史所提供的最重要的资源，是某种标准和尺度性质的相对稳定的知识系统，以及达成共识的美学趣味。当批评指出某部作品的优劣短长时，判断的根据主要来自文学史。但这种知识是作为远端背景存在的，文学史形成一整套稳定的知识系统需要相对长久的时间，它不可能立刻对即时的文学现场做出反应，文学批评负责"说出"，文学史负责"筛选"。

我们看到，文学史在今天所遭遇的困难，一点也不比文学批评少，甚至来得更加严重。20世纪以降，这种困难就随着现代性、后现代性社会转型与美学哗变而首先出现在教科书对经典作家作品的重新认知上。这个知识系统的稳定性遭到了质疑甚至破坏——现代性规划已经把19世纪的大师们渐次打入冷宫，而现代性的深刻、阴郁、绝望或反抗绝望，在后现代的大众狂欢中则显得十分可笑和煞有介事。在这个意义上，文学批评很可能反倒比文学史享有更多的自由和权利。

项静：您在一次会议上表达过对当下年轻人尖锐批评的呵护之情，文学批评相对具有人情属性，这一方面可以看作是一种优势，它不是纯粹科学的问题，从某种程度上甚至可以说是一个时代的人世风情的反映，是另一种活着延续的时代知识。另一方面可能就会成为没有底线的写作，风向可以随时切换，既可以说好也可以说不好，聪明的批评家可以既不说好也不说坏，转而演练自己的写作技巧。您当初是在什么契机下开始写批评的，这么多年了，写批评的理由改变了没有？还有重要的一点，什么作品会成为您写作的对象？

陈福民：从事批评工作需要理由吗？也许是机缘巧合碰上了？有时我也会想，面对别人的作品有话要说有感想要发表，而且总认为自己所说的要比作家说得好，一定要讲出来给别人听，这需要很大的勇气和狂妄自信吧？回忆起来，那真是很幸福的不知道天高地厚的年代。

批评家所做的工作在很多时候都是吃力不讨好的。尴尬在于，你首先得寄生在别人的文本上，然后你说的话往往是不入时人耳的。在这个行业里工作得越久，胆子会不会变得越来越小？同行的情况我不能完全知道，但在我自己，是觉得可说的话越来越少。也有例外，那就是当我认为发现了一个写作者及其文本有他人不能解读之处，或者一个文本深刻地击中了我的某处神经，这时候我会兴奋起来。我一直在期待着这样的幸福时刻。

项静：您对当代小说中的历史观问题特别重视，近年来我也看了一些当代小说，发现一个事实：我们已经把一些历史阶段（比如"文革"，20世纪80年代等）风景化了。您对张炜《古船》的一个结论我特别认同，在对历史的认识上，可能我们当代的许多小说已经很难超越了。我们陆续看到大量"70后""80后"写作的历史小说，可能会提供不同时代写作者的心像图景，但对历史的认识或者突破某种历史观是非常困难的，在某种意义上仍然处于您所说的整体性历史观的范畴内；尽管在认识上已经经历了历史碎片化的洗礼，而很可能这种历史呈现，就是为历史而历史。您对近年来的长篇小说中这种观照历史的写作方式是怎么看的？

陈福民：风景化即意味着本质化和凝固化，这是最容易产生成见的地方。一个写作者的历史观如果已经风景化本质化了，那么他的文本的最根基的地方就不牢靠，他在这个基础上构建的文学王国，要么是一触即溃的，要么就是自以为是无法对话的。很遗憾，我见到太多这样华丽激愤却空洞无知的作品。

项静：杨庆祥在《80后，怎么办？》一书中提到一件小事。他跟您和孟繁华老师一块从北京郊区驱车回城，当时已是深夜，因为找不到路在高速公路上盘桓了很久；在找路的过程中，您和孟繁华两位突然唱起了《沙家浜》中的经典唱段。庆祥惊讶于您和孟老师一代人的"文化记忆"以自然的形式作用于自己的言行。历史是与这一代人的身体、生命接触过的实体，而不仅仅是一个叙述，一段故事，或者一段话语宣传。这一代人具有一种厚度和韧性，在与历史的对话中，他们构建了自己的主体意识，并由此来对比我们这一代人的历史虚无主义。您自己是如何看待这种行为和庆祥的判断的？

陈福民：哈哈，这确实是个非常有趣的话题。其实不止那一次，更早的时候，我与孟繁华、李洁非、徐坤等人去山西调研、讲座，在从吕梁市到临汾的面包车上，二百多公里的路，我们几乎把全本《沙家浜》从对白到唱段都演练了一遍。但这似乎并不能说明什么，只能说明我们的记忆力还在起作用吧。当然对于庆祥来说这有点匪夷所思。我想，庆祥的反应和感慨，有他自己的情境与立场，推测起来，除了所谓历史文化记忆之外，他可能还是讶异于我们这一代人表现出的某种"收放自如"的生存方式，或者这就是你所说的"自己的主体意识"？

一代人有一代人的历史。因为所对应的历史内容不同，压抑与记忆的方式也会有差异。这种差异有时很大，大到了连自己都难以辨认的程度。因此我不太相信"80后"这一代人有江湖上所说的那种历史虚无主义。在达观或没心没肺与压抑或忧心忡忡之间，在信与不信之间，始终有一种最真实的东西在支持我们的生命体验。"虚无主义"之谓，仅仅是一种方便而轻率的描述，这就跟有人认为我们这代人读着

"十七年文学"是一种生命的浪费一样不靠谱。人没有机会选择活在什么样的历史时代,但有机会选择怎样活着。比如我们这代人因为所处年代的关系比较熟悉样板戏、罗大佑、崔健或者莎拉·布莱曼,这与你们这代人更熟悉蓝调、周杰伦、林志炫或者 Lady Gaga 并没有什么不同。

我个人觉得,对一代人做出判断是很困难复杂的事情,需要非常谨慎。在错综多变的历史时代中,辨认进而确认自己,就是主体意识的建构过程。历史时代的差异决定了我们这一代人见证了历史,而你们不仅见证,还更多了参与构建历史。在这个意义上,你们的活力与可能性是我们非常羡慕的。

项静:您一直关注着当代文学研究和批评的现场,比如对于文化研究的兴起,底层文学的出现,都有着独到而中肯的评价,也提出了一些意见。从我的角度来看,这些概念和研究方法,都促进了我们对文学的理解和解读方式,唤醒了一些记忆,或者也打开了另外的思路。近年来,我有一种文学研究和文学写作进入常态的感觉,也就是说没有什么大的热潮和争论点,纯粹是数量的累积,您有这种感觉吗?年青一代对上一代的羡慕之一,就是经历过大风大浪,说不定也是一种战争文化心理哈。您对这种承平日久状态有疲倦感吗?

陈福民:这个问题让我想到了"思想退场,学问凸起"的上个世纪 90 年代的情景。其时我曾经写道:漫长的思想暗夜已经降临并将长期笼罩这个时代。那时的我是不是显得非常抒情?如今历史的轮回真的有那么快吗?还是我们的判断并不见得准确?

我曾经给赵园先生写过一篇书评,题目大概叫《静默中自有惊涛骇浪》。题目不仅是对赵园先生及其学术工作的描述，一定程度上也是我的世界观。历史的表象确有不同，但其中别有旨趣，这需要仔细辨认。与轰轰烈烈的知青上山下乡、"文革"、新时期等等显性社会运动相比，今天这个时代似乎是有些无聊。但在事实上，"逝者如斯夫，不舍昼夜"啊，生活什么时候真的停滞过？没有的。

过去的年代，是用暴力手段或者大风大浪改变社会结构与分配方式，战争、矛盾、巨大的冲突是其特征。但你没有看到吗，今天的改革开放或曰社会历史转型所致力于完成以及正在完成的，同样也是改变社会结构与分配方式。这 20 年来，我们同样"见到了许多血和许多泪"，这个社会和我们每个人都在被改变，这就是发生在我们身边的巨大的真实的历史。对我来说，从没有什么"承平日久"之感。相反，每天都是危机四伏，每天都是生机盎然，每天都上演绝望，每天都孕育希望。这样的时代，不是非常伟大非常惊心动魄吗？

辨认这种形态不同、性质相等的历史，确认其来自历史深处的这种现代性冲动，描写出这个时代的静默无声或者惊心动魄，对于每个作家与批评家都是一次生死攸关的考验。

项静：您的写作量不大，按照您自己的解释是缺少"职业伦理"，但您参与了大量的研讨会，发言每每都有切中的感觉。我想，在写与说之间，您保持了一定的谨慎，是不是可以这么理解。

陈福民：谨慎是一种美德，但在我，其实配不上这个说法。我宁愿用"述而不作"来原谅自己。私下里，我与朋友们也会交流这类问题，对于所从事的工作，有时也会产生平庸与厌倦之感。有时我会引用福克纳来自我欺骗："优者萎靡不振，劣者干劲冲天。"我知道这样说是很不负责很不公平的，但我可能真的有一点虚无主义；这种东西，李白和杜甫都表达过："吟诗作赋北窗里，万言不值一杯水。世人闻此皆掉头，有如东风射马耳。"（李白）"儒术于我何有哉，孔丘盗跖俱尘埃。"（杜甫）看来我还是患了很严重的中国文人病吧？

让我说得严肃一些，与第一个问题相关，我对于那些无限增殖的繁复书写始终抱有某种不信任。现代文明条件下的这类重复性书写，在什么意义上可以构成真正有效的知识，对我来说始终是一个没有解决的问题。前时与一位做出版的朋友交流，她说她一直想以"我为国家浪费纸"为题写一篇文章，每天面对那么多需要校对出版又乏善可陈的文字，想着它们的去处，每每有一种罪恶感。这种心情我有时也会有。

项静：每一个文学批评的写作者，尤其是近年来涌现出来的从业者，陆续浮出水面，写作的伦理必然是一个问题。在越过了最初的写作兴奋之后，我就不提写作的热情了，这可能是您的特殊方式，如何能维持对文学、写作、思考的热情，您能否以过来人的经历给出一些建议？

陈福民：不写或者少写，不代表思想死了；相反，那可能代偿为思想的活跃。任何一件事情，仅仅靠"毅力"终究是维持不住的，它需要内在的自我动因。

对于我来说，这个世界每天都发生着新颖如初的事情，它与"太阳底下无新事"看似矛盾，但其实正是互为表里。这种理解世界的辩证法，是我的"免死金牌"。阅读、观察、体验、分析、综合，最后形成结论或者无法形成结论，对我都具有极大诱惑性。

我的建议对大部分人来说可能都不合适，甚至是有害的：你可以不写，但不能停止阅读与思考。然后，区别在于你是否愿意与人分享，以及你对于这种分享是否有足够的信心。

项静：全媒体时代的文化景象您看了很多，我知道很多人喜欢呼吁专属网络文学的评价体系，我对这个看法是质疑的。网络文学固然与我们通常意义上的文学有诸多差异，甚至也的确带来了革命之风，但从根本上来说，并无势不两立的人为区割，也没有难以逾越的理解界限，而且网络文学很多最根本的东西可能就是来自传统文学，人为强调差异，会不会是商业价值的一种策略？强调自己的特殊性。

陈福民：在一个将两者都称呼为"文学"的意义上说，网络文学与传统纸媒文学确实没有根本的区隔。比如它们的"物质材料"都是语言（此处暂不考虑图像、动画、游戏类），都要处理人物关系，都要表达人的情感关系等等。在作为人类创造的自我表达的精神需求的意义上说，都是文学。这是此事的一个层面。但是，这样说仍然没有解决我们面临的困难。以你所说的"网络文学评价体系"为例，这个问题之所以被提出来，并不是人为的另立山头，而是在现实的批评实践中，传统的评价体系和基本范畴暴露出严重的不适应。在传统文学和网络文学那里是两面都不讨好的。批评家觉得自己屈尊降贵来讨论，感到有劲儿使不上；网络文学这边，觉得你完全不懂，你所要求的那些高大上的标准我无法照章执行。这个区隔其实足够大了。十几年来，我几乎全程参与了网络文学的讨论，见证了它的发展进程，如果我们真切了解网络文学的全部情况，你会惊叹它为自己所创造的空间。而这个空间，不再是传统的文本形态，它的世界设定与人物关系的处理，不再依据真实的现实社会关系。就阅读接受这个层面而言，传统文学的讨论方法基本是无缘置喙的。

网络文学肯定与巨大的商业利益相关，但是它也不再像草创时期仅仅将文本贴在网上那么简单粗暴了；它有一整套创作（生产）、阅读（销售）、评价（打赏）的机制，平台的推广宣传取代了传统的批评家的工作。除此之外，网络文学创造了一个与现实世界平行的另一个语言游戏世界，在一个特殊意义上说，二者都具有真实性。

专属网络文学的评价体系能否出现，其实已经不是问题，因为在实践上，十几年来的运转发展表明，它们完全可以不依赖传统文学评价体系而存在。至于它是否有属于自己的独立体系，也不是个理论问题，而是在实践中自我证明的问题。

所以我一直不主张在一般文学意义上去讨论它。我倾向于在网络文明的层面去理解和看待它，很可能，我们遭遇了一个用我们现有的知识无法准确把握的认知局限问题。这需要时间。它确实是特殊的，但这种特殊在根本性质上无须商业策略为其张目，它就在那里存在着。

项静：对网络文学早期的观察中，您有一个观点非常深刻：在历史的先行者队伍中，那些最敏感、最激烈、最矫枉过正的因素，往往要成为历史的牺牲，而他们未竟的事业，总要由那些平稳甚至平庸的力量加以推进。我想当下的网络文学大概是处于这种平稳甚至是平庸的力量中，它们在自己的推进中，是否对当代文学的发展格局，比如对纯文学有一些推动的表现？

陈福民：网络文学的出现，肯定是搅扰了既有的文学格局。面对这个几乎专属青少年的庞然大物，传统文学所能做的就是隔岸观火，似乎它们分别在不同的空间里运行。我从不指望也不相信网络文学会对传统纸媒文学或曰"纯文学"有什么推动，它们是不同形态的事物。

项静：最后一个问题。大家对您介入文学现场之儒生的一面不会陌生，但看了孟繁华老师的文章，您的另一面——侠客，却也别有洞天，下围棋，聊大天，围观喝酒，开车走遍北中国。很想听听您开车走遍北中国的故事，这也是非常文艺的事儿。

陈福民：孟繁华老师的说法其实是个修辞性的说法，不必认真。在现代社会里，这样的人物是不存在的。开一个玩笑吧。韩非子指出"儒以文乱法，侠以武犯禁"，而我其实是个相当平庸守法的人，既不敢乱法也恐惧犯禁，充其量是个于人有益与世无害的人。前面我说过，我是一个中国传统文化的贪玩者，说得夸张一些吧，除了正业，什么都喜欢。完全不会喝酒却常做酒场看客，所谓"围观即参与"。下棋聊天我虽然等级很低，但热情这时候很容易置换为能力。至于在北中国开车乱跑，确实是我的人生理想。中国不仅幅员辽阔，更有幸跨越北纬50°，生物多样性与文化多样性在世界上堪称骄傲。祖国这么大，我都没看过，有人喜欢去新马泰之类，我只有笑笑而已。前年我跑了漠河北极村，今年打算跑新疆。三沙市不能自驾了，还不知有什么办法。

《上海文化》2016年9期

申霞艳：女性主义、文体意识与先锋精神

一、关于对女性主义的认识

申霞艳：很高兴今天能和你谈论一些批评问题。关于"80后"女批评家，坊间有"北岳南项"之说。在给《光明日报》写"80后"笔谈的时候，我参考过你的《我们这个时代的表情》，微信圈里常看到你转发的思南读书会，心中对你的名字充满柔情。但如果不是来"鲁26"（鲁迅文学院第二十六届中青年作家高级研讨班）成为同学，也许就会"相望于江湖"。在现代文学史上，女作家也写过少量批评文章，但没有留下一个面目清晰的女批评家。80年代，"50后"冒出了几位著名的女批评家，比如艾晓明、戴锦华等等，但是她们现在都转身离开了文学领域进入更广阔的文化领域。当代文学是不是没有提供足够的空间和动力，不能满足女性主体向上发展的欲望，或者说没有势均力敌的文本来让女性长久地凝视，更加有效地实现自我的勘探和对时代的言说？应该说这个问题对男性可能也是一样的，但是由于男批评家的绝对数量很大，虽然部分批评家转型了，但留在文学领域的还有很大一部分，没有引发女批评家决绝的背影所带来的这种荒芜感。

新时期以来，女作家在数量上虽然还不如男作家多，但是比起女批评家来说情况好得多了；女批评家寥若晨星，能够在全国范围内参与到当代文学现场和伴随文学生产进程的少之又少。《南方文坛》持续十几年推进的"今日批评家"栏目中，女批评家从数量上看差不多只是点缀。而以我在高校的工作经验，考进大学在文科尤其是中文系中，女性的数量日渐上升，甚至占据绝对优势，有时一个50人的班只有几个男生。文科的女硕士、女博士乃至高校女教师也比较多。但是经过就业、社会选择和家庭生活的淘洗之后，茁壮成长的女批评家就很少了。那么，批评这份工作对于女性到底有什么样的难度和挑战？

项静：家庭生活对女性的影响固然非常重要，但是它的影响只是表面上的可见的部分，比如时间、精力，没有什么可深谈的必要。真正影响女性成为批评家的更深层原因是文学现场、作家们的创作能否提供足够的精神支持，能否满足精神思考的需要。还有一个问题就是批评家有没有在写作过程中满足自己对知识、思考能力的要求，有没有体会到写作给予人生的滋养和不断上升的牵引力，而不是长期的单调重复。

申霞艳：但批评本身的难度和限制对男性同样存在，不足以显示性别的差异。我想，女性在职业选择时是不是也受制于一种身份、观念的限制，自我对批评这份职业的认同，女性还是不习惯在公众场合发声，不愿意承担更广大的责任。虽然经历了新文化运动，但传统文化的限制和男外女内的分工模式仍在钳制着我们。我特别希望听到你这样的青年女批评家对自己的角色规范和设计。

项静：我从来没有把自己定位为一个女批评家，而是一个批评家，性别意识于我是非常模糊的，尤其是在具体写作过程中，我几乎从来不考虑自己是一个女性。只在面对女性主义意识或者女作家的作品时，我才考虑女性这个特殊的身份。在今天的批评写作过程中，几乎没有遇到女性主义意识非常浓郁的作品。在读书过程中接触的女性主义的基本理论基本原则及在文学作品中的呈现方式，已经基本上定型化，太熟悉化，不会有那种要拎出来特别谈论的冲动。当女性主义不再是最重要的文学生产力，其提供的反抗能量也相应地降低了。

申霞艳：虽然在个体写作时，我们不一定会明确意识到自己的女性身份，也不一定会使用女性主义理论，但实际上，这二者都是潜在的，对我们具有宰制作用的。我就读的中山大学曾经号称"女权主义重镇"，90年代我读大学期间，女性主义盛行一时，比如林白、陈染就是以非常明确的女性意识引起了文坛的关注。

我们中山大学有专门的女性主义的课程，艾晓明教授给我们讲授了大量的女性主义文本，并指导排练话剧《阴道独白》；像《一间自己的屋子》这样的文本虽然并不在我的批评实践里被过多引用，但它还是从深层提醒我有这样一个角度存在，从更深的层次来看"自己的屋子"也是马克思主义经济基础决定上层建筑的性别运用。女性主义热潮在中国持续的时间并不长，到"80后"女作家笔下，基本在浮出地表的层面被放弃了，我以为这跟中国的独生子女政策有很大关系。在我的童年时期，父母是会对我哥哥和我进行不同的教育，但是到独生子女的教育中，父母几乎不再使用"你是一个女孩子应该怎么怎么样"这样的话语了，"超女"李宇春的形象就相当中性化。这一代女作家性别意识就日趋淡薄。再用这种理论可能的确不太合适。不过女性意识会变形、隐藏得更深，需要更加敏锐的眼光才能捕捉，需要更加独特的方式来言说。即使不用女性主义理论去谈论，同为阴柔风格，王安忆和贾平凹在感觉、表达方式上还是很不一样的。如何将这种差异恰如其分、细致入微地呈现出来，这是对女批评家很大的挑战。

项静："女性主义"这个词让我回到一些老套的话题。大部分读者都会觉得"80后"女作家非常关注自我，热衷于抒写个人化的生活，特别喜欢捕捉细微的情感，还有挖掘女性的潜意识、直面内心黑暗。比如周嘉宁，孙频，她们都有大量这方面的书写。但我认为不适合用女性主义的文学理论去套她们。这一代的女作家经过很好的文学训练，我们所掌握的理论框架她们可以轻松地避开，已经内化为一种写作的常态。一种写作方式越往细微处走，离大的框架就会越远。但有时我也会对这种方式略有微词。这其实离讨巧越来越近，会越来越远离公众话题，还会越来越内在化和自我重复，当然也会得到一部分人的激赏。文学创作的这种变化，可能是未来文学写作的一个主要趋势，我们批评的言说方式也会遇到很多困难，当我们习惯性地操起理论武器的时候，就会感觉是一拳打在空气中，让这种写作方式和对作品的要求变得滑稽可笑。写作与批评，大家在各自的路上越来越无法互相张望。

申霞艳：你说的"80后"的这个倾向其实在"70后"女作家这里已经展现出来。我们知道"70后"女作家登场的时候是在个人化叙事之后，刊物为了推她们，起用了"身体写作""美女作家"这样流于表面跟文学本身关系不大的命名方式。虽然它在传播上成功地捕获了消费者的注意力，并且深入人心，但很多读者因此对女作家形成了一些不利的联想，显然读者更关注的是她们的生活而不是去阅读她们的作品。今天对张爱玲和萧红、丁玲等女作家的想象和消费也显示了这种消费主义的影响。在魏微、戴来、金仁顺这波出道较早的"70后"女作家这里，女性主义被"化妆"了，成为她们在文本中自觉抵制的力量，也许仅仅因为不希望步林白她们的后尘。这种情况在稍晚登场的女作家盛可以身上则有所不同，她的成长经验和写作道路让她的《北妹》等又有相对较强的女性意识。总体趋势上说，女性意识的标签再也没有在林白、陈染那里突出。当然，经过她们的叙事努力之后，留给女性探索的空间变小了。女作家中，不分代际，张爱玲的徒子徒孙实在太多了，大家都在她的阴影中。

可喜的是，"70后"中形成了一批有全国影响力的女批评家，如李静、毛尖、张念、李丹梦、胡传吉、梁鸿、张莉等等。张念曾经出版过一本《不咬人的女性主义》，张莉一直研究女性，她的博士论文《浮出历史地表以前》对上个世纪20年代的女学生进行系统的研究。但是后来，大家都不约而同地放弃了鲜明的女性立场。我以为这跟文学的大势有关。我们和女性主义理论失去紧密联系是一个双向的结果：一是时代的变化，另外可能也是文学内部的一种选择。作家们根据社会的各种信息和投影进行自己的创作，批评家亦然。在写作之夜，我有意避免使用女性主义理论，我们有意地回避性别，总觉得文学是对人性人情的一种承纳，在人的解放和自由的大前提下，女性意识可以不断地拓展它的疆域，伸展它的各种毛细血管，女性主体的建构深深依赖历史的现代转型和社会更大幅度的开放。

女性主义理论在女批评家的文本实践中变得更为隐蔽更加难以分辨，但女性主义带来的身份自觉也是天然存在的。周作人曾经以如何对待女性和佛教来作为判断文学的依据,当然,在他这里,女性、佛教都是指代——女性指一切弱小的次级的事物;佛教指外来的新生事物。今天如何想象女性依然是判断作家作品的重要依据。

当我们失去了最有标识度、最有力量的武器之后,女批评家如何进行文学批评?

项静:目前"80后"的女批评家并不多,自觉使用女性主义理论的就更少。有时候"女批评家"这个称号只是社会给你的暗示和指派,在各种会议上,大家会心里有一种暗示:你是女的,你来谈谈不一样的看法;跟这个时代对暂时命名为"80后"批评家的看法一样,希望年轻人有"异己"的力量。每当被要求你从女性的角度来谈论,这时候,我感觉会落空,总是很难将其落实到具体的写作中去,所以就作品谈作品可能成为一种非常流行的方式,也是偷懒的方式。但女性主义这根弦还是应该有的,这是一个非常有力量的理论,可以帮助我们认识和解释世界。我有时看到一些有关女性的作品在关注当代女工的命运,比如郑小琼的《女工记》,丁燕的《工厂女孩》,还有许多其他的以社会学的文本的方式讨论工厂中的恋爱、交友、流产、友谊等话题,内心还是会觉得女性主义理论在这些文本中非常有力量,并且只有在女性主义理论的烛照下,问题才会凸显出来。越在社会底层,女性问题愈加突出。反倒是因为女批评家普遍处在高校、作协这样的文化单位中,离这种非常具体的女性的真实生活有距离,我们大部分都是在抽象的意义上谈论女性、使用女性主义的话语。

申霞艳:你的谈论激起了我积压多年的强烈的感受。在公共领域、在真切的现实生活里,女性主义依然是有效的,包括木子美日记、并不漂亮的女性在网络上发写真照搏出位，甚至包括女性高官落马报道时所使用的话语方式，常艳的艳遇日记到最近的余秀华的诗歌等等，凡是溢出文学边界进入公共领域的时候，女性主义都没有过时。常艳也是受过高等教育的女学者，为了进京和获得学术资源，只能动用身体资源，事情不成公布日记想来个鱼死网破，结果只是"鱼死"，网好像并没破，而且连社会舆论也对常艳不利。近期高官落马报道用"通奸"一词，我对这个词很反感，因为"奸"从造字那一天起就开始对女性进行污名化。实质上，很多广告、微信转的图片中最盛行的想象方式都是色情的，是在窥视女性的身体。与女性毫不相干的广告和文章都能与充满诱惑的女性身体挂钩，这真是个病态的男权社会。男女平等政策实施了半个多世纪，我们依然受制于陈腐的观念，用陈旧的方式谈论和想象女性，当女性要提拔或者在社会序列进入一个更高层级的时候，好像唯一能动用的资源是身体、色相。难道我们的智商就真的比男性低，能力真不如他们？女性在人生的前二十多年求学时期，在家庭的护佑下，并没有任何劣势。但是当我们投身社会开始与男性一道竞争的时候，就会发现我们整体依然处在劣势地位。各个领域大浪淘沙后剩下来的选手清一色都是男性，看人民大会堂的"两会"报道，黑压压的一片全是男性，各种资源瓜分场合几乎都是男性在觥筹交错、鼓掌通过。文学批评领域也不例外。比如我们"鲁26"女性比例不到三分之一，文学研讨会也是男性在侃侃而谈。我俩已经站在这个平台上，以个体的经验来想象社会，感觉还不太明显。比如男女老师的课酬是一样的，男女作家的稿酬都是按字数算的。这些表象很具迷惑性，使我们获得了平等的假象，而忽视了社会无处不在的不公事实。孙惠芬的《生死十日谈》展示了今天广阔的乡村，男女依然深深地不平等，社会给女性的空间狭窄、黑暗。我们身为女性批评者，如果不能在现实中为女性争取更大的生活空间，则应该在字里行间为女性拓展精神空间。一个理论本来是在生活中间产生的，到文学创作时却隐匿了、缺席了。文学把各种活生生的、五光十色的、血淋淋的现实问题过滤了，变成了格调和品味、抒情和咏叹。这可能也是文学退出公众领域、日益边缘化的原因。从这个角度看，我非常钦佩艾晓明的行动能力。

项静：生活中处处有让你感觉刺痛的东西，但文学处理之后就变得非常平滑，失去了本来的冲击力量，这就是文学最大的问题。

二、关于批评与文体意识

申霞艳：随着社会资源的高度集中，批评的声音也越来越集中在北京、上海等大都市。法国的"外省人"概念非常清晰地对应今天的中国。无论是出版还是写作、批评，只有在大的平台上，声音才会传递出去。本来新媒体的到来为更多样、更丰富的声音提供了技术支持，但以我有限的微信圈，我发现手机是一个微型的权力机制，谁在说比说什么重要得多，是谁说决定了传播速度和传播范围。比如柴静的雾霾视频换成别的人做就绝不会有这种效果。平台大小反过来也会促成不同的言说方式，像腾讯"大家"的标题多是标题党取的。我们参加会议讨论问题或解读作品时，发现不同地域的批评家言说方式、评价标准有很大的差异，北京和上海的青年批评家也不一样，有时我容易联想起30年代京派、海派的争论。京城的青年往往侃侃而谈，胸有成竹，文质彬彬的言谈中藏着舍我其谁的锋芒，一种掌握话语权的中心心态跃然纸上,他们的文章和言论比较关心时代、主题、民族国家等宏大的问题,倾向历史化;而上海的批评家更偏重文学的审美、形式,更注重批评的主体性和生命感。大体上说今天的批评普遍存在一个融入原野的问题。大都市生活经验和理论话语都高度同质化,某一个时间段一种理论流行,大家都会,说话方式在同一个圈子里循环。就像李敬泽说的"吃了吐,吐了吃"。这种理论第一次听说提供很大的震撼和刺激,但说得次数多了就变成了陈词滥调。所以,批评家需要走出话语圈子,建立自己的生活阵地,起码要有一个地方跟你痛痒有关,不能老躲在书斋里过纸上生活。纸上生活固然有其价值和意义,但当代批评还是应该跟当代正在进行中的生活发生呼应,不能外在于此。我们其实才从事文学批评十几年,但已经有一种潜在的恐惧,觉得自己的批评难以为继,批评的热情在降低,言说的冲动逐渐消失。我其实蛮钦佩梁鸿,她在克服困境困惑时做出了具体的行动,努力寻找跟自己内心情感相匹配的写作方式,而不是在旧套子中继续绕圈,自我循环、重复。对当代批评的各种现状的诟病越来越多,我们都希望挣脱这个套子,有力地指认这个时代,"揭出病苦,引起疗救的注意"。梁鸿的转型具有示范意义,批评家有很多道路可走,不一定要死死地抱住当代作家作品。作品好坏良莠不齐,抱了坏作品会导致你很失望:说好昧良心,说坏也无趣,作品不再成为精神的刺激点,让人丧失了说话的欲望。尽管当代文学批评困难重重,还是必须寻找一种有效的方法去言说文学,言说我们寄身的时代。我们也要捍卫沉默的自由和沉默的空间,一个相对美好的社会应该给不同的人提供不同的可能性,既可以出来大声疾呼、为民请命,也可以保持沉默、独善其身。身为批评者,既不希望自己与坏的作品发生精神联系,但也要清醒地意识到有时候保持沉默是一种阴谋，当坏作品被广泛传播、吹捧甚至挤进各种奖项时，必须有人出来痛陈其弊、激浊扬清。批评家不只是呈现自己的审美能力，还应该努力净化文学空气，让精神生活朝美的、有趣的方向开放。

项静：当然，在上海的一次青年批评家的会议上，程永新老师也表达过类似的担忧，就是担心我们在追逐新作品的过程中会失去热情。应该说这是迟早的事情，可以看得见的前途。这也就能够理解，为什么20世纪80年代风云突起的一代评论家，如今都是四处流散，真正还在读作品，还在坚持写评论的，大概程德培老师算一个。其他的评论家有的进入高校，有的进入媒体，有的放弃写作，有的转入其他领域写作。这也是一个需要思考的问题，不仅仅是因为前途，更是因为对自己从事批评这件事的持续性需要有一个规划。与前辈们不同的是，大众媒体和新媒体给我们提供了新的可能。比如上海的毛尖，以专栏的方式，跟大众跟现实生活短兵相接，比起传统的文学评论，她拥有大量的读者和粉丝群。相对于作家，文学批评家其实是有忽略读者的嫌疑的，至少没有明确的读者意识。文学批评在80年代是有读者的，而且量还多，许多普通读者都在跟评论家们写信和讨论。当然这是一段不可复制的历史，但是网络和新媒体又提供了一种新的交流的可能，虽然对这种交流的有效性可以保持怀疑，但读者切实地就在周围。这应该是纸媒时代所没有的便利性，当然这会对批评的写作产生新的要求，你至少要有这个考虑。有一种说法是将同行作为读者，这是一个高质量的互相的衡量标准，这也是写作的动力；但读者的诱惑同样很大，我们写下来的东西希望能够传达得更远。

关于批评文体，我一直也在寻找一种适合自己的文字风格或者是表达自己的写作方式，不一定非要按照批评的方式写。梁鸿的确提供了一个很好的范本，但也挡死了一条路，我们不能再去重复这条路，需要另谋他途。总之，这是说不出忧伤还是欣喜的事，现在从事批评写作的人，很少有人死心塌地专此一事了；当然我这个判断也许有点武断，不是特别慎重。

申霞艳：批评的文体意识的确应该提上日程。我当编辑时读了大量来稿，感觉有清晰的文体和语言意识的批评文章并不多。很多批评家写文章光是表达思想或感情，很少顾及以何种方式有效地表达，不关心批评的形式问题。有时看报刊专栏会有一种审美的乃至智商的愉悦，而读学术刊物的文章让你眉头紧锁，就连标题也没有任何文学感可言。批评的文体意识至今没有提上日程，成为一种写作自觉，甚至很多人心里根本没想过这个东西。因此大家对学院批评有种种非议，最近有好几次会议谈论这个问题。我个人的观点是今天中国的批评学院化程度还远远不够，在污名化之前有必要辨析一下学院派批评，不能简单地认为你在大学工作或者你受过博士论文训练，你写的文章就一定是学院化批评。学院化批评也是从西方来的，最有名的是耶鲁派，如布鲁姆的《西方正典》《影响的焦虑》就是非常典型的学院派批评文章。他在《读诗的艺术》中开篇即道：诗本质上是比喻性的语言……比喻是对字面意义的一种偏离，而一首伟大的诗的形式自身就可以是一种修辞（转移）或比喻。关于语言，萨义德要求知识分子赋予民族语言"一种特殊的声音、特别的腔调、一己的看法"。历史地看，学院派使西方的批评跨上了新的台阶，学院派是以史为背景以学理来展开的批评方式，不让感觉、印象等无法交流的非常个人化的部分所主宰。

我们的学院化受诟病最主要的原因是受学术论文僵化的形式限制，根本的原因是很多批评家才华不够、没有审美能力、没有见地。我读书时普遍认为研究生素质不如本科生，我认识的好多人都是因为考不上好大学或者自学考的研，然后硕士找不到好工作就念博。留在大学工作不得不写文章，你想想心中无爱无情，怎么能搞好批评。心里有笔下才会有。大量的差的学院批评文章使学院派蒙垢，但瑕不掩瑜，恰是学院派能够穿越个人的偏见和局限，抵达学理的光芒和批评的深渊。从全局来讲，好的评论绝大多数都出自受过正规文学教育者之手，这一点和创作还真不太一样。

项静：我们第一次跟大量写评论的人聚居在一起，地域性、职业性、性别等标签都开始显现，但我们始终还是共享一个精神空间的，就是对当代文学创作的关注。学院派和非学院派批评的确成为一个非常切近的话题，是我们天天交谈中必须面对的一件事。我对学院派与非学院派没什么偏见，而是觉得只有一个标准：好的批评/文章与坏的批评/文章的区别。无论如何，无论我们的旨归是什么，心中的尺度是什么，总是要落实到文章中去。遐思异想还是感时忧国都需要有一个条理，陈词滥调也需要有一个底线，这些常识性的可以称为共识的东西的缺失，是非常可怕的。如果在信息不对称的条件下，出现这种问题是可以理解的，但是现在网络如此发达，几乎全人类都可以共享许多知识、思想，而出现各种落差、各种对文学评论的不可沟通的理解是有点可悲的。学院派，学术化这些都应该是中性的词语，之所以成为指摘别人的判断词语，是我们自己的写作方式出了问题，并且连累了它们。每一种写作都必须建立自觉性和文体意识，对读者的期望，对这种文体的充分认识。比如我们所诟病的写作方式必须在今后自己的写作中自觉清理，而可能的延展批评这种文体的尝试也需要我们进一步去尝试。我始终觉得批评会形成新的表述方式，批评家应该获得更多的表达自己的空间，而不是传统意义上的、习惯意义上的跟着作品亦步亦趋。

申霞艳：每次谈到先锋文学，都会引起轩然大波，大家的反应截然不同：有说弊大于利的，有说怎么估价都不过分的。先锋文学过去30年，到了该小结的时候了。回顾20世纪80年代文学现场，先锋文学不仅催生了马原、莫言、余华、苏童、格非这样一批先锋小说家，而且催生了吴亮、程德培、南帆等先锋批评家，甚至一定程度上改写了文学史的方向。今天回头看先锋文学，与其说它是一个重要的小说流派，毋宁说它是一种理念、精神、价值和方法，它在"文学场"保持着持续的影响力，深入到后学者的精神结构之中。先锋文学是对西方20世纪文学成果的中国回应。1982年马尔克斯得诺奖极大地刺激了中国文学界，这种刺激是多方面的：一是意识到文学独特的民族性，从强大的西方的阴影中看到一缕光亮；另外是意识到叙事形式和想象力的重要性，《百年孤独》经典的开头召唤了很多作家的灵魂。笼统地说，现代派的涌入修正了中国既有的传统现实主义的文学范式：在"纯文学"的旗帜下以审美来抵抗政治、以形式实验反抗机械的反映论以及内容与形式的二元对立；以对人的内在自我的重新发现来抵抗单一的阶级属性，以现代价值更新传统观念等等。今天，很多人指责先锋文学脱离现实，缺乏讲故事的能力，没有塑造出典型人物，所谓"空心化"、与大历史脱节等等。仔细想，这都是站在现实主义美学立场来指控先锋文学的。其实完全正确的立场往往是无效的。这种指责很难落实到具体的文本中去，我们不能以鸟的飞翔来要求鱼的游泳。我们今天当然可以反思先锋文学，但首先要返回80年代文学史去重新估量。先锋文学跟上海的批评家有很大的关系，二者互相成全。上海社会科学院出版社出版了青年批评家吴亮、程德培编选的《新小说在1985年》，现在这个选本几乎成了经典。无论如何，先锋文学在文学史上有其无可取代的一笔。真正的问题是我们对先锋文学的定论今天是否有效？当前我们如何再度先锋？

项静：我们今天的作家写作方式其实是经过先锋主义洗礼之后的呈现方式，如果没有先锋文学的滋养和过滤作用，文学表达的方式可能还不是今天的样貌。比如"河北四侠"的创作，他们的小说有浓郁的先锋主义倾向，还有北京作家宁肯和"70后"一大批小说家都有这种特点。先锋文学对于目前的小说创作来说留有很多可以分析的痕迹，比如细节的描写、情绪的膨胀、对很难表述的黑暗和内心幽微的部分的呈现，与巴尔扎克时的现实主义方式有很大不同，这可能是现实主义描写无法企及的部分。先锋小说的核心问题不是如何讲故事，讲故事的方式变化了，线性讲述方式被抛弃。"我"、叙事者、作家分开了，每个层次都可以加进去许多东西，于是扩大了叙事空间，不同的视角呈现的内容互相构成补充、对照，所营造的真实感更符合我们对真实的要求，也更接近人类对生活世界的切身感受。我们对听来的故事是怀疑的，我们会根据自己的经验和理性来补充，所有线性的序列都有所删减、有所选择，而先锋文学带来的这种叙述方式才有可能呈现我们成人之后感受到的来自世界和生活的立体感。当然还有更重要的就是，对于我们能否呈现这个世界的怀疑，对于如何去探触世界的试验。

申霞艳：对，就是以有限的写呈现出无限的未写。对"理想读者"的邀请的确是先锋小说的潜在吁求。先锋小说的叙述方式表明作家并不觉得自己高人一等，他并没有真理在胸。所以先锋小说尊重读者的智商和阅读训练，它的断裂、空缺、漏洞、打乱时空、转换视角和叙事人等等都是对读者的信任。人物的符号化恰恰是对典型人物的不信任，典型人物背后是特权思想，只有高、大、全的英雄人物才经得起聚光灯的探照。而先锋小说的思想背景是"我只想做一个人"，普通人有他固有的局限：神性、动物性并存，社会性、个人性兼备。先锋小说也是对"文革"后改革开放时代的回应，两个截然不同的时代突如其来，作家们在这种调适过程中会感到强烈的荒诞和虚无，他们必须寻找一种新的形式来勘探自我、到达存在。

项静：先锋文学强化了荒诞的概念，从西方现代派到中国目前的大量现实主义写作中荒诞也是极其重要的一个母题，可能很难有其他的主题能来概括当前人类社会的生存状况；我们的主观要求与现实处境之间总是有一条不可弥合的沟壑，这条沟壑几乎就是一条动力源。而如何表达这种荒诞，应该是作家们长久以来的一项课业，而且荒诞感很容易流行，可能会挟裹其他对生活的层层叠叠的体验；因为荒诞感如此容易获得，这个感觉会让人一下子走到终点。写作者很容易迷恋这种感觉，然后就到此为止，荒诞就精致地首尾圆合起来，没有再深入的余地。我们把一个日常经验轻易地处理成荒诞，在这个过程中到底失去了什么？是对社会生活深入的观察和解释世界的能力。

申霞艳：荒诞的确是现代感、后现代最核心的部分。但是它也考验我们对生活的穿透能力。因为故事的荒诞、日常生活的荒诞是非常普遍的，但要抵达时代精神，触摸人性的复杂、多层次、多维度却非常困难。我们对卡夫卡的言说方式隐含着荒诞本身，我记得就是在我购买《卡夫卡文集》的下午，在麦当劳里邻桌的男生以背诵《变形记》的开篇向女生求爱。强烈的荒诞感击中了我。我们对加缪的认识往往是在讨论《局外人》，其实他还有所指更明晰的《鼠疫》，我们将加缪及其思想资源等同于局外人，因为"局外人"这个标题很符号化，很容易被消费，与现代生活的庸常化、人的精神的扁平化有关，我们不愿意思考严肃的问题，逃避艰难的思索。我们在饭桌上讲段子，搞笑，羞于谈理想，"信仰"一词几乎从大脑的词库里删除了。一切严肃的问题在今天都丧失了交流和讨论的可能。

项静：今天的作家继承了先锋文学中容易被操持、被辨认的部分，比如说语调、相对客观摒弃主体情感的讲述方式、在文本中借人物讨论自己的写作和阅读，故意暴露作家的阅读史和生活细节。以李浩为例，"70后"这代人不太重视个体的生活经验，有意地避免主流意识形态对他的召唤，他们的世界是被各种西方经典文本所过滤过的世界。但他们在文本中直言不讳地谈论这些问题的时候，展现的可能才是他们真实的生活世界和精神世界。相对遮掩、讳莫如深，这种诚实地去呈现自己的先锋作家更值得钦佩，因为这是直面自己的局限。

"80后"的作家大部分都是现实主义的传人，他们又回到了故事，回到了大时代中的我们。他们似乎抛弃了先锋文学的遗产。在他们的表达方式中，先锋文学的痕迹不那么明显。我猜想，"80后"处在视野中被期待，特别期待交出这一代的生活经验。开会也是这样。掌握话语权的"50后"把"80后"当成异己的拥有新鲜生活经验的一代，一直在强化他们的特殊性。这很快就会内化成"80后"对自己的要求。

我们看到的小说就是他们的都市生活经验，他们的 Loser 形象。他们都市的困顿、茫然、疏离的情绪。这是用现实主义可以处理的。我大量阅读了"80后"作品，很多作品不约而同地写到《动物世界》这个节目，这是对人的动物性欲望的暗示，对丛林法则的暗示；他们要揭示社会的残酷性，发现这些潜在的心思几乎都是不需要什么文学训练的，好像我们连玩捉迷藏的刺激感都没有了。房东跟房客的关系成为表达热点，在很多作品中反复出现，这当然是一个时代处境使然，但经过文学形式化以后整个形构没有脱出《罪与罚》的框架，表达的情感是陈旧的，是这种雇主和租客之间的赤裸对立，是金钱原则下人性恶的表现。但是当代期刊杂志上类似的情节很容易彼此重复、自我重复，这当然跟同质化的生活有关，也与作家没有对此的警惕之心有关。我始终认为写作不能没有对文学史脉络的基本了解，要对已经被文学处理过的经验和情感有警惕之心。雷同的出现是由于形式化的自觉性不够，没有经过反思然后去创新的冲动，精神上懒惰使大家不愿意去开拓新的意象和表达方式。我们这一代有很多耳熟能详的名字，他们受过正统而全面的文学教育，他们的语言都很流畅，情节结构上也不会出现硬伤，叙述很娴熟，技术上不存在问题，但是没有一部能够承纳一代人情感的作品，而这样说又犯了大忌，换种说法是没有那种可以让许多人可以交流讨论的作品，不是自我封闭的。

申霞艳：虽然我们以"代际"这个毫无逻辑的名字无力地区分着不同年龄的作家，但我们的谈论证明我们在分享同一种现实，分享同一个时代。这个时代的弊病和荣华我们都掺和其中。精神生活的碎片化、历史意识的匮乏、对世界丧失切身的热情、蜗居在"小我"的躯壳中、怕受伤、怕担责、躲进象牙塔中故作清高，诸如此类，都是批评的敌人。

我也希望通过这场对话让我们俩能互相提醒自我的盲区，连通批评与广大生活世界的精神血脉，感知他人的痛苦，眺望"无穷的远方"。

《南方文坛》2016 年 1 期

董夏青青：语言是过程，也是结果

项静：其实我不太善于谈论文学，很难组织起自己的感觉来。一般聊天我也习惯别人先开启话题，提出第一个问题对我来说好困难，就像从生活流中利落地斩下一刀，开启另一个小世界。今天我们要谈谈巴别尔，一个值得一再重读、以短篇小说为人称道的作家。重新读了一遍他的小说集，阅读的时候我不停地拿他对照今天的写作，刷新了以前脑海中对他的作品记忆，以前记得的都是零星的故事情节。看过很多年轻作家谈喜欢的外国作家，好像谈到巴别尔的不多，他的小说有非常明显的辨识度，无论是骑兵军的故事还是敖德萨的故事，都能够感觉到文学形式的力量，这种能力的获得殊为不易。《敖德萨故事》也算是各种以"故事集"命名的短篇小说集的较早使用者了。我记得以前跟你最初有联系的时候，你说正在研读巴别尔、奥康纳、安妮·普鲁的短篇小说，在这三个人中为什么最终选择了来聊聊巴别尔？

董夏青青：巴别尔对语词的敬畏与珍视，是我钟爱他作品的主要原因。大学时，经老师推荐读到小说集《骑兵军》，深受震撼，之后一直在反复观摩。学到很珍贵的两点是：军事文学的"硬度"，其实不是炮；只要用对了，一个字有一千个字的力量。之后又读了巴别尔的《敖德萨故事》，喜欢他的小说里有民间生活，有对从宏大历史自身掉落的琐屑的归置。这一点，想到的另一位作者是捷克作家赫拉巴尔，只是巴别尔的语言更为纤秾。巴别尔谈到，他始终在挑选词语，这些词一要有分量，二要简单，三要漂亮。这三点，感觉像是他对犹太历史，对敖德萨并不全然美好的生活的一种内在情感回应。犹太人的历史是苦难厚重的，它呼求与之分量等同的词汇来表达。简单，也是巴别尔和其笔下人物应对生活的态度，太阳出来我就歌唱，乌云遍布我便忧伤。他对文学创作的态度也是"极简"的，像在《醒悟》那篇小说里，他受到了点拨："你居然还敢写作……一个不与自然界息息相通的人，就像置身于自然界中的一块石头，或者一头畜生，一辈子也写不出两行值得一读的东西……"于是他就听从高尔基的建议"到人间去了"，一个犹太人，直接跑到哥萨克的队伍里去。而他遣词造句上的"简单"，简而不陋，是"言之有物"的必然选择。那么多血与火的内容，巴别尔用不着，或者说也不屑于故弄玄虚。

　　项静："言之有物"是我们经常说到的词，我就觉得可能是形式跟生活的关系经过了一种锤炼，并且把这个过程体现在了作品中，感到了语言跟生活那个缠绕、交接的过程。巴别尔多次表达对法国文学的热爱和参照，他很推重莫泊桑，因为在他看来莫泊桑"对一切也许浑然无知，也许洞若观火"，就是对世间事的囊括。巴别尔所面对的生活是非常复杂的，简略概括一下就是布尔什维克革命的胜利，犹太人的身份，敖德萨的生活等等，所有这一切都要被短篇小说这种形式，都要被一种语言方式给照拂到，所以我能感受到巴别尔一直抱怨自己写作很慢（当然还有另一种传说是他写得很快）的原因，这种写作不可能快起来，作品本身就让我们看到了生产过程的繁重，他说自己一直在选择词语。词语是表面的一层形式化，在写作过程中，词语可能是作家面临的第一重障碍。要避免给予你思维和传统的习惯性的用法，这是一个系统性的工程；还要寻找跟经验搭配的词语，这是面对自己的具体工程。

董夏青青：写作时很难像尊重主题和立意一样尊重语词，虽然纳博科夫在这一点上有些激进，但也确实提出了实操性很强的建议。语言是过程，也是结果。奈保尔写作的秘诀是，他几乎不用形容词，也很少用副词。巴别尔不同，他用，因为他要分量感。词语承担了情感的凝结，是情感的具体化、物象化的结果。而他的情感充斥纠结与矛盾，随处可见历史与当下的冲突和媾和。

巴别尔的诗歌是诗歌式的简洁，是苦心经营的结果。他要造成惊鸿一瞥的效果，就必须保持词语的速度感和力量感。一位老师常说，要知道你想讲什么，而不是大而化之地谈一些东西。是因为人人都这么写，你也就这么写，还是你非这么写不可？这个字，这个词，是信手拈来还是经过了考量？这促使我不断对从前的写作习惯进行质疑和修正。就像有人为了控制进餐量就拿左手吃饭，避免"张嘴就来"。在经过审视和过滤之后，非用不可的语词才会发生变化。

项静：厚重感的历史生活依然有，可能是使用语言的习惯匆匆忽略了而已。就是你前面说的不愿意尊重语言，把语言当作一种工作可能恰恰是错过了那种媾和的过程。缺少一种对词语郑重的凝视和选择。还有没有可能是另一个问题。我们很多时候太注重讲述一个线条清晰的故事，太注意其中的人物和情节，这可能会让语言流动得太快，而缺少基本的停顿、沉默的空隙。举重若轻一直是大家喜欢的一种小说标准。这大概需要语言简洁才能达到。巴别尔的小说,仔细看,蛮多短句子,当然我是指翻译之后出来的效果,并不是那种欧化的语言。他几乎没有讲述过一个完整的"故事",给人的感觉是从生活中随便剪出来一段,有一种无目的的自然感。

董夏青青:巴别尔的志向不在于讲一个溜光水滑的"故事",那暗含着一种叙事上的虚荣心,一种企图"获取历史结论"的危险。在巴别尔那里,故事的流畅性随时被狂笑、震怒、惊讶或者某种恐怖情绪所打断。它的对立面,是一个社会中整整几代人等待被证伪的共识。这种有破坏性的,充满断裂与缝隙的思考与表述方式,才是巴别尔个人独特的贡献。他避免了抽象,却使得他的语言具备了抽象的神秘感,一种绝不可能一眼看穿的有序的芜杂。

项静:芜杂的体认很重要。我们面对的生活和历史其实从来不是单一的,每一个人都应该可以挖掘出那种复杂的"自我";对语言的态度,以及对生活的视角维度,都有给予生活质感的可能。然后语言给予写作一种穿越这种芜杂的能力,简洁的具体的语言甚至是短篇小说这种形式,可能都是他面对现实的一种穿越方式。语言和形式整饬现实但又不伤害。我们一直用一些抽象的语言来描述这个时代——伟大的时代,复兴的时代,新时代等等,但是写作者依然无法用文学的方式来描述,他要面对各种抽象说法背后的那个顽石一样的现实生活。需要避开流行的、已经成为自我宰制的语言方式。巴别尔就是很好的示范,时至今日,我们依然可以读到背后的东西,依然能够想象当时的社会,这是文学的契机、能力和力量。

除此之外，还能读到一种抒情性。比如《卡尔－杨克利》这一篇，在前面紧张带点荒诞色彩的儿童争夺战之后，都完全想象不到他的结尾是那样的。他描写了窗外的街道车站，滨海公园："这都是我在孩提时代和青年时走了又走的街道。我就是在这些街道上长大成人的，如今该轮到卡尔－杨克利了，不过没有人像争夺卡尔－杨克利那样为我斗争过，在乎过我。"

董夏青青："你肯定比我幸福"那句？我也在想，他怎么写出来的，估计他的脑回路达到了这个水平。要比作家的功力，而非作家的胆量。巴别尔的厉害之处也在于他一直摸着生活的血脉在写，未曾使故事皮影化。

项静：少年时代与青年时代走过的街道，没有人在乎过我等等，好像突然的"自我"。《敖德萨》是一篇类似序言的文字，他说这篇文章是对敖德萨做了一系列排比、反复的绚丽的描述之后，思维转向更深层次的事物；他发现浩如烟海的俄罗斯文学还未对太阳做过真正欢乐、明朗的描述。高尔基在他看来是出色的先驱者，勇往直前但仅仅止于先驱者，他对阳光的热爱是非理性的，只是由于巨大的天才克服了这种障碍。他列举了许多俄罗斯文学的其他写作方式："人们都感到——更新血液已是其时。人们已濒于窒息。期待了那么长久而始终未能盼到的文学弥赛亚将从那边，从大海环绕的阳光灿烂的草原走来。"

董夏青青：前段时间看了契诃夫小说集。青年契诃夫和中年契诃夫的区别很明显，窒息这个词没错。

在 1888 年 12 月 30 日致苏沃林的信中，契诃夫写道："俄罗斯人的斗志有一种独特的性质：它很快就被厌倦代替了。男人总是踌躇满志，一离开学校的板凳，就想担当其超过自己能力的重负来……但当他们一到三十岁、三十五岁，就开始觉得疲惫和无聊……"每当契诃夫背着装有治疗麻风病药物的药箱穿过冰封的草原，就能看到人们在那庄园外面的大地上忙生忙死，看见"农奴的后代，小小年纪就在杂货铺站柜台……为得到的每一小块面包道谢，而且常常挨打"。这些人间景象让契诃夫灵魂受困，肉体也与之一同受难，长年为疾病所折磨。相比之下，在富庶家庭中长大的巴别尔身体更加健壮，精神更为狡黠，他对"太阳"有着更天然的爱与亲近，这也使得他选择了一种丰饶的表达方式，笔下的人物也总是充满冲撞的激情与力量。

"阳光灿烂"抑或"阴云窒息"，感觉这像作家写作时选取的一种口音，类似于他的方言。爱伦堡在《人·岁月·生活》中的一段描述，集中、迅速地体现了这种口吻的绝妙："在任何一出悲剧中，都有一些闹剧的场面。在我的岳父科津采夫医生的家中，有一次闯进一个穿着军官制服的身材高大的小伙子，他高声喊道：'耶稣给钉上了十字架，俄罗斯给出卖了！……'后来他瞧见桌子上放着一只烟盒，于是镇静而认真地问道：'银的吗？'"

巴别尔善于在生活洪流中截出一个场景，以戏谑、愉悦的嗓音进行针对现实表象的愉快的末日审判。但巴别尔远远不止于展示与审判，他希望走得更远，他要泗渡黑夜，将天边的霞光引进敖德萨。他要做的，就像契诃夫在剧本《海鸥》的结尾写到的："不论是在舞台上演戏，或者是写作——主要的不是光荣，也不是名声，也不是我所梦想过的那些东西，而是要有耐心。要懂得背起十字架来，要有信心。我有信心，所以我就不那么痛苦了，而每当我一想到我的使命，我就不再害怕生活了。"在时代巨大的甲板上，谁不曾摔倒，不曾呕吐，不曾诅咒？巴别尔笔下的那些敖德萨人物，带着人们学会用破了洞的灵魂迎向太阳，炼就一颗老练的心，在颠簸中把住舵盘。

项静：我也特别喜欢契诃夫。高尔基有一篇文章写契诃夫："作者的心灵跟秋天的太阳一样，用一种残酷无情的光明照亮了那些踏坏了的路、曲折的街、狭小龌龊的房屋，在那里面一些渺小可怜的人给倦怠和懒惰闷得透不过气来，他们的房间里充满了使人打瞌睡的胡乱的骚动声。"比如契诃夫的《宝贝儿》，灰色小老鼠一样的人物，一个温和可爱的女人，但她能够那么深那么卑屈地爱着人。在这篇小说里我体会到的阳光不是正面和积极等倾向，而是一种沉稳，扶助了大地的那种感觉；在知晓一切之后，在穿越庸俗，在严厉的责斥，甚至把小市民生活中毫无生气的混乱描绘给他们看以后，依然有一种稳定的让人安心的东西存在。他不是一个破坏者，走到一个破坏者的位置是非常容易的，以他的立场来说，我能感觉到他的不忍心，我们依然可以看到庆祝爱这种价值的存在，而不是简单地庆祝无意义，这句话不是讽刺昆德拉，那是另一个问题。

从这个话题我想转到你的写作。2010 年第一次在《人民文学》第 4 期上读到你的作品《胆小人日记》，瞬间被作品中的远方和陌生所吸引，那是我日常生活之外的世界。应该是你初到新疆乌鲁木齐真实的所见所感吧，像一个放逐者又像一个游历者，在一个陌生的空间里建设起跟此时此地人们的真实关系，跟着一个维吾尔族儿童走进他的家庭，跟高洁、小安、小贾、白云飞这样身处社会边缘和底层的外来打工者混在一起。其间穿插叙述了自己与父母的关系和生活，选择、成长与理解，像每一个青年一样，拖曳着凡俗而温馨的生活尾巴。那篇作品让我看到了一种对自我内心的尊重、敞帚自珍，初写者面对无法穿透现实的无力感，带着爱的怨尤和坦诚。彼时，我刚毕业一年，陷入生活的挣扎热流，曾经梦想的远方缓慢消失，觉得生活丧气而安全，想去经历一些与自己无关的生活，去庞大腐烂的世界去发现那种可以成为历史的生活。虽然最后我什么也没做，但这部作品给了我巨大的安慰，我知道有一个同龄人在用坦诚的文字和超越简单文学的视野告诉我另外一个世界，经验和文字本身的力量都打动了我。不过我当时还是建议你去写小说，后来陆续读到几个短篇，你的小说中也有一种阳光，让我觉得有被照耀到；阳光不是正面乐观这些东西，我认为它是努力拼凑生活的形式完整，在看似压抑的环境中，能够感受到主人公们内在的生长和坚强。谈谈这些人物吧，你跟他们最熟。

董夏青青：简单谈谈对边防军人感触最深的方面。现在有人认为边防一线有新营房，有暖气电视和手机信号，戍边的生活不那么苦了。但几乎所有我接触过的边防军人都会说这是胡扯，戍边最大的痛苦在于你没法回应"人之常情"。你知道人应该有情，但同时，又知道不能有情，不然没法在山里一待一年。其实你从未参与到最亲近的人的生活中去，而当你短暂离开围墙后的世界，回到他们身边，虽然看得见的围墙不见了，但无形的隔离带却始终存在。你释放不了内在的感情，也接收不到他们的情感。明明很想跟儿子亲近，想抱抱老婆，但已经不知道怎么做才不唐突。怕自己不适应，更怕他们不适应。但只有他们自己知道，这份情感是生活中最珍贵的部分，是内心的光。在这种环境中工作与生活，必须有荣誉感和使命感支撑，并将此看成对自身的磨砺和塑造，才能获得平静感。

项静：语境创造了情感。但是这种情感表现在作品中又容易收不住，所以我能理解你作品的那种克制了。比如你的《近况》这一篇，还让主人公对比了一下城市里的小屁孩，自己这个年纪已经可以承担生存的一切。转过来又反省，可能都市中的他们也有他们的压力，反而自己的选择是逃避。他们又是宽阔的，是环境给予内心的宽阔。

董夏青青：是的，在新疆生活过的人，都会被此地塑造。下部队时和很多战友交流过，自从他们来到新疆，性格产生了一些变化，人的心境和思想都在逐渐开阔。尽管这里偏离所谓都市中心，是荒漠戈壁，但此地的军旅生活反而能教会人静观与沉思。

项静：巴别尔这部小集子里，你最喜欢哪一篇？其实最喜欢这种说法本身可能不太成立，每一篇都有不同的点。

董夏青青：最喜欢《我的鸽子窝的历史》，很动人。巴别尔写的很多故事都是"家事"。他对一只鹅，一只鸽子，对每个活的个体怀有深深的眷恋与爱意。抒情性，就是他始终在表达对生命鲜活之美的留恋，依依不舍。我希望能像巴别尔那样写得"漂亮"，他赋予小人物高贵的美，甚至像书写宫殿一般去描绘他们性格的宏伟瑰丽。他要写的"阳光"，在我看来是那一群人个性里的光。这些人，命运给他好的坏的，他都接受。因为我是人，我是犹太人，欣然领受自己的命运。但我决不认命，千奇百怪的活法，就是我有限的抗争，也是对光的追寻。看到人心那么激烈而有力地跳动，像萧红说的，不是忙着生就是忙着死，就不由热泪盈眶，被生命力的气势所感染。巴别尔用最美的词句呼唤他精神上的亲人们，把他们塑造得如诸神一般健美。

项静：我也喜欢这一篇。这一篇更丰富一些，一个少年断裂的内心生活。我还非常喜欢《弗罗伊姆·格拉奇》，他在敖德萨是个像巨人一样的人物，最后在时代转折中入狱。小说的结尾，两个年轻人在谈论格拉奇，一个是年轻契卡的主席，一个是旧日的属下。那个属下认为格拉奇关系到敖德萨的整个历史，而契卡主席郑重地发问："在未来的社会里，干吗需要这样一个人？"属下陷入迷茫，他怯懦地说，不知道，大概是不需要的。但他脑海中却都是格拉奇的生平——他的机智、神出鬼没以及不分亲疏，不殉私情，所有这些异乎寻常的史实都已经成为往事了。社会非常容易建立起自己的秩序感，为了秩序那些不合时宜者会被祛除掉。巴别尔的文学记住了他们，它建立了自己的秩序和情感谱系。

董夏青青：生活有时残酷，逝去的、正在发生的以及将要发生的一切俱为历史，它真实发生过的。而作家不能逃跑，还要写，去安慰还在流血的地方。

项静：消化真实是好残酷的事情。不过如果文学能守护这些，还能做到的话，文学就是有必要存在的，不会被技术取代。

董夏青青：不会的，文学是良心。良心支配技术。说技术是技术本身，总感觉是个阴谋。想让我们相信技术是去意识形态的，自在自为。但操纵技术的总是人，是人格在支配所谓中立的技术。而良心，可以纠偏。历史的关键时刻，良心起到了决定性的作用，将来依然。历史很多时候，都是人心与人心的较量，巴别尔的小说和枪炮一样有力量。希特勒希望犹太人灭族，但如果巴别尔笔下这样健美的人都要被毁灭，还有什么值得留存？

项静：今天来看，健美和力量是文学多么重要的品质！尽管认识这么久都不好意思问，当时为什么会去新疆，毕竟留在大城市是很多人的选择。你的选择让我很自然地有一些联想，唤起革命年代的一些记忆，当然这只是我个人的一些胡思乱想。我相信肯定不是去获得写作经验那么简单，想听你讲讲当时的情况。

董夏青青：我喜欢写作，尽管天赋不高，好在愿意坚持。毕业前夕，一些同学已大致确定分配去向，一部分留京，一部分回家乡工作。那时家里父母希望我留京，在安稳的岗位上老实工作到退休。而我很想继续文学写作，想去未曾到过的地方获取多种生活经验。觉得对于素材的积累而言，走得越远越好。于是，经系里老师介绍，院领导的推荐，联系到新疆军区创作室主任。我把从小到大发表的习作整理成册，寄给主任。后来才听说，资料中一份简报打动了他。那是我高中就读的长沙市第一中学在校庆前夕印刷的一份荣誉校友简报，当时我刚获得"纪念沈从文一百周年诞辰征文"一等奖，沾这个奖的光，上了那份简报。打头排第一的校友是毛主席，最后垫底的校友是我。因为这份简报，总算被破格招收，来到新疆军区创作室。

在新疆，下部队有时会经历奇遇。记得有一年去北疆的一个边防连队采风，跟着军医去牧民家出诊，途中赶上刮大风、下冰雹，冰雹停了又开始下雨。三伏天在南疆和田采风时，遇上五百年一遇的洪水，在乡卫生所病得爬不起来。上帕米尔高原，路上遇到山体滑坡，我们乘坐的车差几分钟就被跌落的山石砸扁……许多这样的事情。包括我经常得做一块牌子，"厕所里有人"，带着下部队，因为边防基层营区里都是男性，生活上有很多不方便之处。这些事现在回想起来一是好玩，二是值得。所到之处，听见、看见的一切终于都转化成了文字。

项静：说你的作品大部分发在《人民文学》也不为过，起点就是很高的平台。在我们《思南文学选刊》转载之后，陆陆续续听到很多小说家和评论家赞美的言辞，包括一些读者都微信跟我聊你的小说，大部分都是不认识你的朋友，我非常相信这种素昧平生的口口相传的判断。看起来，你已经获得了同行们的高度认可，新书也在筹备出版之中。从自己的角度看，目前写作有什么困难吗？

董夏青青：目前最大的困难是素材的收集。我写小说很依赖生活细节的积累，而这种集腋成裘的活计还挺难的，需要长时间深入基层连队生活，广泛结交，这都得付出心力，忍受相对恶劣的自然环境和内心孤独才能完成。有时觉得自己很强大、很有劲头，可以漫山遍野地跑，有时又很想念在家人身边热茶热饭的稳定生活，挺矛盾。很希望自己能再坚忍一些，猛子扎得更深一点，多看多写。

项静：期待读到你更多的作品，也期待以后再继续聊聊写作，时间会带来很多不一样成长的痕迹。

《青年文学》2018 年 2 期

第四辑

告别与想象

游历西方与现代想象

遇罗锦在《一个冬天的童话》中提到一件往事。哥哥遇罗克在《暑期小报》上连载了童话《小气球飘洋过海记》,基本的故事情节是十月一日少先队员们在天安门前放气球,其中一个小气球飘洋过海,飞遍了中国和全世界。它见到了中国和苏联欣欣向荣的景象、美国黑人的苦难、非洲的反殖民斗争、资本主义国家的黑暗等等,完全是一个类似牧羊少年的奇幻旅程,毫无疑问这是当时学校教育的结果。遇罗锦说:"哥哥是完全相信的——又有哪一个'祖国的花朵'不相信老师的话呢?"[1] 少年遇罗克对于世界的看法,可以代表那个时代自上而下的世界想象,谁是我们的敌人,谁是我们的朋友泾渭分明,中国,苏联,美国黑人,非洲殖民地等以其意识形态上的一致性成为"我们"世界的组成部分,而以欧美为代表的西方资本主义国家是以黑暗的形象作为他者来构造和反衬着我们世界的。

20世纪70年代末80年代初,伴随着国门的开启,类似遇罗克童话中所拷贝的对世界的认识开始有了变化,并且出现了一套语言来概

---

[1] 遇罗锦:《一个冬天的童话》,《当代》,1980年第3期。

括新的形势和重新看到的世界，诸如"这是改革的年代，觉醒的年代，铁屋子开裂的年代""又一次从闭关锁国的状态中清醒过来""中西文明再度撞击""重新睁开眼睛看世界"等等。这些语言所挟裹的力量多多少少带着一种情绪的感染和似曾相识，表述主体感觉的语词与表达方式仿佛使得我们又回到了19世纪40年代的晚清；那种马上就被"开除地球籍"的焦虑感几乎袭击了所有的知识分子，与19世纪40年代的士人们的"陆沉"[1]意识同样地急切。

不过这种面目熟悉的感觉很大程度上是一种语言和言说方式上的相同，实际上20世纪70年代末80年代初与晚清却是有巨大差异的。首先，习惯性地表述为"闭关锁国"的说法是不成立的。社会主义中国是被"闭关锁国"的，美国等西方国家对中国基于意识形态问题的经济封锁，是中国被动的选择，而中国主流意识始终有共识——"即使我们在将来建成了社会主义工业国之后，也不能设想，我们就可以关起门了万事不求人了。事实证明：不仅社会主义各国之间的经济和技术的协作范围将不断地扩大，而且由于各国人民争取和平、民主、民族独立的力量日益强大，国际局势日益趋于和缓，我国同世界各国的经济上、技术上、文化上的联系，必然会一天比一天发展。因此，在建设社会主义事业中的孤立思想，也是错误的。"[2] 其次，"闭关锁国"重新成为一种自我体认的表述，背后是对非西方世界（非洲、苏联等）

---

[1] 单正平在《晚清民族主义与文学转型》一书中，对"陆沉"这个引起晚清时代共鸣的词做了词源学的考察和社会心理学分析，揭示了它所包含的深刻的社会情结和政治潜意识。它的产生与语义变迁正铭写着民族主义情绪，表明中国人如何看待自我与他者，如何评估自我在世界中的位置，又如何设计和筹划自己的现实与未来。

[2] 周恩来：《关于发展国民经济的第二个五年计划的建议的报告》，《周恩来选集》（下），人民出版社，1984年，第226页。

的其他国家和地域的一种有意的忽视。面对西方世界，我们采用了一个虚假地回到晚清的修辞，从而赋予了西方世界和西方空间相对重要的地位和意义，而曾经属于"我们"的世界已经被相对搁置，并且与国家对外政治、经济政策上也有某种一致性。[1]

始于1978年，被官方命名的"改革开放"的运动中，改革是一方面，开放是另一个方面，前者昭示了民族自身在劫难后重振元气的愿望和策略，后者为中国大众打开了一个西方空间。实际上这个西方空间在中国人的心理上从未远离，无论在什么时候都需要一个"有意义的他者"来强化自我的认同，即使在"文革"的狂热岁月中，过着"社会主义幸福生活"，对"世界上三分之二的人民生活在水深火热之中"充满同情的时候，深陷自我崇高形象的想象之中的国人大众，一时一刻也没有忘记过这个空间的存在。经历过那个时代的人不会忘记"超英赶美"这句传播范围相当广泛的典型口号，它暴露出我们自身面对西方时的自卑心态，并且在某种程度上体现出在这样关起门的时代，西方还是作为"可感知的他者"存在于国人的集体意识中的，只不过它太抽象，缺乏具体的形象与细节。我们对西方的印象是高度统一的，西方一度以各种抽象的话语存在——比如谈到美国，著名作家茹志鹃在去美国之前以排比句概括了国人对美国的想象，在某种程度上也可以代表对西方的想象："美国，在某些人心目中，是个天堂；在某些人眼里又是一个地狱；在某些人看来，是西方文明的先驱；在某些人看来，又是蛊惑人心的妖巫，有着各种可怕的着色糖衣迷药和不可抗拒

---

[1] 详细情况可参见《中华人民共和国外交史（1970~1978）》，世界知识出版社，1999年，第51页。

的精神魅力。"[1] 这种抽象的认识和表述，刺激着国人对西方强烈的认知欲望，希望能见到一个"真实"的西方。

改革开放后掀起过一轮文学热，直接对时代和历史介入性地发言，对"文革"，知识界各种反思，其中巴金的"说真话"引起了强烈的共鸣。巴金比较早地提出"文革"不仅仅是"四人帮"的事，每个人不但是受害者也是参与者，是推波助澜者，是有责任的。并且巴金首先拿自己开刀，认为自己在"文革"中说了假话。巴金在《随想录》中一遍又一遍地提倡说真话，认为"文革"的产生是说假话造成的，"说的真话并不一定是真理，但真理是在真话的基础上产生的"。对"真"的倚重可以顺延到西方自18世纪以来的现代"本真性"观念的讨论之中。在现代"本真性"观念产生之前，"对于人的完满存在来说，同某种本源——例如上帝或善的理念——保持联系是至关重要的"，但是随着现代"本真性"观念的产生，"我们必须与之密切联系的本源却深深植根于我们自身"。查尔斯·泰勒认为，"这个事实是现代文化深刻的主体转向的一部分，是内在性的一种新形式，我们正是由此把自己看作是具有内在深度的存在"，现代"本真性"使"忠实于自己具有一种前所未有的重要性"，"如果我不这么做，我的生活就会失去意义；我所失去的正是对我来说人之所以为人的东西"。巴金意义上的"真话"，一方面可以说是强调自我、个人的真实性的意义，另一方面更多的是对一个由个人组成的民族、国家的"真"的要求。

---

[1] 茹志鹃：《游美百日记》，《钟山》，1985年第2期。

一 "看见而描绘"[1]

1978年前后,全国掀起了一股声势浩大的出国考察热潮,以对外经济考察和交流为主。稍后陆续展开文化交流有作家参与其中,由于作家们舞文弄墨的天性,从中国作家第一次出国访问开始,就有大量的游记文字面世,从上世纪70年代末80年代初期到现在,其出版量之大真可以用汗牛充栋来形容了。[2] 似乎又回到了19世纪40年代的"睁开眼睛看世界","看"成了一个关键词。"今天,当我们重新拾起眼睛的时候,不再仅仅用一种纵的眼光停留在几千年的文化遗产上,而开始用一种横的眼光来环视周围的地平线了。只有这样,才能使我们真正地了解自己的价值,从而避免可笑的妄自尊大或可悲的自暴自弃。"[3]《今天》的发刊词,也许是那个时代最好的注脚。

文化界出版了各类"世界印象""体验世界""看世界""名家走世界"和"地球村观察""现代作家看世界""当代作家看世界""走向世界丛书"等旅外游记丛书。同时,各类杂志如知识分子味道比较浓厚的《读书》《博览群书》等陆续刊登董鼎山、费孝通、亢泰等海外作家以"纽约通信""巴黎鳞爪""纽约传真"为名的专栏文字介绍西方,

---

[1] "看见而描绘"一语出自切斯瓦夫·米沃什的诺贝尔文学奖获奖感言《偶然相逢》,见《诺贝尔文学奖名著速读》,中国书籍出版社,2005年。米沃什说:"'看见'不仅意味着置于眼前,它还可能意味着保存在记忆中。'看见而描绘',意味着在想象中重新构造。"

[2] 从目前掌握的游记目录得出的粗略统计可以看出,中国人游历最多、谈论最多的是美、英、日三个国家,相关统计数据可以参考陈晓兰《当代中国旅外游记中的西方表述》,见《当代作家评论》2008年第2期中据上海图书馆和上海大学图书馆馆藏目录统计:旅美游记约200部,旅英游记约100部,还不包括那些以国家、城市命名的各国别游记合集。在本文中,关于日本的游记部分由于不在论述框架内,所以不做讨论。

[3] 《今天·致读者》,见《今天》创刊号。

内容涉及文学流派[1]、大众文化[2]、出版机制[3]、社会思潮[4]、文学的商业化[5]等，以他们游历西方的经验，从文化、文学的角度对商业化的美国社会进行了一些介绍、批判和反思。然而说到他们的作用，就像董鼎山先生在《在野兽的腹腔中》一文中所说的："更重要的，可以借此了解美国社会的某些情况。"[6]

本文无意致力于对所有的海外游记做详细论述，而是做一个有选择性的介绍，涉及的游记主要以王蒙、王安忆、徐迟、高晓声、张洁、张承志等人较早的作品为主。一是因为他们是新时期出现在文坛上的比较重要的作家，在读者心目中具有重要地位，作品影响力比较大，他们的海外游记作品对时人想象西方具有重要的参考价值，对今天反观我们对西方的想象具有一定的历史价值。二是因为他们之后都有比较重要的作品问世，如王安忆的《我爱比尔》、王蒙的《活动变人形》等，继续讨论中西方问题，[7]西方空间的出现已经影响到他们文学创作的世界，成为一个比较重要的参照形象，而作为想象主体的他们，由于自己和世界的不断发展变化，不同阶段的作品带着特有的时代痕迹成为想象西方的重要环节。

---

[1] 如《读书》杂志董鼎山：《所谓"非虚构小说"》；《六十年代以来的美国小说——后现代主义及其他》，1983 年第 10 期；《"垮了的一代"三始祖》等，1985 年第 5 期。

[2] 如《读书》杂志亢泰：《詹姆士邦德与逃避主义》，1981 年第 10 期；董鼎山：《电视宣传与畅销书》等，1982 年第 11 期。

[3] 如《读书》杂志董鼎山："虚荣"的出版商》，1982 年第 10 期；亢泰：《艾伦·霍思和企鹅出版社》，1980 年第 7 期；董鼎山：《一份书评刊物的成功史》，1985 年第 5 期。

[4] 如董乐山：《托夫勒的"三次浪潮"论》，《读书》，1981 年第 11 期。

[5] 如《读书》杂志董鼎山：《文学的"艺术与商业"之争》，1980 年第 7 期；《美国黑人作家的出版近况》，1981 年第 11 期。

[6] "纽约通讯之董鼎山"：《在野兽的腹腔中》，《读书》，1981 年第 10 期，第 103 页。

[7] 将在后文撰述。

我们习惯性地认为海外游记是作家的亲身经历，第一次"看见"了西方，与想象似乎相距甚远，但是"看见"不仅意味着置于眼前，它还可能意味着保存在记忆中，"看见而描绘"，意味着在想象中重新构造。本文不直接处理他们经验层面上对西方的感觉，而是他们游历西方的体验，这种体验存在于他们的写作中，"我们没有能力'第一次'体验事物；真正的体验的可能性只有在第二次才会逐渐发展（靠的是写作而不是回忆）"[1]，我们没有办法讨论他们的感觉只能面对他们的作品。

尽管"看见而描绘"从文学创作的角度来看仍然是一种想象活动，但是此时的游记文学更为重要的意义是它们所传达出的"眼见为实"的感觉。这些游历西方的游记作为一种与个人的"真实性"紧密联系的特殊的文学形式，暗合了强烈的民族、国家的"真实性"之需，与其他一切写作主题一道，都需要以"真实"的名义来与过去沉重告别，告别"蒙与骗""假大空"的文艺。

二 延迟的震惊

到达西方的土地之上，作家们的文字风格变得与国内正如火如荼的"伤痕文学""反思文学"拉开了一定距离，他们平和细致地记载在

---

[1] ［美］詹姆逊著：《快感：文化与政治》，王逢振等译，北京：中国社会科学出版社，1998年，第364页。关于经验和体验的区别，参见下引《体验与诗》和本雅明的《发达资本主义时代的抒情诗人》（张旭东、魏文生译，北京：生活·读书·新知三联书店，1989年，第132、168页等处）。伽达默尔的话可以作为一个出发点："如果某个东西不仅被经历过，而且他的经历存在还获得一种使自身具有继续存在的特征，那么这种东西就属于体验。以这种方式成为体验的东西，在艺术表现里就获得了一种新的存在状况。"（童庆炳：《经验、体验与文学》，载《北京师范大学学报》［人文社会科学版］，2002年第1期）

西方世界每一天的吃穿住行，仔细观察物质丰富的超市、大楼林立的街道，细腻地感受每一个五彩缤纷的夜晚，试着理解这个与自己的国度完全不一样的世界，对他们的高技术、便利的生活、舒适的环境、人与自然的和谐发出感叹。这是一个多么不一样的西方！相信每一个作家都在心里发出这样的感叹，与我们原来的理解有那么多的差距。按照我们现在的一般推理和众多的文学再现，作家们在遭遇西方发达资本主义世界时应该立即遭遇了一个心理瞬间："这是一个本就在浩劫中伤了元气的民族，骤然碰撞西方而眩晕失重的瞬间；一个国人习以为常的经验理性骤然失效失灵，不复能辨认自我和世界的瞬间；一个凭借孤独生存而健全的一整套心理防范系统无力招架外来刺激的瞬间；一个本雅明意义上的'震惊'瞬间。"[1]或许这情形有点像刘姥姥一进大观园首先遭遇的不是兴奋，而是惊骇和眩晕，或者正如诸多文学作品中所描述的乡下人进入大都市后因物质刺激产生的眩晕感。

然而，阅读这些游记的时候，这个猜想是落空了的，我们发现作家们表现出了优雅和从容。1980年开始出国，周游欧美亚非30多个国家的王蒙，在谈到境外旅行写作时说："力求记琐事，力求不发议论，兴之所致，信手拈来。"在谈到游美的心境时说："访问美国时对一个作家的心灵来说并不是特别困难。""它好也罢，赖也罢，你有时候嗤之以鼻，有时候五体投地也罢，它是它，你是你。"[2]而这些瞬间在之后的写作和打工文学[3]中却得到了浓彩重墨的描写。作家们几乎都表

---

[1] 孟悦：《历史与叙述》，西安：陕西人民教育出版社，1998年，第111页。
[2] 王蒙：《王蒙漫游美文》，广州：广东人民出版社，1999年，第298页。
[3] 此处的打工文学是指以《曼哈顿的中国女人》《北京人在纽约》等为代表的文学作品。这些作品几乎无一例外地极力渲染了主人公在到达发达资本主义世界以后视觉刺激下的眩晕感。

现出了从容大度，处变不惊，似乎发现一切都在意料之中，震惊也是在可以掌控的范围内，是可以用原来的一套语言来重新对接这些震惊的。但是在王安忆回国以后经过一段时间的冷静，这个"震惊"瞬间却被描述了出来："面对着和自己三十年生活决然两样的一切，一时间除去眼花缭乱，来不及有别的了。心中似乎什么都没有，连旧有的思想也没，成了空白……然而，却常常被一种莫名的情绪所搏动，或兴奋，或焦躁，或喜悦，或悲哀，唯独没有了平静。总是心神不定，六神不安，最终成了苦恼。"[1]

这个震惊的瞬间是被延迟了的，那么这意味着什么呢？一是，资本主义在当时的语言系统里只是物质富裕，在精神上，社会主义中国还是具有优越意识的。"资本主义已经存在了几百年，不论就其物质结构或者意识形态而言，它的模式早已固定，只是沿着一个固定的齿轮旋转下去，再没有什么新鲜玩艺儿了。而社会主义却是一个崭新的社会形态，它才有几十年的历史，它年轻，它幼稚，它也许会哭泣，然而它正在长大，具有蓬勃的生命力。它也许会跌跤，它在发展中，前进中，它会成功，它会欢笑。……一个行将就木的老人，坐在一旁指责并嘲笑一个不满周岁的婴儿不会使汤勺吃饭的时候，那对谁是一种悲剧呢？"[2] 我们不能在物质面前败下阵来。周扬曾经强调过一点，我们需要把歌颂社会主义建设（国家工业化进程）与思想文化观念上的反对"资产阶级文艺思想"严格地加以区分。他认为社会主义文学精神上的"纯洁性"，与这种文学对物质层面的国家工业化建设的"歌颂"

---

[1] 王安忆：《小鲍庄·后记》，上海：上海文艺出版社，1986年，第452页。
[2] 张洁创作谈：《我为什么写〈沉重的翅膀〉》，《读书》，1983年第5期。

和"表现",应该属于两个不同的范畴。[1]对于西土之行所遭遇的物质丰盈和发达景观,是可以在我们已有的文学表达中找到应对的方式的。也就是说,此时的文学语言完全可以把握这些突如其来的"真实",不会产生表达不了的不安和惶惑。这就延迟了"震惊"时刻的出现。但是同时,我们也应该看到,90年代的海外打工文学中对"震惊"的刻意书写也许只是一种写作策略,有自己潜在的诉求,祛除政治对心灵的禁锢,释放对物质和财富的向往。既然震惊的时刻被延迟了,或者说没有在场,那么作家们如何处理两个世界的巨大差异呢?他们记录了许多次的感情最大公约数。

三 感情的最大公约数

张洁在《一个中国女人在欧洲》里描绘了多位西方人的形象,让我们感觉到他们是那么的和蔼可亲,面对欢送的人群张洁的情感喷薄而出,由衷地感叹:"那一瞬间我突然变得非常呆傻,我怎么也闹不明白,世界上为什么有人说日本话,有人说美国话,有人说德国话,有人说中国话,有人说法国话……而不说一种大家都懂得的话;我也不明白世界上为什么会有那么多国家。"王蒙在《浮光掠影记西德》中提到了相同的问题,他掩饰不住内心的激动:"我们生活在社会制度、文化传统、技术水平全然不同的两个国家。然而我们又是生活在共同的大地上。同样生长着绿树和红花,同样行走着汽车和火车,同样有手挽着手的热恋中的少男和少女,人民同样有着争取幸福和解放的愿望和

---

[1] 程光炜:《文学想象与文学国家》,郑州:河南大学出版社,2005年,第4页。

同样有着用自己的双手建设自己的生活的本事。"在长期疲惫的对抗情感教育后,我们丝毫不怀疑这种情感的真实性,在这样的叙述中,我们尽管暂时获得一种情绪发泄,获得一种情感上的满足,作为一段历史和曾经的亲身经历,这样的文学表达或许可以看作是一个瞬间的失重,失去思考的时间和空间,只能抓住最顺手的工具——人道主义。

乐黛云在谈及"异族""他者"研究时说:"当所在国比较强大,研究者对自身的处境较为满足的时候,他们在'异域'寻求的往往是与自身相同的东西,以证实自己所认同的事物或原则的正确性和普遍性,也就是将'异域'的一切纳入'本地'的意识形态。当所在国暴露出诸多矛盾时往往将自己的理想寄托于'异域',把'异域'构造为自己的乌托邦。"[1] 此时的作家们,处于两种矛盾之中,精神力量的巨大能量使得他们能够从容地应对物质丰富的巨大刺激,往往在不自觉地寻找与自身相同的地方,而国内的诸多矛盾又使得他们不得不保持一种学习的心态。在这种矛盾中,感情的最大公约数问题的出现就顺利地化解掉了这些杂乱的思绪,比如当西方人对王蒙说自己不理解在中国发生的事情("文革"),王蒙答非所问地回答道,自己理解这些也是有困难的,"但我们必须总结经验和加强相互了解,因为我们正在前进,同时我们生活在地球上,而这样的适合人类居住的星球迄今只有一个"。[2] 遭遇西方的时候,总是要靠这些感情上的最大公约数来对话、表达自己的情感和表现人物形象,除此没有其他方式。最重要的一点就是祛除了政治问题的考量,最普遍的人道主义是没有"政治"意味的,"政治"

---

[1] 乐黛云:《关于'异'的研究·序》,引自顾彬:《关于异的研究》,北京:北京大学出版社,1997年,第2页。

[2] 王蒙:《别依阿华》,《人民文学》,1981年第3期。

化也许因为与社会主义时期贴得太近而名誉不保,当我们呈现西方时,祛除掉"政治"意味,同时也就是在重新规划历史,调整时间意识。

此时,值得一提的应该是"走向世界丛书"。1980年开始由湖南人民出版社与岳麓书社集中出版,是一大批清末民初人士的域外游记,内容从社稷民生到生活方式礼仪等,包罗万象。"走向世界丛书"是80年代最有影响的一套湘版书,主编者为钟叔河先生。《读书》杂志还就这套丛书发表了讨论文章,学界泰斗钱锺书亲自作序,支持这种出版活动和开风气之先的思路。这部丛书辑集的作品,从各自的角度记下了中国人对19世纪世界的探求和认识,着眼于社会政治、科学文化,记述了中国人怎样从中世纪式的昏暗中睁眼展望近代史的晨曦的历程,"记录了十九世纪中国人开始走向世界的早期的脚印,是文史趣味与学术价值兼而有之的一部小丛书"。[1] 丛书《总序》说,它是以"在中国共产党出世以前向西方寻找真理的一派人物"的作品为主,"有的人主观上虽不怎么追求进步,但所处地位重要,写的书又有历史价值和文学兴味,只要在政治和涉外方面没有严重问题,也酌予收录"。[2] 这些西方游记文学在思想史、文学史上都具有宝贵的价值,在20世纪80年代重新出版,其意义更是值得重新讨论。它们寄托了编辑新的历史考量和新的政治诉求:一、把共产党统治时期作为一个重要的分水岭,有意识重新梳理一条异于共产党或者说社会主义时期西方想象的纬度,晚清民国时期成为一个重要的想象资源地。二、把"走向世界"的意识历史化,果断地从社会主义时期自我中心的虚假想象中挣脱出

---

[1] 陈朴园:《走向世界丛书》,《读书》,1981年第9期。
[2] 钟叔河:《从东方到西方——走向世界丛书叙论集》,长沙:岳麓书社,2002年,第2页。

来，重新确立自我的位置。知识分子已经开始有意识地与自汉朝以来的中西交流打通，表达了在走向世界的过程中实现政治、经济、文化再次辉煌的期盼。这一诉求可以看作是对社会主义时期"时间"意识的一次整理。

同样是海外游记，瞿秋白在《饿乡纪程》《赤都心史》中对苏联有大量暴露、不满和失望，但是这些暴露都不是引导我们逃避革命，而是告诫我们要敢于正视人生，它使人清醒，而不是让人迷惘。瞿秋白字里行间处处都能让人听到"万重山谷外'新曲'之先声""令人振发，说：黎明来临，黎明来临！"。大卫·哈维[1]（David Harvey）把这种时间意识称为"时间进程的乌托邦主义"（utopianism of temporal process），它不同于空间形式的乌托邦，不是凭空设想出一个理想的空间秩序，而是把一个无阶级的社会主义社会的理想设想成历史进步的终点，明显包含着一种乌托邦想象和冲动，只是这种乌托邦想象和冲动并不在空间形式中展开，而是在时间的进程中展开而已。事实上正是基于这种"时间进程中的乌托邦主义"信仰，瞿秋白才能在面对苏联种种丑恶的现实和困苦景象时，仍然维持着对社会主义革命事业的信仰，坚持着他那条驶向赤都的既定航程。确立了"时间进程的乌托邦"这样的时间观，就不会简单地认同感情的最大公约数，它需要确立一个优劣的序列，一个社会主义与资本主义时间序列，并且会影响到具体的形象塑造。

人们常常把历史当成事件的顺序组合，或者历史学家所公认的时

---

[1] 转引自张历君：《镜像乌托邦的短暂航程——论瞿秋白游记中的乌托邦想象》，《当代作家评论》，2006年第1期。

间段，历史学家的观点在历史教科书中成了"事实"；虽然存在诸多虚构的痕迹，但为方便起见，我们还是需要在清末民初、1949年后的标题下，讨论一个历史时期。这并不是假定一个事件与其暂时相近的事件之间有着必然、直线或者共识性的延续性。任何历史时期，虽与其他历史时期多有联系，通常缘于特定的情境，人们很难感觉到这些情境有顺畅的连续性。正如海登·怀特所说的，说书人与历史学家依靠一些在文化上常见的情节以找出"恰当"的事实并组合成有说服力的序列。以人道主义为事实依据而组成的有说服力的序列显然是把1949年后的社会主义时期抽离的，并且削平了"时间进程的乌托邦主义"所确立的时间观念。

"走向世界"的方位问题转化成一个时间问题，就像胡风在新中国成立之初宣布"时间开始了！"一样，历史翻开了新的一页，人们一举把那些悲情和不堪的岁月抛弃了，政治家和历史学家、文学家们命名为"新时期"，欢乐的祈望，真诚的祝愿，热切的憧憬都成为这个时刻的诗意表达。

以前表现西方的文学作品往往是高度概括和抽象的，这一次，我们在具体的游记中看到了物质富足、安居乐业、和善友好的西方。然后我们转身把我们与他们的关系重新抽象化，我们有那么多的"共同"，以至于似乎开始幻想遗忘一切不愉快了，比如1840年以来的与帝国主义的对抗，在"共同"的名义下化解了西方对中国的诘难，同时也消解掉了一段悲情的历史。

王安忆在《旅德的故事》[1]中记录了自己在德国的参观经历，有一

---

[1] 王安忆：《旅德的故事》，《收获》，1988年第1期。

瞬间她想起了自己的家:"这一种想念像一桩缓解不了的心事。始终的、永远的梗在我的心里。在我以后的旅行中,我一直怀了这一桩心事,因此我再也不可能彻底的快乐起来,而以后的旅行,意义也全不在于'快乐'这两个字了。"我的理解是,王安忆在说一段无法安放在"快乐"完满的情节之中的历史,它们不会就这么过去,必定要作为一个"问题"在某个时间点或者某个作家的作品中重新呈现出来。后文所述的张承志就是一个例子。[1]

四 "美好生活"与"老人"形象

事实上,自东而西的想象、旅行与认识,有史以来不间断地存在着。在近代意义上的"西方"刺激之前,已经存在对西方的认识和表述。在中国这个国度里,自上古至近代,生活在天下观念下,向来存在着超越自身所处国度的思想,这些思想包括了"西方"的方位感,这个"西方"地理位置并非恒定,处于漂移中。西方在摒除了一切外衣以后,是一个地点、方位,与在改革开放以后所获得的支配性空间意义不可同日而语,在这个由地点、地方性到空间的叙述过程中,文学发挥了巨大的作用(我们有必要检视一下文学在这个时期的巨大作用,有人命名为"文学热",与此后出现的文学的边缘化相对立)。价值的分配、正面意义的获得,都会对一个地点产生支配性的空间意义,特别是在革命叙事中,某一地点往往与"神圣"时间、真理、终极目标联系在一

---

[1] 关于张承志的西方游记《绿风土》将另文撰述,张承志从信仰和价值观角度对西方提出了质疑。

起；那么，对空间的叙述又转化为对时间的叙述，这个空间由此被置入一个时间的序列，获得更多的意义和相对于其他地点的叙事和文化的权力，比如瞿秋白游记中对"苏联"的叙述，革命文学中对"延安"的叙述。安东尼·吉登斯[1]认为，现代性导致了空间和地点的分离。时间被标准化了，因而现代制度可以很轻易地就被移植到其他语境，从而脱离自身的社会语境。这样一来，从千里之外控制空间就变得更加容易，而地点，即"地理上一定的社会活动的物理环境"，就越来越体现出"来自远方的社会影响的渗透和塑形"。[2]在西方游记中，这个带有支配性空间意义的西方的形成，与记述者的物质匮乏和渴望密切相关，他们描绘的西方形象大多通过技术形象的塑造来完成。

我们几乎可以在每一个作家的作品中找到丰富的物质、机械化和电子技术的描绘，几乎每一个作家游记都做出了相应的记录。如王小鹰的《美国西雅图 King country 监狱纪实》中写道："门的开关都有中央控制台的电脑掌握，没有任何人可以用钥匙打开它们。门的左右方安有隐蔽的摄像机……电脑的使用使监狱的管理简便了，也更集中、更严密了。"刘心武在《圣地亚哥所见》中特地指出，购物中心从设计到施工到完成内外装修，都离不开电脑，并且使用上了当今世界上所有最新型的建筑机械和建筑材料。时任山东省"革委会"主任的杨波，主管经济，访问了西欧五国，他在《开放前夕的一次重要出访》[3]中，对"技术"有了一个新的认识，从经济学的角度强化了作家们的感性认识，

---

[1] ［英］安东尼·吉登斯：《现代性的后果》，田禾译，南京：译林出版社，2003年，第128—135页。
[2] 同上。
[3] 见《百年潮》，2002年第2期，第11页。

也可以代表当时人们对技术的认识转变。"就我个人来说，可以说是开了眼界，增加了许多知识，了解了许多新情况，也改变了过去的某些观念。因为过去读政治经济学著作，讲到资本主义的寄生性和腐朽性，讲到帝国主义最深厚的经济基础就是垄断，说这种垄断必然引起停滞与腐朽的趋向。那么'技术'进步，因而也是其他一切进步的动因，前进的动因也就是在相当程度上消失了；其次在经济上也就有可能人为地阻碍技术'进步'（见《马列著作选读》政治经济学卷，第367页）。就是说过去认为资本主义发展到最高阶段，就阻碍技术进步，就不用积极采用先进的科学技术。而这次到西欧五国一看，现实的情况使我的原有概念改变了。事实告诉我们，它们不但不阻碍技术进步，而且在激烈的市场竞争中千方百计采用先进的科学技术。政府和企业特别是大的跨国公司，每年都投入大量资金用于科学研究，用于开发先进的科学技术，快速地更新生产设备和生产技术。"他用自己看到的"事实"得出结论：国民经济现代化的关键是科学技术的高度发展。

从政府官员的言论，可以看出两点，一是以科学技术为媒介重新认识和了解了西方资本主义国家，另一点就是，在科学技术问题上中国一直是坚定的现代化思路。比如毛泽东一直强调"学习资本主义国家的先进的科学技术和企业管理方法中合乎科学的方面……工业发达国家的企业，用人少，效率高，会做生意，这些都应当有原则地好好学过来，以利于改进我们的工作"。[1] 推及"五四"以来对科学概念的广泛运用，可以看出科学概念已经构成20世纪中国思想的主要特征之一。科学不仅是解放的象征和召唤，而且也为各类社会事务提供客

---

[1] 毛泽东：《论十大关系》，《毛泽东著作选读》（下），北京：人民出版社，1986年，第733页。

观依据；它不仅证明了新文化人物所期望的变革的必要性，而且也提供了这种变革的目标和模式，并成为一种替代性的公理世界观。[1] 自"五四"以后一直是坚定地确立在国人心中的，毛泽东的社会主义，一方面是一种现代化的意识形态，另一方面是对欧洲和美国的资本主义现代化的批判，但是，这个批判不是对现代化本身的批判，恰恰相反，它是基于革命的意识形态和民族主义的立场而产生的对于现代化的资本主义形式或阶段的批判。[2] 对于科学技术现代化的想象与憧憬，一直以来是在国家的层面上被广泛动员并且深入人心的；对于未来的许诺，也是以科学和技术的现代化为基础进行描述的——"楼上楼下电灯电话""点灯不用油，耕地不用牛"。作家们对西方机械化和电子技术的日常生活应用做这样的描绘和赞叹都在情理之中，也可以看作是对于未来中国的一种勘定和想象。

对西方技术形象的建立绝不是一次简单的描绘。王安忆在《归去来兮》[3] 中说："写小说是心灵、情感的劳动，而我想，写小说也应该是一桩科学、理性的劳动。我力图学会用一双非文学的眼睛看生活，因为我发现，科学、机器中却也包含着偌大的情感。当机器代替了繁重而残酷的体力劳动，当电脑终于将人从机器的附属地位解脱出来，科学显示出多么深的人道和博爱啊！生活中有着偌多的缺憾，而我决不回头去，到原始洪荒中去寻找乐土，乐土在彼岸。既然历史是这样的向前走，被偌多的人推动着又带着偌多的人，这样的向前去终有它的理

---

[1] 汪晖：《去政治化的政治——短20世纪的终结与90年代》，北京：生活·读书·新知三联书店，2008年，第161页。

[2] 同上书，第64页。

[3] 见《文艺研究》，1985年第1期。

由。历史的前进，抑或会有悲剧，会有残忍的事情发生，可是它终是对的。我愿意我不是做小说的，我有坚强的神经，我能冷冷地看生活。"

这是一句让我很受触动的话。它不是简单地对技术的崇拜，而是包含着痛苦的感情挣扎，唯有挣扎和痛苦的存在才是挣脱抽象化语言表达的标志。它不再是一种道理，它成为一种撕扯内心的感受，这些恐怕只有身处其中的人才能体会吧。作者最后话锋一转："历史的前进，抑或会有悲剧，会有残忍的事情发生，可是它终是对的。"王安忆把技术所代表的西方形象与爱、人道主义、历史的前进等意义放在一起的时候，这个"西方"已不复是一个地点，而是一个空间，并且具有支配性和道德上的优越感，连王安忆这样的作家都痛苦地做出了自己情感的抉择："我愿意我不是做小说的，我有坚强的神经，我能冷冷地看生活。"

作为后发现代性国家的作家，又刚刚从政治的桎梏中解脱出来，在描述西方的时候，写作的最重大的主题其实暂时可以归结为，什么样的生活才是一种好的生活，也就是上边所说的"美好生活"。因为他们有对差异文化（这里的文化指广义的文化，包括政治、经济等等）的体验，所以他们对这个问题的感受也就特别强烈。中国作为一个追求现代化的国家，其经验与 19 世纪的德国相近，这里可以用狄尔泰讨论德国文学的话来对比："它产生于一种创造性的冲动，这种冲动决定了它的特性。这种特性产生自要求塑造一种新的生活理想的民族的渴望，这种渴望的原因是一系列历史条件。"[1] 追寻"美好生活"，冀望

---

[1] ［德］狄尔泰著：《体验与诗》，胡其鼎译，北京：生活·读书·新知三联书店，2003 年，第 143、4、16 页。

世俗社会中"美好生活"的设计与实现具有意识形态的意味。意识形态是一种有关美好社会的文字幻象,一种建构此种社会的信仰形式,这种意识形态的追随者相信实施他们的计划,改变政治系统,就会获得比现在要好的社会生活。中国现代性历史是沿着历史哲学的现世进步方向、追逐"美好生活"的历史。从历史哲学的政治性看,"美好生活"关涉历史与现实的批判;从意识形态和政治行动看,"美好生活"关涉革命、战争、政党和阶级斗争。施特劳斯认为,韦伯的观点:"政治,是指争取分享权力或影响权力分配的努力,这或是发生在国家之间,或是发生在一国之内的团体之间。"[1]是现代政治科学关于政治的典型表达,却不属于政治哲学。施特劳斯说政治哲学不同于政治科学,在于前者是对"美好的生活和健全的社会的知识"做终极意义上的价值思考,后者只是政治的实证分析,它只问事实却不问价值。但是价值问题并不可能消失,尤其是中国这样从共和国历史中走出来的国度,于是在游记作品中高楼林立、灯红酒绿的西方世界频繁出现这些具有人道主义色彩的老人形象。

丁玲《曼哈顿街头夜景》中描写了这样一位老人:

> 看,那街头坐着一位老人,佝偻着腰,半闭着眼睛。行人如流水在他身边淌过,闪烁的灯光在他身边掠过。没有人看他一眼,他也不看任何人,他在听什么?他在想什么?他对周围是漠然的,行人对他更漠然。他要什么?好象什么都不要,只是木然的坐在那里。

---

[1] [德]马克斯·韦伯:《学术与政治》,冯克利译,北京:生活·读书·新知三联书店,2005年,第29页。

他要干什么？他什么也不干，没有人需要他干点什么。他坐在这繁华的街头。……让他独自在街头，在鲜艳的颜色中涂上灰色的一笔。在这里他比不上一盏街灯，比不上橱窗里的一个仿古花瓶，比不上挂在壁上的一幅乱涂的油画，比不上掠身而过的一身紫色的衣裙，比不上眼上的蓝圈，血似的红唇，更比不上牵在女士们手中的那条小狗。他什么都不能比，他只是在一幅俗气的风景画里留下一笔不显眼的灰色，和令人思索的一缕冷漠和凄凉。[1]

王蒙《浮光掠影记西德》里也描述了一位类似的老人，大西洋饭店大会客厅角落里的老琴师：

没有一个人注意这个老人，没有一个人与他说话。在这个红光紫气、色调温暖、摆设华丽、灯光通明又充满了一种橄榄油和茉莉花的芬芳的大厅里，在德意志联邦共和国的这个著名的海港，著名的商业和文化城市，汉堡的最大的一家旅社里，老人显得孤独、遥远和陌生。[2]

这些老人形象与物质上的"美好生活"形成鲜明对比，在"看"西方的过程中所产生的快乐情绪一定程度上受到阻碍。王蒙说，这情景"引起了我极为复杂的情绪。但是我并不了解他，我说不清我的感受，我的联想和想象有着太大的冒险的性质……"。带"冒险"性质的

---

[1] 丁玲在《曼哈顿街头夜景》里描写的一位老人形象。

[2] 王蒙在《浮光掠影记西德》里描述的一位大西洋饭店大会客厅角落里的老琴师。

想象与联想应该是政治哲学意义上的"政治"所关注的最好的秩序和正义，而不是政治科学。施特劳斯相信政治哲学曾经是普遍的，政治曾经是特殊的。政治哲学关注的是社会最好的或正义的秩序，这种社会不因时间地点而有本质上的改变；政治关注的则是这个或那个特殊的社会的存在与幸福，这种社会在一个特定的地点和一段时间内存在。另一方面，在我们的时代，政治实际上能够变成普遍，政治哲学却已经消逝，政治哲学让位于意识形态纲领或实证主义之流。这个问题存在，使得张承志对西方的批评意义就不仅仅是一句保守主义或者顽固的激进主义所能概括的了。

80年代的这一批游记文学及其出版，在当代文学历史上可能是无足轻重的，文学价值也未必有多高，多年以后赵毅衡甚至对短时间内写出大量这样的旅游散文的王蒙、冯骥才言多讽刺揶揄之意。赵毅衡的意思大概是在追问谁才有对西方描述的"话语权"，这是另一个问题。这些散文在建构西方空间的过程中应该是起了排头兵的作用的，无论"西方"在今后其他文本中是何种面貌，早期的迈步是需要注意的，并且他们不仅仅是带着自己的眼睛在看西方，而是带着一个"社会"的眼睛在看。突然进入西方，物质丰盈，技术进步，商品琳琅满目、令人目不暇接，但他们还是有选择地呈现给了国人，这些选择与时代、环境、传统、个人息息相关，片面但是带着时代的痕迹。回溯这些文学往事，带给我们许多值得思考、值得回味的文学意象，和珍贵的文学资料，并且影响到后来的文学对西方的叙述。许多时候，我们预料到了开始，没有预料到结局，开始的敞开局面与种种萌芽的思绪，到20世纪90年代许多已经简化成程序化的情节，或者溢出了最初的设想。

告别与想象：重返20世纪70年代

卡西尔说，我们更多的是生活在对未来的疑虑和恐惧、悬念和希望之中，而不是生活在回想中或我们当下经验之中。思考着未来，生活在未来，这乃是人的本性的一个必要部分。20世纪70年代末是一个以告别为主导情绪的时代，我们一边检讨一边设想未来。1976年10月，"四人帮"成为了过去年代的注脚，曾经高蹈的理想与革命话语，在此时失去了效用；事后以"新时期"命名的时代正在艰难地起步，这个时代面临巨大的转型，作为在当时具有重要影响的文学知识分子，借助"伤痕""反思"文学参与到这一历史过程中。

一

1977年11月小说《班主任》在《人民文学》发表，在社会上引起巨大反响。这篇作品写的是"文革"结束后一位班主任与青少年之间思想碰撞的故事，它提出了一个令人警醒的迫切的社会问题：救救被"文革"毒害的孩子们的心灵。高度赞扬《班主任》的批评家们认为，"文革"结束时，我国人民正面临着深入揭批林彪、"四人帮"，肃清其流毒的重要任务，《班主任》就是最早用艺术实践来回答这个课题的一篇小说。它对新时期文学是有特殊意义的。这篇作品写的是"文革"结束后一位班主任与青少年之间思想碰撞的故事，它提出了一个令人警醒的迫切的社会问题：救救被"文革"毒害的孩子们的心灵。

伏尼契的小说《牛虻》，在《班主任》中作为情节冲突，被表达出来并结构了整个小说，关于《牛虻》的阅读问题争论是小说的一个核心关节点。小说中的宋宝琦，还不足十六岁，就走上了犯罪的道路，相信能折腾就能"拔份儿"，这是十年动乱中我们社会的一个不足为怪的现象。小说中还有另一位学生，积极向上、思想端正、求知欲强，对生活充满信心的谢惠敏，一位被认可的"好学生"，她与宋宝琦本来是风马牛不相及的，但是在对外国小说《牛虻》的态度上却达成了一致，宋宝琦撕掉《牛虻》的封皮，当作黄书来看，与谢惠敏激烈地宣称《牛虻》为黄书异曲同工。

这不仅是一个小说的细节问题，而且是引起社会共鸣的社会问题，当时的读者群中也有类似的问题。在小说的讨论会上大家认为："作品中写围绕《牛虻》这本书的冲突是很有普遍性的。"比如一位青年女工说，她从小就非常喜欢阅读文学作品，开始是读童话，以后又读了些古今中外的名著，从中看到了不同的社会，不同阶级的人，明白了许多道理。但这却不被周围的人所理解，反而被人家嘲笑，说这样小的年龄就有这样浓厚的资产阶级思想和感情。当然读这些书需要有正确的指导，但怎么能说看这些书就是不革命的表现，就不能加入共青团呢？另一位工人同志也有同样的经历。他上学的时候，语文课光讲些八股文之类的东西，实在乏味，他便和一个同学在课堂上看巴尔扎克的《高老头》和左拉的《崩溃》，被排长（班长）发现了，就说是看黄书，结果把书给没收了。我们可以把两个时代("文革"中与"文革"前）的人对《牛虻》的不同理解扩大为两代人阅读的差异，是两种不同的文学教育产生的不同后果，以及对于时代认同感的差异。

而从作品的主导倾向上，我们也能获得一个信息：新的时代对以《牛虻》为代表的文学阅读知识谱系恢复的要求，以及某种"向后看"，对于"过去"（十七年所代表的秩序与传统）的怀念之情。小说里提到谢惠敏把英国作家伏尼契的小说《牛虻》斥责为黄书，小说中的班主任张俊石老师回忆起自己中学时代（十七年或者更早）的情况："那时候，团支部曾向班上的同学们推荐过这本小说……围坐在篝火旁，大伙用青春热情朗读过它；依扶着万里长城的城堞，大伙热情地讨论'牛虻'这个人物的优缺点……"这本英国作家伏尼契写成的作品，曾激动过当年的张老师和他的同辈人，他们曾从小说主人公的形象中汲取过向上的力量。"……也许当年对这本小说的批判不够？也许，当年对这本小说的精华部分理解得也不够准确，不够深刻？……但，不管怎么说——"从这段描写中可以看出张俊石老师的心理活动是十分复杂的，一方面有对自己读书时代（其实是十七年）的美好怀念，另一方面则表现出胆怯地反抗"文革"文学教育准则，但最后他还是坚决地拒绝将《牛虻》当作黄书的结论。在两代人不同的文学教育中，必须强调阅读是一件举足轻重的大事。"对解放后出生的这代青年实施的庞大的革命化教育工程中，文学虽然是一个较小的项目，但是它形象化的功能和当代性、青年性的特征，却能最大程度地影响青年人的人生选择，深入他们的精神世界，发挥其他教育方式不可替代的作用。检讨一代人文学阅读的历史，其意义不亚于对一个时代的检讨，因为，它毕竟包蕴了一代人生命成长和思想寻求的全部隐秘。"

从文学阅读的角度来说，晚清、"五四"以来对西方文学的译介依然存在影响，新文学的参照系就是"求新声于异邦"的西方文学；大量西方文学作品译介进来，甚至于上世纪20年代—30年代形成一个翻译西方文学的高潮。世界书局（后更名为新华书局）出版了"ABC丛书"（徐蔚南主编，发书将近200种，多是西方文学著作），包括"世界少年文库""罗曼·罗兰戏剧丛书"《莎士比亚戏剧全集》《左拉小说选集》；泰东图书局出版了有关新思潮、新知识以及译介苏联情况的书籍，如《世界名家小说》《世界儿童文学选集》《托尔斯泰小说集》和厨川白村的《近代文学十讲》等；商务印书馆、启明书局、北新书局、生活书店等都出版了各自的"世界文学名著"。有人将这个时期称为中国翻译西方著作的第一个"名著时代"。新中国成立后，苏联文学在特殊的政治文化语境中受到盛况空前的欢迎，50年代中国译介苏联作品的数量远远超过了此前译介的总和。《钢铁是怎样炼成的》《卓娅和舒拉的故事》《青年近卫军》等作品成为青年们的人生典范，对他们人生观的形成几乎起到了决定性的作用。在"双百"方针的指引下，新民主主义国家的文学及其他资本主义国家、殖民地半殖民地国家的革命的进步的文学也陆续进入翻译日程，推出了"1956—1963年世界文学名著千种翻译选题"，出版了大量的欧美文学名著。即使是在"文革"时期，西方文学作为一个西方的符号，并没有完全隔绝于那一代人的阅读，地下文学、文学沙龙、作为批判样本的特殊出版等形式继续着对西方文学的传递。据杨健在《文化大革命中的地下文学》中记述，早在70年代冬天，北京知青精神上的早春已经开始了，两本最时髦的书《麦田里的守望者》和《带星星的火车票》向北京青年吹来一股新风。随即，一批黄皮书传遍北京，叶夫杜申科的《〈娘子谷〉及其它》、尤金·尤奈斯库的《椅子》、萨特的《厌恶及其他》等,同时开始在青年中流传手抄本小说。"文革"期间的沙龙中开始传阅的是"文革"前出版的各类小说,以及"灰皮书"("文革"前的内部书,多为灰书皮),如《第四十一》《一寸土》等,也有欧·亨利的小说。后来又开始传阅黄皮书,是"文革"中由内部书店印刷发行,只供高干阅读,封面多为黄色,内容多为苏联小说;也有比较先锋的西方艺术作品,比如《椅子》。这些书印刷出版是供批判用的。

官方(半官方)对接受"欧美"文学是给出了一个范围的。按时间划分,大体上是19世纪末以前的文学;从创作方法上看,以现实主义作家作品为主,浪漫主义作家诗人要区分积极浪漫主义与消极浪漫主义。周扬在1954年8月全国文学翻译工作者会议上曾经说:"世界上的一切成果,应该为世界上的一切人类所享受。"他还说:"要去帮助青年作家,介绍他们看世界遗产,不看莎士比亚、托尔斯泰的作品,怎能突然产生很高的作品呢?"这个范围的划定与"文革"时期激进文化意识形态按照阶级论划定的范围之间是有一定空间的,这个空间可以容纳表达人类共同的情感结构的文学作品。《简爱》《安娜·卡列尼娜》《钢铁是怎样炼成的》《红与黑》《牛虻》等作品一度成为青年人热衷阅读的外国名著。

参照文学翻译的历史来看,以《牛虻》为代表的阅读其实是在打开一个西方空间,这个空间在"文革"之前的"十七年"中是一直存在的。"超英赶美"这个说法就可以看作西方是作为异于我们的模糊的社群,而在文学阅读和文学翻译上,西方古典文学、民主革命国家的文学,对中国革命有借鉴意义的文学也是文学教育的一个重要内容。关于《牛虻》这个微不足道却又是精心设计的细节,刘心武说:"有关《牛虻》的情节也是虚构的，为设计这一情节我颇费了一番心思。但这一情节又确实产生于我所熟悉的生活，我是把一系列生活中亲历的真事加以综合、概括、集中，再加以想象，写出了这一段情节。……石红组织同学们读《表》的情节当然也出自虚构，但这种性质的事物在我担任班主任时，也确实以另外的形式出现过。……我希望读者能够从石红的形象上，多少感受到我们这个时代青少年的主流……"这其实是涉及了一个文学的"自我折射性"（self-reflectivity）问题，是关于再现与塑造，或者赋予经典作品以意义，小说在某种程度上是关于多部小说的作品。所以《包法利夫人》这本小说就可以被看作是一部挖掘爱玛·包法利的"真实生活"与她所阅读的那些浪漫小说，以及福楼拜自己这部小说对生活的理解之间的关系的作品。在《浪漫的谎言与小说的真实》中，勒内·基拉尔将人的欲望形式称为"三角欲望"，即欲望的产生除了欲望的主体、客体这两个必要因素之外，还需要一个第三者，基拉尔称之为"欲望介体"。他认为欲望产生于主体是一种错觉，一种"浪漫的谎言"；真正使欲望发生作用的是主体对介体的模仿。《牛虻》就是张俊石和"我们这个时代青少年的主流"石红们的欲望介体，是他们无法在现实中展开的追求与想象的再现，是一个想象性的组成和塑造自我生活的成分。

二

此后，改革文学的开端之作蒋子龙的《乔厂长上任记》，发表于1979年第9期《人民文学》。小说一改当时文学界的"诉苦""伤痕"倾向，不仅仅塑造了一位迎合时代需求、大众期待的大刀阔斧廓清时弊的权威人物,而且强调了科学管理在生产中的重要性,改造并且修正了"文革"中盛行的生产弊端。这一点在评论界得到有力的支持。小说刚发表的时候,《天津日报》以《乔厂长能领导工人实现四化吗?》为题目,批判乔厂长对"揭批查"运动"大泼冷水","充当了不光彩的消防队员……把'四人帮'诬陷老干部,和我们的揭批查运动混为一谈",从阶级政治的立场上否定这篇作品。而后,《文艺报》持续发表文章,支持蒋子龙,尤其是冯牧对这篇小说的评论指出了一个方向:"论述乔厂长是一个典型……这样的一篇文章既应是一篇文学评论,又应是一篇社会评论。"显然他是希望发表一篇论述改革题材和改革人物的评论来支持此小说,将其所遭遇的阶级论的围攻,转到公众期待的方向上来,直接为现代化建设服务。

冯牧认为:"小说的主要成就在于为我们塑造了乔光朴这样一个在新时期现代化建设中焕发出革命青春的闯将的典型形象。"此论一出,迅速压倒了阶级论的说法,并且在社会各界获得强烈反响,尤其获得青年的支持。《乔厂长上任记》在全国引起强烈反响,经上海人民广播电台、中央人民广播电台播送和《工人日报》的转载后,在工业战线反响尤为强烈。人们争相传阅,相互推荐……全总文工团还将小说改编为话剧,准备排演,工厂把《乔厂长上任记》当作政治、业务学习和干部必读材料,有的还组织了学习讨论。

对《乔厂长上任记》的评论是在"社会评论"的意义上被期待,同时是在实现"现代化"的大目标上获得接受的。此时的文学作品几乎都是直接面对社会问题的,针对了当时社会的两种"危机":一、生产力严重落后,生产技术甚为滞后,工厂凋敝,社会主义制度本身不能解释自己的"优越性";二、社会组织管理制度存在弊端,人才开始大量外流,"揭批查"运动对生产形成一定的冲击,政治运动干扰到企业的生产。

以上两部作品虽然所关注的内容大相径庭,但是总体上看,它们分别从阅读谱系、精英威权政治的角度指向了对一个暗含的政治理念——一个安定、趋于理性的社会——的重建,而这个社会基本上就是"文革"前的"十七年"的影子。也就是说,当时的作家和批评家共同希望社会在遭遇巨大重创后,实现社会主义内部的自我更新和完善。何言宏先生认为"伤痕""反思"小说所重组的,基本上都是"十七年"时期的政治权威,因此,这些政治权威的人物符码也大都是"十七年"时期的领导干部;但是,在"伤痕"和"反思"之间又有一定的差异。"伤痕小说"先期兴起于中共十一届三中全会对于"十七年"时期"左"的错误的正式否定之前,所以一些"伤痕小说"的作家囿于当时历史语境的限定,不仅未对属于"十七年"时期的政治权威进行质疑,相反,却在为它进行笼统的辩护。"三中全会"以后,"伤痕""反思"小说才对"十七年"时期的"左"的错误进行批判与反思,站在否定"文革"的政治立场上,此时的叙事更多的是以一种在社会主义内部寻找克服危机的方式来进行,也就是回答我们怎么来看待所谓的"拨乱反正"。"乱"是什么,"正"又是什么,"正"基本上就是十七年所树立的样子。

当时其实有一批作品,如徐迟的《哥德巴赫猜想》、贾平凹的《鸡窝洼人家》、蒋子龙较早的小说《机电局长的一天》、张洁的《沉重的翅膀》等等,他们其实是在确立一种模糊的社会准则。其核心是专业性的东西,强调专家、知识分子的重要性,构建的实际上是专家型社会和一种新的社会组织次序。维持这个次序是靠一定的知识,比如文学知识(如《牛虻》)、专业知识(《歌德巴赫猜想》)、专业管理(《乔厂长上任记》),暗含了一个对专家型社会的想象。张贤亮小说的主人公就把现代化的中国(或者说未来的中国)比作一条船,并且强调了知识分子的作用:"这条船应该有我的一份,我只想回到大船上去,晾干我的衣衫,舔净我的伤痕,在阳光下舒展四肢,并在心灵深处怀着一个隐秘的愿望:参与制定船的航向。"从《乔厂长上任记》来看,就是"能人当家""精英治厂",政策及舆论导向的指导性观念是,"精英治厂""能人治厂",即认为一个企业是否有一名德才兼备的企业家是至关重要的,甚至是决定性的。因此要寻找精英、培养精英、宣传精英,给精英以充分的决定权,赋予"精英""能人"在企业中的绝对权力,"参与制定船的航向",才能解决当时国有企业、国民经济生产、人民生活水平等方面遇到的困难问题。突出了知识的重要性,同时也就突出了知识分子的重要性。在20世纪80年代,知识分子独立于其他阶层的优越性尚不明显,此时知识分子和其他阶层还处于一个同盟之中,因此在利益上具有共通性。所以就像有论者所指出的:"这种共同的利益如何转化为一个或某几个特定阶层的利益(包括知识阶层),这是90年代的事情。但是'知识'问题会是我们观察改革开放'三十年'的一个重要视角。"

政策导向和舆论让我们很容易想起在新中国成立后影响中国企业的"马钢宪法"。马钢宪法指以马格尼托哥尔斯克冶金联合工厂经验为代表的苏联一长制管理方法,其特点是实行"一长制",搞物质刺激,依靠少数专家和一套繁琐的规章制度办企业,不搞群众性的技术革命。这是对60年代在中国企业掀起狂潮的《鞍钢宪法》的一次悖反;《鞍钢宪法》的精髓公认的就是"两参一改三结合"——干部参加劳动,工人参加管理；改革不合理的规章制度；工程技术人员、管理者和工人在生产实践和技术革新中相结合。在当时的历史环境下，因为《鞍钢宪法》与"大跃进"、与"群众运动"、与"政治挂帅"、与"否定技术权威、工人领导一切"的极"左"思潮极易扯上关系，但是剔除一些非理性的历史因素，《鞍钢宪法》所表达的，是一种在企业的经营管理、生产管理、技术管理中全心全意依靠工人阶级的基本理念，这种管理方式与基本理念及其代表的现代化方式在80年代迅速被"厂长经理负责制"的浪潮所淡化，并且迅速被湮没。

在这种未来社会和次序的构想中，有一条准则就是，相信科学与知识的掌握和学习能够达到对真理的把握，科学和知识就像徐迟所赞美的是"空谷幽兰、高寒杜鹃、老林中的人参、冰山上的雪莲、绝顶上的灵芝、抽象思维的牡丹"。这种新的思想确实开创了新的局面，无论是文学还是社会，都呈现出欣欣向荣的局面，"文革"所造成的乌烟瘴气开始被清理，人民心灵的创伤被一一抚平，虽然这一结果有众多的原因，但是西方空间的出现应该是其中比较重要的因素。当然，这种对未来社会和次序的构想才刚刚起步，还有更多更激烈的禁区需要文学的触角去触碰。

三

1979年4月《读书》杂志复刊，《读书无禁区》的发刊词引起巨大反响，阅读作为那个时代最重要的活动之一，是因为"在林彪和'四人帮'横行的十年间，书的命运和一些人的命运一样，都经历了一场浩劫。这个期间，几乎所有的书籍，一下子都成为非法的东西，从书店里失踪了。很多藏书的人家，象窝藏土匪的人家一样，被人破门而入，进行搜查。主人历年辛辛苦苦收藏的图书，就象逃犯一样，被搜出来，拉走了。这个期间，几乎所有的图书馆，都成了书的监狱。能够'开放'的，是有数的几本。其余，从孔夫子到孙中山，从莎士比亚到托尔斯泰，通通成了囚犯。谁要看一本被封存的书，真比探监还难"。破除读书的禁区，一个重要的方面就是西方文学的阅读，仅仅开放如《牛虻》这样的文学作品仍然不够，知识界迫切需要更多样丰富的知识，比如"从莎士比亚到托尔斯泰"的传统的恢复。

民间刊物《今天》的编辑部在 1978 年 12 月第 1 期的发刊词《致读者》里，已经有明确的表述：

> 马克思曾就精神活动的特殊要求说过：你赞美大自然悦人心目的千变万化和无穷无尽的丰富宝藏，你并不要求玫瑰花和紫罗兰发出同样的芳香，但你为什么却要求世界上最丰富的东西——精神只能有一种存在形式呢？我是一个幽默家，可是法律却命令我用严肃的笔调。"五四"运动标志着一个新时代的开始，这一新时代必将确立每个人生存的意义，并进一步加深人们对自由精神的理解；我们文明古国的现代更新，也必将重新确立中华民族在世界民族中的地位，我们的文学艺术，则必须反映出这一深刻的本质来。今天，当人们重新抬起眼睛的时候，不再仅仅用一种纵的眼光停留在几千年的文化遗产上，而开始用一种横的眼光来环视周围的地平线了。只有这样，才能使我们真正地了解自己的价值，从而避免可笑的妄自尊大或可悲的自暴自弃。

党内高层也意识到这个问题。第四次文代会前，胡耀邦多次在文艺界召开座谈会，为了清除"四人帮"散布的文化专制主义的流毒，他多次向大家推荐并且经常兴致勃勃地朗诵这篇文章中的这段文字。与此同时，在主流的政治话语中也有类似的表述："向外国学习，加强文化交流，立足本国，面向世界。过去我们的眼界很窄，对世界上的事情，对外国的东西知道的很少。'言必称希腊'，其实对希腊的东西懂得也不多，对外国当代的东西就更缺乏介绍。要打开眼界，广泛了解外国的东西。第一要学，第二要批判，不能盲目崇拜，不能机械照搬。中国的东西要有自己的民族特点，跟在人家屁股后边亦步亦趋，是没有出息的。"在清除"精神污染"的尾声中，周扬有这样的回忆："1983年12月14日胡耀邦采取一竿子插到底的办法，召集了人民日报社，新华社，广播电视部领导人谈话，讲了八条。第三，文学方面，所有世界公认的名著不能封闭，资产阶级作家写的有的小说中，即使有点色情描写也不要紧。我们要禁止的是专门描写性生活的作品。"

"一种横的眼光来环视周围的地平线"与开放世界公认的名著"学习西方"，都是把西方传统纳入自己的文学知识谱系，超越十七年的阅读知识谱系。《班主任》里所重新设想的阅读谱系很快被更加宽阔的范围取代，加入非社会主义国家的视野，让它们成为观察自我的一个视角，已经成为时代的共识和实践。但是，当时的历史语境中这个西方文学传统的建立和实践与80年代的先锋小说家"形式革命"建立纯文学所寻找的西方传统是有传承意义的：前者所要求的开放心态，阅读西方经典著作，对于后者的滋养，以及后来把"有意味的形式"作为具有革命意义的手段来对抗新的政治和意识形态都具有重要价值。

而关于《乔厂长上任记》的评论，有一篇题为《谈现代管理科学——从两本小说讲起》的文章相当具有代表性，它刊载于《读书》1983年第1期。文章指出，《乔厂长上任记》一发表，就引起了社会各界的热烈反响，于是一些青年工人都发出了"乔厂长，到我们厂来吧！"的心声。乔厂长的管理方式在管理学上被称为"X理论"，在实践中强调领导的管理，是典型的苏联模式，结果却导致在实际应用中干群关系的紧张。文章接着把另一篇小说《沉重的翅膀》中的管理方式作为一个对比的对象提出来。小说中的管理方式是西方比较先进的人群关系学派的行为科学的科学管理，作者认为这才是比较有效科学的管理方式。文章最后乐观地预计，如果我们学习西方的科学技术方法，中国的社会主义行为科学必将以其独特的理论体系屹立于世界管理科学之林。言下之意，如果我们学习并且采用了科学的管理方式，我们的危机感就会转化为自信，而后转化为生产力，最重要的是，我们本身的优越性就会得到体现。

多年以后，厉以宁谈到《乔厂长上任记》中的那套为什么继续不下去时说，乔厂长"只能对内，对外是行不通的，无法应对市场经济，市场的需要，铁腕不适合市场，市场挑战威权"。厂长乔光朴把全厂近万职工都推上大考核、大评议的第一线，把不称职人员撤离岗位，迅速提高了生产人员的素质，使全厂劳动生产率节节上升。但是他去搞厂际外交搞原材料时，却因不满新兴的"关系学"而大败而归。厉以宁说："这是一个改革者的悲剧。因为扩大企业自主权的改革是治标不治本的，国有企业的改革在80年代初期陷入了困境。"

我们看到这两部作品所暗含的重新回到"十七年"的政治理念没有成为新时期的主导政治想象。一是与当时的国际形势有关：阶级斗争继续下去的不可行，国际上中美建交，中美联合公报发表，阶级斗争所确立自我的他者开始失效，对象化失败，"资本主义""修正主义"的命名失去了对象。特别是社会主义的中华人民共和国，同资本主义的美利坚合众国正式建立外交关系，是当代国际关系中具有广泛影响和深远意义的一件大事，也是两国关系具有历史意义的重大转折。二是20世纪70年代末中越关系出现严重摩擦，这是社会主义意识形态内部的冲突与摩擦，民族国家的利益超越了意识形态之争。三是世界性的经济危机对西方资本主义国家造成了严重的困扰，使他们面临严峻的考验和挑战，他们希望通过开辟新的途径来缓解危机，渴望与世界上其他国家进行接触，包括社会主义的中国。所以《乔厂长上任记》这篇小说无论从表达方式、人物形象，还是从思想内容上都是"俄罗斯味道"浓厚的作品，但是蒋子龙不会把代表参照系的国度设置成俄罗斯，一个曾经是我们模仿参照，并且立此为真理的空间。此时，我们的"世界"观念已经发生了改变，小说把代表"效率""速度"等优越性的空间指向了德国，一个典型的符合当时国人向往和想象的西方空间：先进的科学与技术、高效率。这个空间并不陌生，我们还可以在同时期的其他作家的小说中找到大同小异的替身，王蒙的《春之声》里的法兰克福、王安忆的《新来的教练》里的美国、谌容的《人到中年》里的加拿大等。

《人民文学》1981年3月号以头条发表了《内当家》，该作品在1981年全国优秀短篇小说评选中名列榜首。有论者鲜明地指出："《内当家》在错综纷纭的社会现象中，捕捉到的是这样一个矛盾，在实行对外开放政策以后，应该怎样正确认识和处理过去属于两个敌对营垒中的人们的关系，特别是小说的主人公接待的，是那样一个有着特殊身份的华侨。对这个问题的不同回答，不仅影响到党的农村政策的落实，影响到人民和国家的尊严，甚至还影响到今后农村的发展。"小说中从台湾归来的老地主，是一位苍发暮年的老者，他终于与从前的被压迫者和解，时代的列车一去不复返了，阶级斗争的形象不再是时代的重心，叙事无意识之中有一种普遍人性的追求。关于这一点对20世纪80年代文学的影响，蔡翔先生有一个理解："我觉得这不仅是我们理解'前三年'，也是理解80年代的一个很重要的征候。它首先是在美学上打开一个缺口，然后延伸出后来一系列重要的叙事主题，比如说人性、知识等等。我觉得这里面不仅往前涉及中美建交，往后也会涉及十一届三中全会有关阶级斗争结束的政治宣言。可以说，它是这个'现代'故事的最早的讲述。因为中美建交，意味着中国将被纳入到某个世界体系之中，而阶级斗争的结束，则意味着怎么样去看待社会内部的矛盾和冲突。如果说有起源性的话，我想这是一个最为重要的，既是文学史，也是政治史和思想史的命题。"以中美建交为标志的西方空间的出现是一个重要的原因，我们需要纳入非社会主义的成分，尤其是西方的先进力量，以成为社会自我更新的力量，所以对西方的想象就成为许多现实主义作品的一个主导的叙事方式。

而这种主导叙事基本上都是现实主义的，在现实主义的真实性诉求当中，有一点十分重要，那就是它假定了作品直接产生于对生活的描摹。在这样的情况下，非社会主义成分进入我们的言说范围，而西方因其物质丰富，自由民主的抽象印象，成为一个模仿的对象，或者主要的想象现代的资源。因为这些叙事假定了一个真实性，经过了现实主义的叙述，必然生产了一种现实性和真实性，所以这种想象也就得到了普遍的赞同。而从这个角度来重新叙述中国，十七年的历史就会受到质疑，对历史的处理，实际上开始建立以现代为观察视角的历史观,并且开始新时期文学影响深远的现代与前现代、愚昧与文明的区分模式。

知识分子的改革物语

1980年不仅仅是新的十年的开始,而且是许多转折的开始,这一年《人民文学》发表了王蒙的《春之声》。这篇小说引起了很多知识分子的共鸣,特别是那列"闷罐子车",一度成为中国现代化象征的火车[1]。在这里呈现出来的是拥挤的车厢,透不过气来的落后感觉,这个车厢小社会形象地代表了那个时代的焦虑和危机,再现了生活中的矛盾和冲突。

一

对于当时的局势,或者自己的问题,邓小平会见英籍作家韩素音时有一段解释,差不多算是当时的知识分子与当局的共识——"我们在科技和教育方面损失了20年或者30年的时间,但我们相信中国人是聪明的,再加上不搞关门主义,不搞闭关自守,把世界上最先进的科研成果

---

[1] 关于火车与现代化之间的象征关系,早在《郭沫若全集·文学卷》15卷(北京:人民文学出版社,1989年)就已经出现。郭沫若说"在火车中观察自然是个近代人底脑筋",除了机械文明带来的兴奋之外,还有一种现代人的生命形式与"动的时代精神"相契合的欣喜。1980年代以来这更是成为现代化想象的一个载体,比较著名的还有铁凝的《哦,香雪》。

作为我们的起点，洋为中用，吸收外国好的东西，先学会它们，再在这个基础上创新，那么我们就是有希望的。如果不拿现在世界最新的科研成果作为我们的起点，创造条件，努力奋斗，恐怕就没有希望。"[1] 它概括了当时中国发展的基本思路，指出希望就在于学习西方国家的先进科技，对中国前途的这个设想得到了当时知识分子的高度认同。《春之声》的基本故事情节就是担任科研工作的工程师，刚刚从国外考察归来，他一开始在闷罐子车厢里感觉到不舒服、不愉快，但是他在车厢里听到有人放录音机听施特劳斯的《春之声》圆舞曲，看到一位妇女学德语，这使他快活起来，仿佛看到了中国知识分子的希望和力量。

这种故事和对中国的理解可以用另一个词汇——"改革物语"[2] 来概括。"物语"是日本的词汇，按照孙立平的理解，就是讲述一个完整的故事。此时，我们需要一些故事来解释目前的危机，也就是需要经过对客观过程的主观梳理之后建构出来的这么一个有话语意义的故事。因为任何故事本身，都应该有一个主观见之于客观的话语建构的过程。20世纪80年代官方的观点是"改革是社会主义的自我完善"，胡耀邦对此有一个说法就是"共产主义首先是一种运动"。如果改革确实是社会主义的自我完善，按照官方意识形态的解释，在运动中的社会主义是可以通过改革来自我完善的。打开国门以后，原本自给自足的"社会主义"遭遇了自我体认的危机，很多人在打开国门之后多少看到了西方的现代化，产生了"震惊"体验，借助西方世界我们看到了自己的危机和匮乏。首先，70年代末、80年代初期的游记散文所呈现和传递

---

[1]《邓小平思想年谱（1975—1997）》，北京：中央文献出版社，1998年，第44页。
[2] 温铁军：《改革物语（之一）——关于改革的通俗解释》，见王晓明、蔡翔主编：《热风学术》第一辑，南宁：广西师范大学出版社，2008年，第187页。

出来的"真实"的西方,打破了主流意识形态的僵硬叙述和习得的简化形象,原来对西方生活在"水深火热"中的那一套叙述似乎顷刻瓦解了。王蒙对《春之声》中自己虚构的故事有一个本质的理解——"在落后的、破旧的、令人不适的闷罐子车里,却有先进的、精巧的进口录音机在放音乐歌曲,这本身就够典型的了。这种事大概只能发生在80年代的中国,这件事本身就既有时代特点也有象征意义。"[1] 这种象征意义凸显了时代的特色,同时对于文学中的"西方"形象也有增色上釉的意义。其次,一套新的话语迅速取而代之,使我们重新体认自我和西方关系,比如"闭关锁国",危机重重,技术落后,来表达一种焦虑紧张感。所以作家王蒙会"请主人公担任科研工作,又刚刚出国考察归来,这样才能加强'闷罐子车'给人的落后感、差距感,这种感觉的抒发不是为了消极失望,而是为了积极赶上去"[2]。

二

王蒙是一个自信到喜欢解剖自己小说的作家,在谈到《春之声》这篇小说的创作时,他颇为自豪:"我那时还没有去过德国,但是我已经在1980年春收到了德意志联邦共和国大使对我访德的邀请,冯牧是即将赴德访问的包括我在内的中国作家代表团团长,他对于我尚没去德国而居然先期'预支'德国的城市和生活,似乎感到不快,这真有趣。……他从来不谈论也不注意想象力,虚构的能力与创造的能力对于文学的极

---

[1] 王蒙:《关于〈春之声〉的通信》,《小说选刊》,1980年第1期。
[2] 同上。

端必要。"[1] 王蒙这里所谓的想象力，虚构和创造的能力是单纯从写作的角度来讲的，这是作家们津津乐道的看家本领。但是他在这样说的同时其实掩盖了对此处文学想象力的先入为主的警惕，此想象不是一种纯粹文学技巧和自由发挥，而是具备了一种"真理"性质的自在言说，因为王蒙有一套关于这个时代背景和小说情节设计的解释。王蒙说自己为了"再现我们的生活中的矛盾和本质，我主要采取了两方面的措施。一方面，我改动了小说主人公和录音机的主人的身份和其他有关情况。请主人公担任科研工作，又刚刚出国考察归来，这样才能加强'闷罐子车'给人的落后感、差距感……"[2] 在空间设置上，"不仅有了横的空间的对比（例如欧洲先进国家与我国，北京与西北小县镇的对比），而且有了纵的、历史的对比，有了历史感，也就有了时代感"[3]。更重要的是，王蒙在小说中所表达的乐观主义的历史观："我们生活的每一个角落都充满着转机，都是有趣的、充满希望的和不应该忘怀的……"[4]

在随后的散文《浮光掠影记西德》中，我们并无发现实际的西德与王蒙的想象有什么巨大差距，可见这样完全正确的"想象"是基于一种宏大的意识和乐观主义的历史观，与其说是对西德的想象，不如说是借用西德的空间重述了先在的对现代化向往的集体意识。在小说的意识流手法的使用上，其实也是在无意识地回应集体意识中的现代化想象的热情。正如蔡翔在《专业主义与新意识形态》一文中评论《春之声》时所说："在这种貌似漫无规则的意识流动中，我们仍然可以感觉到叙述

---

[1]　王蒙：《大块文章》，花城出版社，2007年，第88页。
[2]　王蒙：《关于〈春之声〉的通信》，《小说选刊》，1980年第1期。
[3]　同上。
[4]　王蒙：《春之声》，《人民文学》，1980年第5期。

者的思路其实非常明晰：北平、法兰克福、慕尼黑、西北高原的小山村、自由市场、包产到组……'意识流'在此所要承担的叙事功能只是，将这些似乎毫不相关的事物组织进一个明确的观念之中——一种对现代化的热情想象。严格地说，这是一种相当经典的'宏大叙事'，只是，它经由'内心叙事'的形式表露出来。"[1] 这是解决时代危机的紧迫感产生的第一种叙事方式。而文学不仅仅要完成对危机的回应，还把这种内容转化为具体的文学形式和修辞方式，以想象的方式表达这种热情。

无独有偶。在小说《灵与肉》中，张贤亮以"北京"为中介对"西方"进行想象，也使用了对位的场景描写的方式来呈现中国与西方的形象；当然西方没有直接出现，而是以北京（饭店、大街、舞厅、酒吧、洋房、汽车、杜松子酒、性感的女人、夜总会等符号）这个替身出现的。在"北京"的形象谱系里，我们很容易找到皇城、文化、京味等等，但是很少有都市化的描述，那似乎天然地在作家的意识里属于另一个中国城市——上海。王蒙对西方的想象或者说对现代化的想象与张贤亮的想象是有很大差距的，背后的立场不一样。张贤亮过于道德化的立场直接应对的问题是对占据强势位置的西方现实的逃避，所以他所提供的西方是在左翼文学、社会主义文学的谱系里边被清算过，并且形成共识的那个被对象化了的西方。王蒙所提供的西方形象是先进的、充满诗情画意的，但与西方对比的中国又是不卑不亢的，尽管她以闷罐子车的形象给人以落后感和差距感，"这种感觉的抒发不是为了消极失望，而是为了积极赶上去"[2]。

---

[1] 蔡翔：《专业主义与新意识形态》，《当代作家评论》，2004 年第 2 期。
[2] 王蒙：《关于〈春之声〉的通信》，《小说选刊》，1980 年第 1 期。

三

但是,叙述者在这种现代化想象的热情之下,还是流露出些许的不安。

> 不,那不是法兰克福。那是西北高原的故乡……不,那不是西北高原,那是解放前的北平。华北局城工部所属的学委组织了平津学生大联欢。营火晚会。……一支一支的歌曲激荡着年轻人的心。最后,大家终于发出了使国民党特务胆寒的强音:"团结就是力量……让一切不民主的制度死亡!"信念和幸福永远不能分离。

这种不安是通过意识流的叙述方法表现出来的。王蒙自己强调过,意识流不仅仅是对现代派的模仿或者受影响,"我要说的是,是生活,是我的思想和感受提示我这样写的"[1]。《春之声》对意识流方法的采用固然可以看作是新时期作家对文体试验的关注,同时也可以解释为对于新生活与"旧传统"(革命)并存的社会现实表现出来的困惑与不安——一方面是高歌猛进地要学习西方来进行自我更新,另一方面对于曾经的真诚信仰、为之奉献半生的"革命"也不能弃之如草芥。《春之声》的意识流动中闪回到北平的革命、共青团的活动等可以作如是观。另外还需要指出,在 80 年代,改革并没有真正全面铺开,知识分子尚生活在体制之中,享有尚属安定的生活,他对"改革"的认识,更多的是一种观念的活动,或者说,是一种想象性的活动,并进而把各

---

[1] 王蒙:《关于〈春之声〉的通信》,小说选刊》,1980 年第 1 期。

种美好的愿望赋予这种想象。当时市场摧枯拉朽的冲击力还没有形成，这种想象还得到体制内物质的保证，这些物质保证包括职业、城市户口、稳定的工资收入，甚至包括电影的拍摄资金。[1] 在这个时期，故事是一种取舍的选择，作为一种历史传统的"革命"的中国在西方现代化的对照之下，一时难以组织进高度有序的现代化热情想象的情节，往往呈现为一种对比强烈的伦理、道德、心理冲突，比如谌容的小说《人到中年》就是这个问题的集中表达。

评论界对《人到中年》进行了大量的关注和讨论，而且基本上形成了共识：通过陆文婷形象揭示了知识分子和社会迫切需要解决的问题——重视和保护知识分子。《人到中年》的出版以及 1982 年谌容参与改编的同名影片上映之后，几度引起争论，争议的一个重要方面就是小说还设计了刘学尧姜亚芬夫妇这样一对知识分子，他们选择了与陆文婷不同的一个出路——出国，而且叙述者给予了这样的人物形象以极大的同情与理解。反对者认为，作品给生活蒙上了一层阴影，致使"作者把陆文婷夫妇的悲剧归结为我们党我们国家对知识分子漠不关心，听之任之。作者把刘家夫妇出走的原因归结到我们这个社会头上，归结到我们的社会制度上，作者的矛头倾向很明显，就是我们的党我们的社会对知识分子的冷暖饥饱历来置之不理，对科学始终抱轻视态度，社会主义只会埋没人才，不会让人才有用武之地。刘学尧夫妇的希望在资本主义国家里。留下来的陆文婷夫妇，下场就是这样。即使作者无意识表达这种思想，但它已产生了这种社会效果，它和《苦恋》

---

[1] 蔡翔：《回答今天》，上海：上海人民出版社，2000 年，第 138 页。

有异曲同工之妙，这一点很清楚"[1]。许多批评文章甚至上纲上线，在思想内容上对其予以否定："坏就坏在没有一个反面人物，是在写我们的制度不好！……给老干部，给社会主义抹黑。"[2]作者对姜亚芬夫妇出国"滴下的同情泪珠，不是增强了，而是削弱了这篇优秀作品的思想感情力量。它不是闪光的露珠，而是暗淡的痕迹"[3]。当然也有的批评家从现实生活出发，认为"这一情节无疑寓有深意，也有生活根据。人才外流，是近年现实生活中客观存在的问题，这样描写加强了小说主题的尖锐性和迫切感，在整个艺术构思中正是有机部分"[4]。

　　从现实意义上来看，中美建交昭示的国际社会的和解倾向把原本已经深入人心的西方帝国主义形象颠覆为友好邻邦的叙述，即使在道德上违背了祖国，主人公的最后选择也是在政策允许的范围之内。所以《文艺报》在之后的对这篇小说的多次讨论中，焦点几乎都是在人物形象的真实性方面，以及转向到对马列主义老太太的批评上，扭转了对于阶级问题的强调。在《文艺报》的座谈会上，刘锡诚做了总结发言，"众口一词，一致高度评价了这篇小说"，但还是"指出了一些败笔，如对姜亚芬这个人物的处理和刻画，但那不过是璧中微瑕而已"。对于背叛与否的追问，无论是在具体创作上，还是在批评的环节上，"帝国主义"已经顺利地从阶级斗争的战壕中被释放出来了，至少不再是持续纠结的问题，西方已经被塑造成一个知识分子自我实现的空间。作品中"走或不走"的痛苦，出国的道德合法性问题，在文学批评中得

---

[1]　许春樵：《一部有严重缺陷的影片》，《文艺报》，1983年第6期。
[2]　刘锡诚：《在文坛边缘上——编辑手记》，郑州：河南大学出版社，2004年。
[3]　朱寨：《留给读者的思考》，《文学评论》，1980年第3期。
[4]　张炯：《作家有权提出生活中的问题》，《文艺报》，1980年第9期。

到了妥协的或者说是逃避式的解决。

在《人到中年》中,这个"走或不走"的痛苦,姜亚芬给文婷信里是这样解释的:"我不能用一句话回答你,为什么我们非走不可。这几个月里,我和老刘几乎天天都在为走或不走烦恼着,争论着。促使我们下这决心的原因很多。为了亚亚,为了老刘,也为了我。但是,各式各样的理由,都不曾使我减少内心的痛苦,我们是不该走的。我们的国家正在开始一个新的时代,我们没有理由逃避历史(或许还该加上民族)赋予我们的使命。用造反派的语言来说,则是'工人农民的血汗把你们养大了,你们不应该背叛'!"即使是造反派的语言,知识分子还是在这些语言面前没有足够强大的语言和理论来予以辩护,民族国家的革命话语还是占据着绝对的统摄地位。无论是在作家还是作品中人物的精神上,革命话语的权威余韵还是存在的,无法克服对革命话语的服从,而从个人实现上来看有对西方或者现代化充满了向往,这必然造成内心的分裂,这就是"内心的痛苦"的来源。

对国家的认同与选择西方的矛盾,体现在个体的身份结构体系中(民族、文化、职业等),"文革"后的作家凸显的是政治认同的迅速转弯,通过对"四人帮"反革命的确认,对党和国家的认同反而更为强烈与急切。这一方面是对党"拨乱反正"政策的认同,另一方面与国家体制和意识形态的召唤有着密切关系。国家认同,我们可以从陆文婷自虐式的奉献精神中找到,这个人物在某种程度上表达了知识分子对国家的认同。自我定位的"对民族的背叛"的阶级叙述是怎样被化解掉的呢?姜亚芬夫妇说:"促使我们下这决心的原因很多。""林贼、'四人帮'造成的一代人的偏见,绝不是短期内就能改变的。中央的政策来到基层,还要经过千山万水,积怨难除,人言可畏。我惧怕过去的噩梦，我缺少像你那样的勇气！""如果我能够有你一半的勇气和毅力，我也不会做出今天的抉择。"最后把原因归结为自己缺少勇气，把对"国家"的苛责转化为对自我懦弱的谴责。国家在潜意识里还是神圣性的化身，尽管它有种种弊端，但国家是不能否定的，也就是国家的主体性还是存在的。就像王蒙，尽管以"闷罐子火车"隐喻中国的落后，但并没有因此而失望，或者彻底承认我们万事不如人，他发出了"春之声"的信号，这是那一代作家的一个共性。

在小说的结尾，姜亚芬还留下了对"国家"温情的祝福。此情此景，一种强烈的精神纯洁性油然而生——"我走了，我把心留在你身边，留在我亲爱的祖国。不管我的双足走向何方，我都不会忘记故国的恩情。相信我吧！我只能对你这样说。相信我们会回来的。少则几年，多则十几年，等亚亚学有所长，等我们在医学上稍有成就，我们一定会回来的。"加拿大在小说中是作为一个可以一揽子解决在中国当时社会环境中所遇到问题的"乌托邦"而存在的，它只是一组对立的人物设置；以加拿大为代表的"西方"是一个符号，不是现实的国土，甚至作者根本没有任何关于这个国土的具体考虑，它是一个科技发达，尊重人才，知识分子负担轻，受到尊重的地方。

叙述者对奔向西方寻求"自我实现"的姜亚芬夫妇流下了同情理解的眼泪，这也是对西方叙述的一个转变，在叙事的意义上解决了"革命"历史与现代化的矛盾。在以后的叙述中，同样的情节——出国，在留学生文学或者打工文学中，这种"走还是不走"的痛苦挣扎已经荡然无存，或者说已经不再是主要的叙述推动力，主人公几乎成了清一色的"受害者""被压抑者"，像出笼的小鸟一样获得自由。

四

知识分子与国家的蜜月期，在文学上表现最为突出的就是在现代化的想象上达成的高度一致，并且热情地欢呼新时代的到来。但是，作为一位有自主意识的作家毕竟不能只是踩着时代的鼓点前进，即使在高度兴奋的状态下走了一段路，他还是会有疲惫感的。

《活动变人形》对于王蒙的写作来说意义深远，小说写作的时间是1984年。王蒙谈到写作这篇小说的背景时说，是突然一个想法进入大脑："我应该以自己童年时代的经验为基础写一部长篇小说。感谢时代，我终于从'文革'结束、世道大变的激动中渐渐冷静下来。我不能老是靠历史兴奋度日。"[1] 同时王蒙还对自己前一阶段的创作有一个回顾，他把它命名为"后文化革命时期的喷发"——"从一九七八到一九八四年，我写了那么多的兴奋与感慨，五十年代的火红，极左的试炼，荒谬绝伦的'文革'，欢呼新时期的到来，抚摸伤疤更期待清明，叹息光阴也骄傲于成长于成熟，还有时间与空间，距离与亲切，搅动与止息。它充满了戏剧性的激情，它是我对于目不暇给的新生活的最最及时的反应。"作者显然开始对这种"最最及时的反应"的文学有了警惕："但是你已经不可能天天仍然温习梦魇，不可能天天回味光荣，如果你仍然认为是光荣的话，不可能总是激动于再生复活，第二次解放……文学期待着开拓与深思，文学期待着新的精神空间。"这个新的精神空间的需求是在中国文坛经历了"文革"后一系列文学创作思潮和社会共鸣式的轰动效应、真假"现代派"的争论之后，一个成熟的写作者

---

[1]　王蒙：《活动变人形·序》，北京：人民文学出版社，1986年。

的自觉意识。

　　知识分子不单是直接面对"现实"的，短兵相接的，他们还有自己的"历史"，系列小说《新大陆人》[1]其实已经有这样的苗头。对于西方的想象，他不再是初唱晓者的激动和乐观，而是紧紧追随着每一个出国者背后长长的尾巴——他们在"文革"之中的行为；作者就是在对"文革"经历与现实境况的略带调侃的交叉对比中，介绍一批新到新大陆（美国）的中国大陆人，"或可一思一叹也"。《活动变人形》这篇小说把历史拉得更长，它直接回到了"五四时期"，回到了共和国之子的父辈们。小说描述了在20世纪中国一个大学教师的命运遭际。它从中西文化冲撞与融合的角度，把握和审视他父辈一代中国知识分子的命运。这篇小说当时被称为中国当代"家族文学"的开山扛鼎之作，实际上更多的是复叠在家族史上的中国这个国家的历史，指称着中国特定时代的历史及时代精神，也给当代中国"寻根文学"提供了一些启示。

　　《活动变人形》中的父亲倪吾诚曾经留学欧洲，是西欧文化的极端崇拜者，他心目中的欧洲是通过意识流的方式拼凑起来的：银铃一样的笑声。这是欧洲，天堂一样的欧洲啊，音乐，教堂，雕像，喷水泉，凯旋门，梵哑铃（小提琴），吉他，OK, MY DARLING！狐步舞和咖啡，金发飘荡和高耸的胸，染红了的指甲和嘴唇，高贵的大腿，挺拔的大腿……他所看到和亲身浸泡其中的西洋景改变了他的生活方

---

[1]　《新大陆人》篇首的作者谨记：继哥伦布于公元1492年发现新大陆之后，20世纪80年代亚洲文明古国中国的新大陆人，又发现了美国。发现了一个如此富足和"自由"的地方，可以去留学，可以去参观访问旅行，可以去开洋荤、捡洋落、发洋财，可以去探亲，去搞到长期居住的"绿卡"，去移民。

式和习惯。倪吾诚崇尚"科学万能主义",他要求自己的孩子吃鱼肝油,经常洗澡,走路不要弓背等等。这些华而不实的modern,使得他与性格不和的妻子、岳母、姐姐等人在家庭中生活难以为继;比如倪吾诚与静宜议论,说随地吐痰是一种恶习,是肮脏,是龌龊,是野蛮,能够传染肺结核和白喉、百日咳。他在自杀未遂后,荒唐地逃离家庭,躲在他乡,仍然不忘记要求自己的孩子维持他的生活习惯,坚信"救中国只能从救婴儿做起,七岁再教育或者六岁再教育甚至五岁再教育,晚了!"。

这样的人物和性格即使到了新时期生存的土壤。在《坚硬的稀粥》中,王蒙让新派的儿子非常激昂地讲了一套理论,几乎是新时期倪吾诚的翻版。

我要说的是,我们汉族的食品结构还比不上北方兄弟民族——总不能说兄弟民族的经济发展水平高于我们啊!我们的蛋白质摄入量,与蒙古、维吾尔、哈萨克斯坦、朝鲜以及西南地区的藏族比,也是不能望其项背!这样的食品结构,不变行吗?以早餐为例,早晨吃馒头片稀粥咸菜……我的天啊!这难道是20世纪80年代的中华大城市具有中上收入的现代人的早餐?太可怕了!太愚昧了!稀粥咸菜本身就是东亚病夫的象征!就是慢性自杀!就是无知!就是炎黄子孙的耻辱!就是华夏文明衰落的根源!就是黄河文明式微的兆征!如果我们历来早晨不吃稀粥咸菜而吃黄油面包,1840年的鸦片战争,英国能够得胜吗?1900年的八国联军,西太后至于跑到承德吗?1931年日本关东军敢于发动"九·一八"事变吗?1937年小鬼子敢发动卢沟桥事变吗?……说到底,稀粥咸菜是我们民族不幸的根源，是我们的封建社会超稳定欠发展无进步的根源！彻底消灭稀粥咸菜！稀粥咸菜不消灭中国就没有希望！"[1]

这里涉及一个历史的症结："随着武装的帝国主义的到来，中国及中国人开始紧密围绕着这一词语（卫生）而展开如何实现现代化生活方式的争论。"[2] "现代化生活方式"在王蒙的这两篇小说中都是核心的命题，是组织故事的纽带，这代表了自西方开始在中国成为支配性空间以来的一种知识分子潜意识的追求，他们基本的目标是"改变习惯，改进习俗，转变民族"。在《活动变人形》和《坚硬的稀粥》中，一个是以子一代的眼光对半新半旧的父辈自晚清以来的历史的审判，一个是以子一代的口吻重新回顾民族积贫积弱的历史，他们都有一种"读史者"的倾向。不管这种读史的结果是多么简单地回归到"现代化的生活方式"——洗澡，吃鱼肝油，不喝稀粥，不可否认的是作者的痛心疾首之处，都在于对"五四"以来的现代化传统以及这种思维方式流毒的不满和批判。

《活动变人形》的叙述者是倪吾诚的儿子倪藻，他一直在冷静地讲述自己父亲的故事。他把倪家可悲的内讧和内耗放在审判的筵席上，倪吾诚所依赖的现代化传统在作者意识强烈的聚光灯下成为被剥夺主体性、被粗暴展览的对象世界。这种审判和剖析入木三分，毫不留情，继承了文学中国民性批判的精华，以其批判的残酷，给人一种一气到底的感觉。我们同时也应该看到作为叙述者的倪藻，他的身心也经历

---

[1] 王蒙：《坚硬的稀粥》，《中国作家》，1989 第 2 期。
[2] ［美］罗芙芸：《卫生的现代性——中国通商口岸卫生与疾病的含义》，向磊译，南京：江苏人民出版社，2007 年，第 316 页。

了对中国与西方的地理位置的穿梭，文化跨越的困惑——它突然使你离开了你的世界，像一条鱼离开了它从没有离开过的水。然而它没有干枯，因为有别样的润湿，隔断而又相连。它似乎给你一个机会超脱地飘然地返顾，鸟瞰你自己的历史和你的国家；却又不能超脱，更加牵挂相连，忧思和热望都像火焰。

他是在审父的过程中长大成人的，并且在这个过程中建立了自己的主体性，这个主体是通过郁达夫式的诘问的方式与祖国联系在一起的——"走到世界，走到外国来以后，他感到了一种少有的寂寞。中国，我们堂堂的中国究竟什么时候才能跻身于发达国家的行列？这个问题有一种严肃的苦味儿，想得多了，他也许会悄悄地、不让人知觉地落下泪来。"他希望在跻身发达国家行列以后，消除父一代的传统所带给他的屈辱和伤害。小说在无情地鞭打了父辈的历史之后，以一种情绪化的，乐观主义的调子匆匆结束了，"男男女女穿着和举止都令人充满对未来的信心。这一晚伴奏的曲子有《波希米亚姑娘》《绿色的鹦鹉》和《去年夏天》。我特别喜欢你，去年夏天"。

郜元宝在谈到此小说时，有一个非常独到的见解，他对于小说的叙述者倪藻自身历史的叙述盲点提出了质疑："结构性的分裂及其所呈现的作者意识的黑暗面，是作者意识的聚光灯没有照到或有意不去照亮之处，是聚光灯本身，是优越而自信的叙述者、见证者、回忆者、审判者、饶恕者、赦免者倪藻成人以后的世界。"[1] "自审与审父两个世界并不协调，特别是当倪吾诚进入壮年而倪藻也成为青年后，父与子

---

[1] 见郜元宝《未完成的交响乐》，《南方文坛》，2006 年第 6 期。

正好可以充分交流，小说却戛然而止了。"[1]

在此，我想引入李子云与王蒙的那篇著名的《关于创作的通信》，从这个通信里大约可以看出"自审"缺席的一些眉目。李子云认为王蒙"从一开始拿笔就在探索更合理、更进步的人类生活"[2]。一方面，王蒙时刻关注"那随着时间的推移而不断出现的新事物，总是特别引起你的关注和兴趣。希望小说成为时间运行的轨迹"，比如王蒙在小说《蝴蝶》中曾让主人公发出这样的呼唤："什么时候，能把我们的祖国，包括我们的山村，都放到喷气式飞机上，赋予她们以应有的前进的高速呢？"而且在创作倾向上，李子云认为王蒙的《春之声》《风筝飘带》《最后的"陶"》和《相见时难》都是"这一创作主张的实践。反应及时，快，有它的好处，它带给读者新鲜感，比如，闷罐子车里抱着孩子学德语的妇女；在像暴发户一般闪烁着'物质的微笑'的两层楼高的金鱼牌铅笔的广告牌下，在新落成的十四层高楼的暗淡的楼道里，用阿拉伯文谈恋爱的佳原和素素，进入了天山脚下白桦林的邓丽君和'猫王'等等。到《相见时难》，则出现了这几年特别时髦的'美籍华人'"。另一方面，王蒙作品中存在着某些贯彻始终的东西，那就是对于理想及信念的虔诚、始终不渝的追求与为之献身的渴望，也就是李子云所概括出来的一个术语——少年布尔什维克精神。

对于上述引起众好评、领一时之风骚的作品，李子云并不买账，她坦率地指出了自己对这些作品的不满——"有些反映似乎还停留在现象的表层，虽能博得人们会心的微笑，或者同情的苦笑，甚至惶惑的

---

[1] 见郜元宝《未完成的交响乐》，《南方文坛》，2006年第6期。
[2] 李子云：《关于创作的通信》，《王蒙选集》第4卷，天津：百花文艺出版社，1984年。

思考，但终究缺少一种使人回味不已的东西。当然不能要求作家作品篇篇深厚，那就是苛求了。我只是说，你对于刚刚进入我们视野的社会现象和人物心理反映似乎还把握得不够稳、不够深。"

李子云提出了一种更高的要求。她似乎对于意识流或者时空跳跃等新的艺术手法并不是很在意，当然她也绝不是站在这些艺术探索对立面的，她更在意的是王蒙用文学的方式探索更合理和更进步的人类生活的能力。所谓的"使人回味不已"和"稳、深"等也许是与这个"苛求"并蒂存在的。她一直在强调王蒙作品中的"少共"精神——少年布尔什维克精神。她认为这种精神是具有建设性的，能够承担起探索和塑造一种新生活的重担的。

《活动变人形》之所以没有把自审与审父结合起来，是与这种对于革命历史传统的回避有关的。对《相见时难》，李子云的批评就更明确了；对于蓝佩玉这个人物的塑造，李子云认为王蒙没有准确抓住她。首先，"她的回国访问，她与翁式含的会面，都不可避免地要面对许多尖锐的、带有挑战性的问题。如何看待这个经济上贫穷落后的祖国？如何估计三十年曲曲折折的革命历程？"李子云指出，蓝佩玉"既接触过革命又临阵逃脱到美国这样一个人物第一次回国的心理状态。你对于她作为一般'美籍华人'的心理，是写得不错的，但对于'这一个'的特定人物的心理却展开得不够充分，未见特色"。[1]"这一个"如果从具体的文学创作语境中剥离开来，可以看作社会主义及其现代化历史的一个符号，李子云提出了要对这段历史正面交锋的要求，而不是简单化地处理或者回避。

---

[1] 李子云：《关于创作的通信》，《王蒙选集》第4卷。

王蒙，或者说当时一代的作家的一个重要问题就是，对于中国社会主义的反思是在传统/现代的二元论中展开的，因而它对社会主义问题的批判无法延伸到对于改革过程及其奉为楷模的西方现代性模式的反思。另一方面，尽管我们以否定社会主义现代化过程作为当代现代化历史（"新时期"）的开端，但在某种意义上，我们仍然置身于同一历史进程之中，"中国社会主义运动是一种反抗运动，也是一种通过建国运动和工业化过程而展开的现代化运动，它的历史经验和教训都密切地联系着现代化过程本身。对于这一运动的平等和自由的要求如何落入制度性的不平等和等级制的过程的探讨，离不开对于现代化过程（建国运动与工业化）的再思考"[1]。以王蒙为代表的这一代作家回避了现代化（建国运动与工业化）的"历史"和"自审"，而文学史也开始回避它们了。随着新的作家如雨后春笋般冒出来，90年代以来王蒙除了《躲避崇高》这样的争论文章，他的小说创作很难再挠到时代的痛处。

---

[1] 汪晖：《中国"新自由主义"的历史根源》，《去政治化的政治——短20世纪的终结与90年代》，北京：生活・读书・新知三联书店，2008年，第157页。